民國文化與文學研究文叢

十一編

李　怡主編

第9冊

社會性別視角下現代男作家敘事中的女性形象研究

譚　梅著

國家圖書館出版品預行編目資料

社會性別視角下現代男作家敘事中的女性形象研究／譚梅 著 — 初版 — 新北市：花木蘭文化事業有限公司，2019〔民 108〕

目 2+192 面；19×26 公分

（民國文化與文學研究文叢 十一編；第 9 冊）

ISBN 978-986-485-795-1（精裝）

1. 中國文學 2. 女性文學 3. 文學評論

820.9　　108011487

民國文化與文學研究文叢

十一編　第九冊　　ISBN：978-986-485-795-1

社會性別視角下現代男作家敘事中的女性形象研究

作　　者　譚　梅
主　　編　李　怡
企　　劃　四川大學中國詩歌研究院
總 編 輯　杜潔祥
副總編輯　楊嘉樂
編　　輯　許郁翎、王筑、張雅淋　美術編輯　陳逸婷
出　　版　花木蘭文化事業有限公司
發 行 人　高小娟
聯絡地址　235 新北市中和區中安街七二號十三樓
　　　　　電話：02-2923-1455／傳眞：02-2923-1452
網　　址　http://www.huamulan.tw 信箱 hml 810518@gmail.com
印　　刷　普羅文化出版廣告事業
初　　版　2019 年 9 月
全書字數　184128 字
定　　價　十一編 12 冊（精裝）新台幣 23,000 元　

社會性別視角下現代男作家敘事中的女性形象研究

譚梅 著

作者簡介

譚梅，1979 年 6 月生於四川武勝，文學博士學位，成都大學師範學院副教授。主持四川省社會科學研究「十三五」規劃項目《清末民初社會變動與現代四川女性文學的發生》，已發表相關學術論文 20 多篇。

提　　要

民國時期的兩性文化呈現出極為複雜的狀況，將這個時期的兩性文學及其延續簡單對立起來，不但無法正確地描述中國現代的男性文學，更無法正確地描述中國現代的女性文學。然而，中國現代女性文學研究長期固守二元對立的思維模式。這導致男性文本較少出現在女性文學研究的視野之內。即使從性別的角度對男性文本進行研究，也大多起著標簽式的靶子作用，並未眞正回答其與現代女性文學之間的複雜關係。基於這樣的研究背景，結合當代女性文學研究的狀況、訴求與可能。本書突破「女性文學」只等同於「女作家論」的研究思路，將男作家筆下的女性書寫納入「女性文學」的研究範疇，正視現代男性文本在女性文學研究中的獨特性和重要性。一方面梳理男作家在現代不同歷史時期書寫女性的主題演變，並通過男、女作家同時段同話題的對比分析，釐清男作家每個階段獨特的想像特徵。另一方面將男作家的女性書寫放在文學、文化和思想等多個層面進行立體地勾勒和分析。既在「文學之內」又在「文學之外」完成對現代男作家女性書寫的考察。中國女性文學研究只有對男作家的創作做出理性地回應，才能對中國現代文學進行深入地性別反思和研究，才能有效地參與中國當代社會文化建設。

從「純文學」到「大文學」：重述我們的「文學」傳統——《民國文化與文學研究文叢》第十一編引言

李　怡

歷史總是在不經意間爲我們增添或減除一些重要的意義，我們今天奉若神明的「文學」也是這樣。自「五四」開啓的百年中國文學的發展可以說就是以「提純」傳統蕪雜的「文章」概念爲起點，以倡導接近西方近代意義的「純粹」的「文學」爲指向的。在「五四」以降的百年來的中國文學史中，「回到文學本身」「爲了藝術」「重申文學性」之類的呼聲層出不窮，構成了最宏大也最具有精神感染力的一種訴求。不過，圍繞這些眞誠的不失悲壯的訴求，我們不僅看到了各種社會政治力量的阻力，而且也能夠眞切地感受到種種「名實不符」的微妙的實踐悖論。這都告訴我們，這看似簡明的「文學之路」絕非我們想像的那麼理所當然，其中包含著太多的異樣與矛盾。本文試圖重新對「五四」開啓的「文學」取向提出反思和清理，其目的是爲了重述長期爲我們忽略的現代「文學」傳統的來龍去脈和內在結構。

重述並不是爲了「顚覆」歷史的表述，而是爲了更加清晰地洞察這歷史的細節，特別是解釋那些歷史表述中模糊、含混的部分。我們相信，只有在關於「文學」觀念的細緻的梳理中，中國現代文學的方向和內在機理才能得到眞正的展現，而它的價值也才能夠進一步確立。

這樣的清理將形成與目前研究態勢的直接對話，特別是對倡導「回到五四」的 1980 年代的學術方式加以重新審視和觀察，雖然審視和觀察並不是爲了否定那個時代最寶貴的進取精神。

歷史轉折與「文學」地位的升降

自「五四」開啓的中國現當文學是在中外多種文化的滋養中發展壯大的，這是一個不容質疑的基本事實。

鑒於中國現代文學的發生是好幾代中國作家刻意突破傳統寫作方式重圍，勉力「別求新聲於異邦」的重大收穫，在一個相當長的時期內，是否承認外來文化、外來文學之於中國現代文學誕生的特殊作用，幾乎就是我們能否把握這一文學基本特質的最重要的立場，承認了這一事實，我們才有效地打開了進入現代文學的窗口，把握了文學發展的最重要的方向，拒絕這一事實，或者是以曖昧的態度講述這一歷史都可能造成我們視線的模糊，無法眞正領會中國文學確立「現代的」「世界性」的目標的特殊意義。甚至，如果我們不能在情感的層面上體諒和認同這些新文學創立者因爲引入外來文化所經歷的種種曲折，付出的種種艱辛，我們簡直也無法深入到現代文學的精神內部，去把捉和揣摩其心靈的起伏、靈魂的溫度。

在長達一個世紀的歷史中，所謂現代中國知識分子的「五四情結」，一切「回到現代文學本身」的熱切的情懷，都只有在這種從理性到感性甚至本能情緒的執著「認同」的層面上獲得解釋。在已經過去、迄今依然令人回味的1980 年代——有人曾經以「回到五四」來想像這個年代的歷史使命——我們將中國現代文學的精神最大程度地與國家的改革開放，與對待外來文化的態度緊密相連，在那時，通過對中國現代文學吸納外國文學、外國文化的挖掘，現代的文學確立起了前所未有的榮光，「走向世界」的聲音既來自國家政治，也理直氣壯地在中國現代文學的闡述當中得到了有力的支持。〔註1〕

儘管如此，我們卻不能認爲對「五四」、對中國現代文學的闡釋已經接近尾聲，也沒有理由將這一曾經的主流性理論當作永恆不變的前提，因爲，就如同近代作家通過舉起「一代有一代之文學」來突破傳統、確立自我一樣，今天的學人也有必要通過提煉、發現自己的「問題」來揭示文學發展更內在的結構和機理。

〔註1〕參見曾小逸：《走向世界文學——中國現代作家與外國文學》（湖南文藝出版社 1986 年），這是最形象地體現 1980 年代中國現代文學學術精神的著作，不僅著作的正副標題都清晰地標注出了時代的主旨，著作的緒論全面地闡述了民族文學「走向世界文學」的宏大圖景，而且各選文的作者都緊緊圍繞中國現代文學如何在「世界文學（外國文學）」的啓示中茁壯成長加以論述，這些論述都代表了當時學界最活躍最有實力的成果，可謂是 1980 年代學術之盛景。

這並不是如一些人想像的那樣，需要通過否定「五四」、質疑甚至顛覆 1980 年代的學術來彰顯自己。中國學術早就應該眞正擺脫「二元對立」「非此即彼」的思維模式了。自 1990 年代以降，我們不斷指謫「五四」和 1980 年代的進化論思維、「二元對立」思維，其實自己卻常常陷入這樣的思維而不能自拔，如果「五四」的確通過大規模引入外國文學與西方文化完成了對傳統束縛的解脫，如果 1980 年代是在改革開放、走向世界的「鼓舞」下撥亂反正，部分建立了學術的自主性，那麼這種呼喚創造的企圖和方向不也是任何時代都需要的嗎？爲什麼一定要通過否定「五四」的「西化」態度、詆毀 1980 年代「走向世界」的赤誠來完成新的學術表述呢？

事實上，學術的質疑歸根到底還是對前人尚未意識到的「問題」的發掘，而不是對前代學術的徹底清算；學術的新問題的發現和解決最終是推進了我們的認識而不是證明新一代的高明或思想的「優越」。何況，在所有這些「問題」的不同闡述的背後，還存在一個各自學術的根本意義的差異問題：嚴格說來，學術的意義只能在各自的「歷史語境」中丈量和衡定，也就是說，是不同時代各自所面對的歷史狀況和問題的針對性決定了學術的眞正價值，離開了這個歷史語境，並不一定存在一個跨越時空的「絕對的正誤」標準。不同時代，我們對問題的不同認知和解答乃是基於各自需要解決的命題，其差異幾乎就是必然的。

所有這些冗長的論述，主要是想說明一個問題：我們完全可以重新展開 1980 年代對文學史的結論，重新就一些重大問題再行討論，這並不是爲了顛覆 1980 年代的「思想啓蒙」和學術立場，而是爲了更有力地推進學術的深化。

在這裡，我想強調的是，今天，我們對於「文學」的認知其實已經與 1980 年代大有不同了。這不是因爲我們比 1980 年代的人們更高明、更深刻，而是今天的我們遭遇了與 1980 年代十分不同的環境。

在 1980 年代，文學幾乎就是全社會精神文化的中心，甚至國家政治、倫理、法制、教育的巨大問題都被有意無意地歸結到「文學」的領域來加以確定和關注。

回顧歷史我們可以知道，「改革開放」的 1980 年代的中國人民生活，就是在以對新文化傳統的想像當中展開的，是對「五四」傳統的呼喚中開始的。那個時候，中國學術界的很多人，言必稱「五四」，言必稱魯迅。以我們中國語言文學學科爲例，基本上無論是搞外國文學也好，搞比較文學也好，搞現當代文學也好，搞美學也好，搞文藝理論也好，他們學術興趣的起點幾乎都是從「五四」開始的，從對魯迅的重新理解開始的。甚至普通的中國人也是這樣，那個時候新華書店隔一段時間「開放」一本書，隔一段時間「開放」一個作家，老百姓排著隊在新華書店買書，其中很多是新文學的作品。新文學、中國當代文學的一些探索，一些思考，一些問題，直接成爲我們思考、解決當前社會問題，包括解決我們人生問題的重要根據。那個時候講教育問題，我們首先想到的是劉心武的《班主任》。《班主任》的意義不是一本小說的意義而是帶來整個教育改革的啓迪。到後來，工廠搞改革，全國人民都知道一本《喬廠長上任記》，大家是通過閱讀這本小說來研究中國怎麼搞改革的。賈平凹的小說《雞窩窪的人家》，後來被改編成電影《野山》。電影上演後，引發了全社會對改革時期家庭倫理問題的討論，報紙上發表的文章，題目直接就是《改革，就必須換老婆嗎？》。因爲賈平凹在小說裏講述了農村改革時期兩個家庭的重新組合問題，大家認爲文學作品是一種家庭倫理關係的示範，生活中的家庭關係處理問題直接可以從小說中得到答案。中國人生活中的很多困惑都會通過 1980 年代那些著名的小說來回答，包括那個時候城鄉流動，很多農村人想改變自己的戶口，想到城裏邊來，改變「二等公民」的地位……那時候一部小說特別打動人，那就是路遙的《人生》。在《人生》開篇的地方，路遙引用了柳青的一段話：「人生的道路雖然漫長，但緊要處常常只有幾步，特別是當人年輕的時候。」這樣的文學表述一下子就被當作 「人生金句」，成了中國人抄錄在筆記本上的格言，到處流傳。我們的文學就是如此深入地介入了現實社會、現實政治的幾乎一切的領域，直接成爲人生的指南！

1990 年代，一切都在發生著變化。一方面是西方的經濟方式繼續在中國滲透，中國人的日常生活開始有了新的娛樂方式，「文學失去了轟動效應」，另一方面，文學也不再探討社會改革的重大問題，不再執著於現代的啓蒙、反思和改造國民性之類的沉重話題，或者這些話題也巧妙地隱藏在各種「喜聞樂見」的娛樂形式之中，「大眾娛樂」的價值越來越受到文學家和藝術家的認可，一些重要的通俗文學地位上升，例如金庸武俠小說開始登上 「大雅之堂」，進入了「文學史」。

最近一些年，人們開始提出了另外一個問題，這就是重新思考「五四」，質疑「五四」。其代表性的觀點就是：中國文化發展到今天出了問題，出了什麼問題呢？我們曾經很長一段時間過分相信西方，「五四」雖然有好處，但是「五四」也犯了錯誤，犯了什麼錯誤呢？就是割裂了我們民族文化的傳統。「五四」的最大問題是以偏激的激進主義觀點，割裂了中華民族文化的很多優秀的傳統。所以說，「五四」那個時候有一個口號成了今天重新被人質疑的一個問題，這就是「打倒孔家店」。有人說今天我們怎麼能「打倒孔家店」呢？你看看今天人人都要重新談孔子，重新談國學，國學都要復興了，那「五四」不是有問題嗎？「五四」知識分子最大的問題就是偏激，他們偏激地引進西方文化，而又如此偏激地割斷了與傳統文化的聯繫。今天，在改革開放 40 年之後，歷史完成了一個循環，而這個循環就是我們這 40 年是以對「五四」的繼承開始的，但又是以對「五四」的質疑告終的。

在這裡，我們暫時不對形成這些歷史轉變的複雜原因作出分析挖掘，而只是藉此正視一個基本的事實：無論我們的情感態度如何，我們需要研讀的「文學」都已經出現了重大的變化；無論我們對這樣的變化持怎樣的遺憾或者批評，都不能不看到它本身絕非是荒誕不經的，也深刻地體現了某種思想文化邏輯的眞實面相；在今天，我們只能將「失去轟動效應」的文學表現與曾經如此富有轟動效應的文學夢想一併思考，才能更全面更準確地把握歷史的脈搏，從而對一個世紀以來的「文學」的命運重新作出解釋。

「文學」研究：從大夢想回到小細節

與 1980 年代那些直接介入社會的巨大的文學夢想比較，今天的我們更應該展開的工作就是面對這命運坎坷、「瘡痍滿目」的「文學」的現實，認眞地回答它「從哪裏來」，一路「遭遇」了什麼，又可能「走到哪裏去」。

對「五四」以降百年來中國文學的研究將從具體入手，從細節處的困惑開始。

這不是簡單對抗 1980 年代的宏大的夢想，而是將夢想的產生和喪失一併納入冷靜的觀察，理性梳理二十世紀文學之「夢」的來源和局限，同時從外部和內部多個方面來梳理「文學」的機理。

這也不是要否定文學被賦予的「社會責任」，不是爲了拒絕這些「社會責任」而刻意攻擊 1980 年代的所謂「宏大敘事」。恰恰相反，我們是試圖通過對文學結構的更細緻更有說服力的探尋來重新尋找我們的歷史使命，重新建構一種介入中國文化問題的可能。

顯而易見，新的追問也不是對 1990 年代以來文學研究日益「學院化」，日益在「學術規範」中孤芳自賞的認同，在正視 1980 年代困境的同時，我們繼續正視 1990 年代以來的新的困境。

今天我們面臨的一大困境在於：文學被抽象化爲某種「純粹」的高貴，而這種高貴本身卻已經沒有了力量，更無法解釋自「五四」以來中國現代文學自身就存在的那種干預社會的強大的能量，儘管 1980 年代所寄予文學的希望可能超過了文學本身的能力負荷，但是我們卻不能說當時的「希望」都是空穴來風，是完全沒有歷史根據的臆想。雖然我們今天也無法預測未來的中國文學究竟怎樣在文學的自主性與社會使命之間獲得平衡，比 1980 年代的理想主義更能切實地實現自己的歷史價值，但是重新回到中國現代文學發生發展的事實當中，更細緻更有說服力地清理其內在的精神結構，解釋那些文學家們如何既能確立自己，又能夠眞誠地介入社會，而且，這一切的文化根據究竟有哪些？

我們的解釋可能就會擺脫「走向世界」的故轍，眞正將中外多種文化都作爲解釋中國作家的精神秘密的根據。因爲，很明顯，近代以後，單純地強調「純文學」的引進已經不足以解釋中國文學的種種細節，例如魯迅，這位在民初大力引進西方「純文學」觀念的啓蒙先驅，後來又常常陷入「不夠文學」的寫作窘迫之中，而且從最初的無奈的自嘲到後來愈發堅定的自信，這裡的「文學」態度眞是耐人尋味：

> 也有人勸我不要做這樣的短評。那好意，我是很感激的，而且也並非不知道創作之可貴。然而要做這樣的東西的時候，恐怕也還要做這樣的東西，我以爲如果藝術之宮裏有這麼麻煩的禁令，倒不如不進去；還是站在沙漠上，看看飛沙走石，樂則大笑，悲則大叫，憤則大罵，即使被沙礫打得遍身粗糙，頭破血流，而時時撫摩自己的凝血，覺得若有花紋，也未必不及跟著中國的文士們去陪莎士比亞吃黃油麵包之有趣。〔註 2〕

歷史更有趣的一面是：就是這位在新文學創立過程中大力呼喚「純文學」（美術）的先驅者，到後來被不少的學者批評爲「文學性不足」，甚至「不是文學」。這裡接受者、解讀者的思想錯位甚至混亂亟待我們認眞清理——在現代中國，究竟有什麼樣的「文學觀」？何以出現如此弔詭的現象？

〔註 2〕魯迅：《華蓋集・題記》，《魯迅全集》第三卷 4 頁，人民文學出版社 2005 年。

至於整個中國現代文學，在當今已經獲得了一個很有代表性的印象：非文學。20 世紀的中國歷史幾乎被公認爲是「非文學」的時代：「中國新文學運動從來就和政治浪潮配合在一起，因果難分。五四時代的文學革命——反帝反封建；三十年代的革命文學——階級鬥爭；抗戰時期——同仇敵愾，抗日救亡，理所當然是主流。除此之外，就都看作是離譜，旁門左道，既爲正統所不容，也引不起讀者的注意。這是一種不無缺陷的好傳統，好處是與祖國命運息息相關，隨著時代亦步亦趨，如影隨形；短處是無形中大大減削了文學領地，譬如建築，只有堂皇的廳堂樓閣，沒有迴廊別院，池臺競勝，曲徑通幽。」〔註 3〕即便不是出於刻意的貶低，我們也都承認，在這一百年之中，更需要人們解決的還是社會民生的一系列重大問題，「文學本身」並沒有太多的機會隆重登場。這一描述大概不會有太多的人否認，然而，困惑卻沒有就此消除：難道「文學」僅僅是太平盛世的奢侈品？在困苦年代人們就沒有資格談論文學，沒有資格獲得文學的滋養？古今中外大量的歷史事實都可能將這一結論擊得粉碎。這裡，再次提醒我們的還是一個事實，我們必須對「文學」觀念本身展開認眞的追問。正如朱曉進所說：「當我們回顧 20 世紀文學的發展時，我們看到的是這樣一個基本的歷史事實：在 20 世紀的大多數年代裏，文學的政治化趨向幾乎是文學發展的主要潮流。也許將此稱爲『思潮』並不準確，但文學與政治的特殊關係，卻無疑是其最爲顯性的文學發展的特徵之一。因此，在研究上述年代的文學現象時，首先應關注的也許倒不是純美學、純藝術層面的東西，而是文學的政治化潮流的問題。我們應該從政治文化的角度去看待這些年代的文學，對文學現象得以產生的政治文化氛圍，以及文學以何種方式、在多大程度上與政治文化結緣，政治的因素到底在多大程度上，到底以什麼形式，最終導致了一些文學現象的產生，以及最終支配了文學發展的趨向等等問題給予更多的關注。以政治或政治文化的角度來觀照和解釋 20 世紀文學發展中的許多現象，我們也許可以從更爲廣闊的範圍來探討其成因。」〔註 4〕

其實，在現代中國，「非文學」的力量何止是政治文化，還包括各種生存的考慮，包括我們固有的對於寫作的基本觀念。所有這些力量都十分自然地

〔註 3〕柯靈：《遙寄張愛玲》，《張愛玲文集》第四卷 427 頁，安徽文藝出版社 1992 年版。

〔註 4〕朱曉進：《文學與政治：從非整合到整合》，《社會科學輯刊》1999 年 5 期。

組成了二十世紀中國知識分子的生活與精神現實，不可須臾脫離。或者說，「非文學」已經與我們的生命形態融會貫通了。

於是乎，中國現代文學那些「非文學」的追求總是如此真誠，也如此動人心魄，我們無從拒絕，也無從漠視，你斷定它是文學也好，非文學也罷，卻不能阻斷它進入我們精神需要的路徑，而一旦某種藝術形態能夠以這樣的姿態完成自己，我們也就沒有了以固定的文學知識「打壓」「排除」它們的理由，剩下的問題可能恰恰在於：我們本身的「文學」觀念就那麼合理嗎？那麼不可改變麼？

這樣的追問當然也不是完成某種對「文學」的本體論式的建構，不是僅僅在知識來源上追根溯源，並把那種「源頭性」的知識當作「文學」的「本來」，將其他的歷史「調整」當作「變異」，恰恰相反，我們更應當關注「文學」觀念如何組合、流動、變異的過程，在這裡，文學的理念如何在西方「純文學」召喚下發生改變的過程更值得清理。

這樣的努力，也將帶來一種方法論上的重要的改進。在過去，我們一般傾向於相信，中國現代文學的發生在很大程度上源於西方文化的衝擊和挑戰，是西方的「人文主義」文化確立了「五四」對「人」的認識，是西方文學獨立的追求讓中國文學再一次地「藝術自覺」，在西方文化還被置於「帝國主義侵略」的一部分而傳統文化理所當然屬於「國粹」的時代，承不承認這種外來影響的作用，曾經是我們能否在一個開闊視野上自由研究的基礎，然而，在今天，當中外矛盾衝突已經不再是社會文化主要焦慮的今天，當援引西方思想資源也不再構成某種精神壓力的時候，我們完全可以建立一種新的更平和地研討中外文學與文化關係的機制，在這裡，引進西方文化資源並不一定意味著更加的開放和創新，而重述中國的傳統資源也不一定意味著保守和腐朽，它們不過都是現代中國人的心理事實，挖掘這樣的心理事實，是爲了更清楚地認識我們自己，讀解我們今天的文化構成，這是對 1980 年代以後中國現代文學研究「主體性」的眞正重塑。

重述現代中國的「文學」觀，就應當從這些歷史演變的具體細節開始。

「文學」研究：從小純粹到大歷史

當強調學術研究從大夢想回到小細節，這個時候，我們獲得的「文學」研究也就從審美的「小純粹」進入到了一個時代的「大歷史」，也就是朱曉進先生所謂「20 世紀文學發展中的許多現象，我們也許可以從更爲廣闊的範圍來探討其成因。」

在這裡，與傳統中國密切關聯的另外一種「文學」理解方式——雜文學或曰大文學理念不無啓示。雜文學是相對於近代以來被強化起來的「純文學」而言，而「大文學」則可以說是對包含了「純文學」觀念在內的更豐富和複雜的文學理念的描述。

現當代中國概念層出不窮，有外來的，有自創的，有的時候出現頻率之高，已經到了人們無法適應的程度，以致生出反感來。最近也有人問我：你們再提這個「雜文學」或「大文學」，是不是也屬於標新立異啊？是不是在中國現當代文學批評的沈寂年代刻意推出來吸引人眼球的啊？

我的回答很簡單，這早就不是什麼新概念了，相反，它很「舊」，五四時代就已經被運用了，最近十多年又反覆被人提起、論述。只不過，完整系統的梳理和反思比較缺少。今天我們試圖在一個比較自覺的學術史回顧的立場上來檢討它，應當屬於一種冷靜、理性的選擇。

據學者考證，「早在 1909 年，日本學者兒島獻吉郎就曾經出版過一部《支那大文學史》，這恐怕是『大文學』這一名稱見於學術論著的最早例證。稍後謝无量於 1918 年出版的《中國大文學史》，則將文字學、經學、史學等，都納入到文學史中，有將文學史擴展爲學術史的趨勢，故其『大』主要表現爲『體制龐大，內容廣博』。這裡的『大文學史』雖與第一階段的文學史寫作沒有本質的差別，但這一名稱的提出對於後來的文學史研究者卻無疑具有啓示意義。」〔註 5〕在我看來，謝无量提出「大」乃是有感於五四時期西方「純文學」的定義無法容納中國固有的寫作樣式，以「大」擴容，方能將固有的龐雜的「文」類納入到新近傳入的「文學」的範疇。《中國大文學史》的出現，形象地說明了兩種「文」（文學）的概念的衝突，「大」是一種協調、兼容的努力。

當然，謝无量先生更像是以「大」的文學史擴容來爲傳統中國的文學樣式留下足夠的空間，也就是說，將早已經存在於傳統中國的、又不能爲外來的「純文學」理念所解釋的寫作現象收納起來，這更接近我所說的對「雜文學」的包容。傳統中國的「文學」專指學術，與當今作爲創作的「文學」概

〔註 5〕劉懷榮：《近百年中國「大文學」研究及其理論反思》，《東方叢刊》2006 年 2 期。

念近似的是「文」——用今天的話來說就是「文章」，不過此「文章」又是包羅萬象，既有詩詞歌賦之類的「文學」作品，也有論、說、記、傳等論說之文、記敘之文，還有章、表、書、奏、碑、誄、箴、銘等應用之文，與西方傳入之抒情之「文學」比較，不可謂不「雜」矣。

我們可以這樣來粗略描述這源遠流長又幾經演變的「文學」過程：

在古老的中國，存在多樣化的寫作方式，我們以「文」名之，那時，人們無意在實用與抒情、史實與虛構之間做出明確的區分，因而不太符合現代以後的學科、文體的清晰化追求。但是，這樣的模糊性（尤其是混合詩與史的模糊性）卻不能說對今天的作家就完全喪失了魅力，「雜」的文學理念餘緒猶存。

在晚清民初，西方的「純文學」概念開始引起了人們的注意，人們試圖借助「純文學」對外在政治道德倫理的反叛來解放文學，或者說讓文學自傳統僵化思想中解脫出來，重新確立自己的獨立性，於是，有意識地去「雜」趨「純」具有特殊的時代啓蒙價值。

然而，新的「文學」知識一旦建立，卻出現了新的問題：傳統中國的各種豐富的創作現象如何解釋，如何被納入現有的文學史知識系統當中？謝无量借助日本學術的概念重寫《中國大文學史》，就是這樣一種「納舊材料入新框架」的努力。

進入現代中國以後，中國作家的創作同時受到多種資源的影響。這裡既有傳統文學理念的延伸，又有新的歷史條件下文學在事實上超越「純粹」的趨向，後者就不僅僅是「雜」的問題，更蘊含著現代中國式「文學」精神的獨特發展。我們或可以「大文學」的視野來觀察它們：相對於西方「純文學」而言，這些超出「藝術」的元素可能多種多樣，只能以「大」容之——「大」依然是現代知識分子文學關懷的潛在或顯在的追求，不能理解到這一層，我們就會失去對現代中國一系列文學現象的深刻把握，例如魯迅式雜文。關於魯迅式的雜文究竟是不是文學，曾經有過爭論，我們注意到，所謂非文學指摘的主要根據還是「純文學」，問題是魯迅雜文可能本來就無意受制於這樣的「純粹」，他是刻意將一切豐富的人生感受與語言形態都收納到自己的筆端，傳統「文」的訓練和認知十分自然地也成爲魯迅自由取捨的資源。

除了雜文式的文學之「雜」，日記、筆記、書信甚至注疏、點評也可能成爲中國知識分子抒情達志的選擇，它們都不夠「純粹」，但在中國人所熟悉的人生語境與藝術語境中，卻魅力無窮，吸引著中國現代作家。

「大」與「雜」而不是「純」的藝術需求對應著這樣一種人生現實：我們對文學的期待往往並不止於藝術本身，在這個時代，我們需要迫切解決的東西可能很多，現實世界需要我們回答的問題也很多，遠遠超過了作爲語言遊戲的文學藝術本身。換句話說，「純粹」並不能滿足我們，我們對現實的關懷、期待和理想都常常借助「文學」來加以闡發，加以表達，「大」與「雜」理所當然，也理直氣壯。現代中國文學不就是如此嗎？猶如學者斷言二十世紀本來就是一個「非文學」的世紀。這一判斷不僅是批評、遺憾，更是一種客觀的事實陳述，我們其實不必爲此自卑，爲此自責。相反，應該以此爲基點重新梳理和剖析現代中國文學的一系列重要特徵。

在這個意義上，所謂的「大文學」也就是文學的寫作本身超過了純粹藝術的目的，而將社會人生的一系列重要目標納入其中。這就不可謂不「大」，或者不「雜」了。

從傳統的「文」到近代的「純文學」，再到因應「純」而起的「雜文學」之名，最後有兼容性的「大文學」，這一過程又與百年來中國學術的發展過程相共生，正如文學史家陳伯海所剖析的那樣：「考諸史籍，『大文學』的提法實發端於謝无量《中國大文學史》一書，該書敘論部分將『文學』區分爲廣狹二義，狹義即指西方的純文學，廣義囊括一切語言文字的文本在內。謝著取廣義，故名曰『大』，而其實際包涵的內容基本相當於傳統意義上的『文章』（吸收了小說、戲曲等俗文學樣式），『大文學』也就成了『雜文學』的別名。及至晚近十多年來，『大文學』的呼喚重起，則往往具有另一層涵義，乃是著眼於從更廣闊的視野上來觀照和討論文學現象如傅璇琮主編的《大文學史觀叢書》，主張『把文化史、社會史的研究成果引入文學史的研究，打通與文學史相鄰學科的間隔』，趙明等主編的《先秦大文學史》和《兩漢大文學史》，強調由文化發生學的大背景上來考察文學現象，以拓展文學研究的範圍，提示文學文本中的文化內蘊。這種將文學研究提高到文化研究層面上來的努力，跟當前西方學界倡揚的文化詩學的取向，可說是不謀而合。當然，文化研究的落腳點是在深化文學研究，而非消解文學研究（西方某些文化批評即有此弊），所以『大文學』觀的核心仍不能脫離對文學性能的確切把握。」〔註6〕

〔註6〕陳伯海：《雜文學、純文學、大文學及其他》，《紅河學院學報》2004年5期，文章所論「發端」當指中國學界而言。

如果我們承認在這一闊大空間之中，活躍著多種多樣的文學樣式，那麼這些文學追求一定是既「大」且「雜」的。爲了解釋這樣的文學，我們必須讓文學回到廣闊的歷史場景，讓文學與政治博弈，與經濟互動，與軍事對話，與人生輝映……

大文學，這就是我們重新關注百年中國文學之歷史意味所召喚出來的學術視野與學術方法。

這樣的新「文學」研究可以做哪些事呢？

顯然，我們可以更寬闊地揭示現代中國文學的生態景觀。也就是說，我們將跳出「爲藝術」的迷幻，在一個更眞實也更豐富的人生場景中來理解現代作家的生存現實，在這裡，除了獻身藝術的衝動，大量的社會政治的訴求、生存的設計乃至妥協都同樣不容忽視，它們不僅形成了文學的內容，也決定著文學的形式。

我們也有機會藉此更深入地挖掘現代中國作家精神中的現實與歷史基因。中國現代作家一方面沿著西方近現代文學的鼓勵不斷申張著「文學獨立」「爲了藝術」等追求，但是一百年的現實問題並不可能讓他們安然陶醉於藝術的世界之中，從文學的象牙之塔走向十字街頭幾乎注定了就是普遍的事實，最終這種生存的事實又轉化成了精神的事實。

我們可以更準確地把握中國文化傳統之於現代文化創造的實際意義。跳出對「純粹」的迷信，我們就會知道，中國知識分子對「文學」的理解另有來源，包括我們「古已有之」的「文」的傳統、「文章」的傳統等等，在這個意義上，我們可以說，眞正的古代傳統並沒有在「五四」激烈的批判中失落，作爲一種文化血脈，它的確是一直潛藏在一代又一代中國知識分子的精神深處，並成爲我們回應「現代問題」的重要資源。

當然，我們可以在這種精神資源的梳理中，更清晰地揭示現代中國作家文學觀念的民族獨創性。這也就是我們經常所表述的：無論「五四」一代知識分子如何激烈地傳遞著「西化」的願望，在現實關懷、家國意識等一系列問題上文學的特殊表達形態都依然存在，而且往往還發揮著關鍵性的作用，這種作用也不是「強制性」認同的結果，更屬於知識分子內心深處的無意識選擇，當它因呼應現代中國的生存問題而自然生成的時候，更可能閃爍著民族獨創的光彩，例如魯迅雜文。

現代中國作家這種深厚的民族獨創性讓我們能夠在一個表面的「西化」

「歐化」進程中深刻而準確地把握歷史的脈絡，從而對中國文學傳統的傳承和開拓作出更有價值的闡述。在這個基礎上，現代中國文學的豐富的藝術觀將得以重塑，而闡釋現代中國文學也將出現更多的視角和向度。總之，我們將由機會進一步反思、總結和提升中國文學的學術方式。

自然，在借助這種種之「雜」進入文學之「大」的時候，有一個學術的前提必須必辨明，這就是說今天的討論並不是要將中國文學的研究從傾向西方拉回頭來，轉入古典與傳統，這樣的「二元對立」式研究必須警惕，正如王富仁先生在反省現代中國學術時所指出的那樣：「在這個研究模式當中，似乎在文化發展中起作用的只有中國的和外國的固有文化，而作爲接受這兩種文化的人自身是沒有任何作用的，他們只是這兩種文化的運輸器械，有的把西方文化運到中國，有的把中國古代的文化從古代運到現在，有的則既運中國的也運外國的，他們爭論的只是要到哪裏去裝運。但是，人，卻不是這樣一部裝載機，文化經過中國近、現、當代知識分子的頭腦之後不是像經過傳送帶傳送過來的一堆煤一樣沒有發生任何變化。他們也不是裝配工，只是把中國文化和西方文化的不同部件裝配成了一架新型的機器，零件全是固有的。人是有創造性的，任何文化都是一種人的創造物，中國近、現、當代文化的性質和作用不能僅僅從它的來源上予以確定，因而只在中國固有的文化傳統和西方文化的二元對立的模式中無法對它自身的獨立性做出卓有成效的研究。」〔註 7〕

事實上，從單純強調中國文學與西方的關係到今天在更大的範圍內注意到古今的聯繫，其根本前提是我們承認了現代中國作家自由創造是第一位的，確立他們能夠自由創造的主體性是第一位的，只有當我們的作家能夠不分中外，自由選擇之時，他們的心靈才獲得了真正的創造的快樂，也只有中外文化、文學的資源都能夠成爲他們沒有壓力的挑選對象的時候，現代文學的馳騁空間才是巨大的。在魯迅等現代作家進入「大文學」的姿態當中，我們可以比較清楚地看到這一點。

2019 年 1 月於成都江安花園

〔註 7〕王富仁：《對一種研究模式的置疑》，《佛山大學學報》1996 年 1 期。

目次

緒　論

一、社會性別與「女性文學」批評範疇的重新界定

在進行女性文學批評與研究之前，我們要對本書所界定的批評範疇進行說明。這首先涉及到的是以什麼爲主要依據來界定「女性文學」這一概念的內涵？這個概念在 80 年代提出之初就引起了爭議。關於這一概念的具體內涵，至今仍是比較模糊的。謝玉娥《女性文學研究——教學參考資料》一書與賀桂梅《當代女性文學批評的一個歷史輪廓》一文對此概念的源流、相近概念的區別以及不同學者的觀點作了較爲詳盡的梳理，這裡不再重複。綜合各家說法，對「女性文學」主要有三種界定：一是泛指所有描寫女性生活的文學作品，當然也包括男作家的作品。比如王富仁、劉慧英持這種觀點。二是僅僅指女作家的作品。比如李小江、吳黛英、王緋等等學者持這種觀點。第三種定義不僅僅要求是女作家創作的，還要有鮮明的女性意識以及女性風格。比如陳志紅、錢蔭愉、朱虹等等學者持這種觀點。

然而，無論是在過去還是在當下的女性文學批評和研究的具體實踐中，第一種觀點應者寥寥，第二、三種卻觀點十分盛行。人們普遍將女性文學理解爲女作家的創作。對現代女作家的研究始於上世紀 30 年代左右，學界按照傳統的審美經驗對五四女作家的特點進行了簡單的勾勒，這是較早按照女性文學就是女作家創作的思路進行的研究，他們的貢獻在於對史料進行了及時的收集與整理。比如：黃英《中國現代女作家》、賀玉波《現代中國女作家》、草野《中國現代女作家》等等研究是這方面的力作。這種研究模式持續了很長的時間，直到上世紀 80 年代，女性文學批評與研究才出現新的變化。這主

要表現在兩個方面：一是爲了對上世紀 80 年代之前「無性狀態」的糾正，學界重新返回到「人」的脈絡上展開對女性問題的闡釋，注重從生理差異的層面來理解性別。在這一思想的指導下，在具體的批評實踐中就偏重於對女作家獨具特色的藝術風貌和美學特徵進行挖掘。比如：于青《女性文學成熟的曙光——論女性文學審美品格之演變》、吳黛英《從新時期女作家的創作看「女性文學」的若干特徵》、任一鳴《女性文學現代性衍進》與《女性文學一種新的審美流變——「荒誕」》等等就是這方面的代表。二是受西方女性主義思想的影響，中國女性文學研究由審美批評開始轉向強烈的意識形態批評。在這一思想的指導下，在具體的批評實踐中就偏重於既借助文本對男權思想進行了無情的揭露與猛烈的批判，又從張揚「女性意識」的角度對女作家的作品進行分析與闡釋。比如，孟悅、戴錦華的專著《浮出歷史地表：現代婦女文學研究》、彭子良《新時期女性意識構成初探》、阮憶《女性文學和女性意識——新時期女性文學斷想》等等就是這方面的力作。然而，無論是前者還是後者都強化了「女性文學」就等同於女作家的文學創作這一研究思路。

但是，我們禁不住要發出這樣的疑問：「女性文學」難道就是女作家的作品集錦嗎？即使男作家對女性問題進行嚴肅探討的文本都要被排除在外嗎？只要是女作家的創作卻與女性問題不相關甚至與女性解放背道而馳的作品也天然是「女性文學」的組成部分嗎？對此，女作家張潔就曾提出質疑，她認爲有些女作家並沒有認眞思考女性問題，而是在兜售「女人的矯情」之類的東西。〔註 1〕就是在這個意義上，不少女性作家拒絕「女作家」的稱號，也拒絕從「女作家」的角度對她們的文學作品進行評論。此外，將男作家的創作不問青紅皀白的排除在「女性文學」研究範疇之外，其潛意識中是性別對立的觀念在作祟。我們必須辨析清楚的是，男權思想並不等於男性。事實上，有些女性的男權主義思想比男性更嚴重。因此，女性文學研究要針對的應該是以男權主義爲核心的政治體制和文化形式，要抨擊的也應該是這個不平等的社會契約，而不是男性本身。有些持女性主義極端理論的研究者要麼籠統的將男性放在自己的對立面，用偏激的仇恨片面的來闡釋這個世界；要麼在潛意識中仍然不可避免的套用男性主義的價值判斷進行霸權式的論述，從一個極端走向另一個極端。毫無疑問，這樣的做法破壞性大而建設性少，只能

〔註 1〕謝玉娥主編：《女性文學研究——教學參考資料》，開封：河南大學出版社，1990 年，第 21 頁。

將女性文學研究推向墳墓。

本書也無力對「女性文學」這一概念做一個準確全面完整的界定，只能在將問題提出的同時又將該問題懸置起來，而就本書所從事的女性文學批評與研究的範疇作一點必要的說明。

儘管「女性文學」這一概念的具體內涵至今仍是比較模糊的。但是學界想把「女性文學」最核心的質數限定在對傳統男權思想文化的否定與對現代女性解放肯定的思想框架之內的意圖是十分明顯的。許多研究者對女性文學研究的興趣也在於對男權思想文化統治下的女性作爲一種特定歷史現象和現實存在的關注以及由此延伸出來的對男權文化本身的反思。基於這樣的立場，本書所從事的女性文學批評與研究的範疇有如下兩層內涵：雖然，「女性文學」研究是以女作家的創作爲主要研究對象，但是，並不是所有女作家創作的文學作品都天然的屬於「女性文學」研究範疇；同樣，也並不是所有的男作家創作的文學作品都應該被排斥在「女性文學」研究範疇之外。也就是說，筆者主張不管作者性別如何，凡是對傳統男權思想文化持一種具有女性立場的反思態度、對女性解放持肯定與張揚的文學作品都應該納入到「女性文學」研究範疇之中。作出這樣的界定，主要有以下幾個方面的依據。

首先，文學類型的劃分不應該以作者的性別作爲歸類的依據，而應該以文學作品作爲歸類的根本依據。無須贅論，很多文學批評家都曾多次強調「文本才是文學研究的根本」這類觀點。當然，我們並不是說不重視作者的性別、生平、經歷等等個人因素。有些時候，這些外部因素對於解讀一個文本往往起到至關重要的作用。而是說，我們不能將其作爲根本的緣由去判定與闡述文本。約定俗成的「女性文學」概念就是將作者性別直接作爲批評的根本性依據。這就違背了文學研究的基本原理和準則。「女性文學」研究是與女性存在直接相關的研究。這種直接相關顯然主要是文學作品的內涵本身，而不是作者的性別。因此，我們的視域裏最重要的就是作品本身。就現有的文學類型劃分來看，比如，「兒童文學」、「市民文學」、「傷痕文學」等等概念都不是單純以作者或讀者對象爲界定的依據，而是以作品的題材、主題、人物形象以及故事內在的特定意義爲界定的基本依據。

其次，作出這樣的界定是由於優秀的文學作品往往是男女意識混合糾纏的產物。約定俗成的女性文學研究範疇將男作家的創作排除在外是認爲男作家難以表現女性意識。事實上，在小說和戲劇這類敘事性較強的文學作品中，作者展示出超強的對象化能力。這種能力讓作者能深入體察作品中各種男女人物的內心世界。反過來，這種體察又能提高作者感悟男女兩性生命體驗的能力。比如魯迅是個男作家，很多評論者卻認為他的小說「陰氣」太重；丁玲是個女作家，而她的創作卻一直在追尋一種陽剛之美。可見，男性和女性是彼此聯繫的，男性與女性是可以對話的，男性意識與女性意識更是互為因果的。一部優秀的文學作品往往是男女意識混合糾纏的產物。我們是無法避開男性的視角來奢談中國女性的問題。如果抽離了這樣一個視角，所謂的以關注女性發展為旨歸的女性主義文學研究也將越來越像許多學者所意識到的一樣陷於自說自話的困境。值得注意的是，很少有論者將男性文本正式納入到女性文學研究框架之中，筆者查閱到的專著僅有李玲的《中國現代文學的性別意識》和劉慧英的《走出男權傳統的藩籬——文學中男權意識的批判》。這兩本專著有部分章節涉及到男性文本。李玲在《中國現代文學的性別意識》一書，用四章的篇幅將現代男作家筆下的女性形象分為四大類型：天使型、惡女型、正面自主型和落後性。劉慧英在她的專著中談到，男作家的「才子佳人」、「誘姦」、「社會解放」等等故事處理的刻板程序導致了文本中女性形象「自我」空洞化的結果。兩本專著通過不同的歸類方式共同精闢地指出了文學中男權中心意識這一事實。筆者認為這兩位前輩的研究是很有價值的。但是，如前所述，我們在研究男性文本時，除了看到男女兩性之間的對立之外，更要注意到男女兩性之間的客觀存在的溝通與協作。

最後，作出這樣的界定是基於中國現代文化與文學的實際情形。中國女性文學研究多集中在五四新文化運動之後。就兩性文化而言，這一時期的男女兩性文化呈現出極為複雜的狀況。就拿現代女性覺醒這事來說，「中國現代女性意識確確實實是在反對男性霸權主義的過程中逐漸發展起來的，但這並不意味著是在反對『五四』時期男性文學的霸權主義的過程中建立起來的，而是在反對儒家『男尊女卑』的傳統觀念及其在現實社會的嚴重影響的過程中建立起來的。而在這個過程中，『五四』時期男女兩性的文學是站在同樣一條戰線上的，將這個時期的中國女性文學與中國男性文學簡單對立起來，不但無法正確地描述中國現代的男性文學，也無法正確地描述中國現代的女性文學。」〔註 2〕就文學創作實績而言，與剛剛起步的女作家相比，「我們就不

〔註 2〕王富仁：《一個男性眼中的中國當代女性文學研究》，載《文藝爭鳴》2007 年第 9 期，第 6 頁。

能不承認，像曹雪芹、魯迅、曹禺這類男性作家，在對女性心理的刻畫和描寫、對女性願望和要求的反映或表現上，是較之很多女性作家都更加眞實、更加深入的。」〔註3〕因此，我們將現代男作家關注與思考女性問題的創作納入到「女性文學」的研究範疇是合情合理的。

近十多來年來，「性別」這個詞在女性文學研究專著與論文中出現的頻頻出現，女性文學研究的關鍵詞正在由「女性」而轉向了「性別」。可以這樣說，性別批評是女性文學研究發展到一定階段的產物，因爲引入了「社會性別」這一重要範疇，使得人類對性別，尤其是對女性的認識有了質的飛躍。即它更注重從文化立場上理解性別，強調性別是後天文化所造成，不存在天然的本質差異。需要強調的是性別批評仍然以女性主體性爲價值支點，只是研究者使用更廣闊的視野來考查性別問題，將性別問題與階級、民族、閱歷等等相關問題結合起來考慮，用以克服在性別問題認識上的偏狹。也就是說，女作家文本與男作家文本甚至歷史文化語境構成的大文本，都可以用來作爲相互參照比較的互文文本被納入研究者的研究視野。這也從另外一個角度說明了將男性文本納入女性文學研究範疇的必要性。

綜上所述，本書基於社會性別視角，不管作者自然性別如何，凡是對傳統男權思想文化持一種具有女性立場的審視態度、肯定女性解放、關注女性生存的文學作品都應該納入到「女性文學」研究範疇之中。在中國現代文學框架中，我們尤其不能忽略那些嚴肅思考女性問題、關注女性未來的男性文本。作出這樣的界定既是基於文學研究的基本準則又是鑒於中國現代文學的創作實況。這樣的界定不僅有利於瞭解女性生活的全部，也有利於全面考查女性問題在特定的歷史文化環境中的發展軌迹及其出現變化的原因。

二、本書整合的思想資源及倡導的價值尺度

對「女性文學」批評範疇的不同界定就意味著不同的價值立場，不同的價值立場就意味著背後所整合的不同思想資源和判斷標準。下面將結合相關的研究成果對本書所整合的思想資源及倡導的價值尺度進行簡要的說明。

一是馬克思主義婦女解放理論。馬克思主義脈絡上的婦女解放理論由於中國革命的影響從上世紀 20 年代後期起逐漸成爲中國婦女解放理論的主流。

〔註 3〕王富仁：《一個男性眼中的中國當代女性文學研究》，載《文藝爭鳴》2007 年第 9 期，第 6 頁。

它因此成爲我們首先要整合的理論資源。馬克思和恩格斯是馬克思主義婦女解放理論的奠基者。他們的婦女思想不僅爲研究婦女問題提供了的必要理論基礎和方法論，而且爲解決婦女解放問題制定了總體思路與目標。值得注意的是恩格斯的專著《家庭、私有制和國家的起源》，這本論著被公認爲是馬克思主義婦女解放理論的代表作。因爲馬克思和恩格斯的婦女思想散見於《德意志意識形態》、《神聖家族》、《反杜林論》、《共產黨宣言》等等文章論著之中，這是唯一一本對婦女解放問題進行系統論述的著作。馬克思和恩格斯認爲私有制是造成婦女被壓迫的根本原因所在，私有制的出現導致了階級社會的產生。在階級社會中男女對立主要表現在階級的對立上，廣大的勞動婦女被異化爲社會的「他者」而被排除在公共領域之外。廢除私有制進入社會主義社會是未來婦女獲得解放的根本趨向，而婦女解放的最終目標是實現人的自由全面發展。奧古斯特·倍倍爾和克拉拉·蔡特金是馬克思主義婦女解放理論的積極倡導者。與恩格斯的專著重在建構抽象理論不同，倍倍爾在她的專著《婦女與社會主義》中運用了大量的歷史資料來說明婦女的眞實處境，從而證明自己的觀點。她認爲，在階級社會中，「被壓迫是婦女和工人共同的命運」，而被壓迫者對壓迫者的經濟依賴是她們受壓迫的根源，婦女又長期處在經濟從屬的位置，這就要求婦女要進入公共領域參加社會勞動才能獲得經濟上的平等。倍倍爾還斷言「資本主義社會，婦女被排在第二位」，她號召將婦女解放與階級解放結合起來，只有在社會主義社會女性才能擺脫壓迫獲得眞正的解放。蔡特金是國際婦女運動之母，她的很多觀點是無產階級國際婦女運動的經驗總結與提升。她的代表作有《女工和當代婦女問題》、《爲什婦女必須走進社會生活？》、《在階級鬥爭影響下》、《婦女的『母親職業』》、《關於女權請願書》等等文章。她一方面認爲在無產階級陣營中，所有的成員應該不分性別的團結在一起才能獲得最後的勝利；另一方面她將無產階級與資產階級的婦運嚴格區分開來，她認爲後者的婦運只會爲資產階級的利益謀劃而不會維護無產階級的利益。因此，對於資產階級婦女運動所發起的女權請願運動，她號召每一個有覺悟的無產階級成員拒絕支持。此外，我們還要注意到馬克思主義婦女解放理論的中國化發展。中國早期傳播這一理論的代表人物有陳獨秀、李大釗、李達、向警予等等。階級鬥爭學說對他們影響特別的深。他們認爲經濟獨立是婦女解放的重要條件，依靠勞動婦女是婦女解放的立足點，途徑就是進行社會革命。這些理論準備爲馬克思主義婦女解放思想在中國深化打下了基礎。毛澤東婦女解放思想是馬克思主義婦女解放思想在中國深化的結果。其主要觀點一是進一步明確「只有階級的勝利，婦女才能得到眞正的解放」，二是強調專職婦女幹部在開展婦女工作中的重要性。三是肯定婦女在社會革命與社會生產中的重要作用。

毋庸置疑，馬克思主義婦女解放理論抓住了婦女問題中關鍵性問題，即使用這些理論來分析中國當下的婦女問題仍具有較強的有效性。不過，這一理論在本土化的過程中受到了國家權力的干預而呈現出政治化的特點，比如過於強調階級對立而忽略了性別中的不平等關係、用男性的類特性來作爲女性解放的標準，以集體的名義壓制個人的主體意志等等。這都是我們在運用這一理論資源的時候要引起注意的地方。

二是西方當代女性主義理論。馬克思主義婦女解放理論固然是重要的智力支持，但是，西方女性主義思想由於本身的理論銳度也成爲我們要整合的理論資源之一。其中，貝蒂・弗里丹《女性的奧秘》、弗吉尼亞・伍爾夫《一間自己的屋子》、西蒙・德・波伏娃《第二性》、凱特・米利特《性的政治》、瑪麗・伊格爾頓主編的《女權主義文學理論》等等女性主義經典論著影響最大。她們最卓越的理論貢獻在於揭示了男權社會的存在以及男性如何按照男權文化想像與塑造女性，從而爲女性重新認識自己、建構自己的主體性進行了合法性的證明。許多學者對她們的思想進行了專門的論述，這裡不再贅述。近年來翻譯過來的朱迪斯・巴特勒的專著《性別麻煩——女性主義與身份的顚覆》備受關注。她所提出的「性別操練」理論對性別的「自然性」提出了迄今爲止最有說服力的質疑，她「不僅把性別當作創造主體的表演規範，更是開始關注種族、階級等其他社會規範與性別的交叉影響」，這顯示出當今性別研究的整體走向。〔註4〕此外還有一些中國學者編譯的西方女性主義理論文集，有代表性的有張京媛的《當代女性主義文學批評》、張岩冰的《女權主義文論》、李銀河的《婦女：最漫長的革命》等等。總的來看，中國學者對西方女性主義理論的譯介是偏重英美派而對法國女性主義理論關注相對較少，原因可能在於英美派注重挖掘女性經驗與中國文化的習慣暗合，法國派注重與同時期的理論呼應，尤其是結構主義理論，這與當時中國學術氛圍不太吻合。然而，自上世紀 90 年代末期以來，女性文學批評頻頻遭遇「困境」，最主要

〔註 4〕（美）朱迪斯・巴特勒：《性別麻煩——女性主義與身份的顚覆》，宋素鳳譯，上海：三聯書店，2009 年，第 6 頁。

的原因之一在於西方女性主義理論雖然提供了有效的武器，但是無法回應本土文化在其特定的歷史與現實境遇中遇到的問題。因此，除了對西方當代女性主義思想進行譯介之外，中國學者也對西方女性主義理論在本土化過程中移步換形的問題作了辨析。其中有代表性的文章有：朱虹《「女權主義」批評一瞥》、王逢振《關於女權主義批評的思索》、陳志紅《他人的酒杯：中國當代女性主義文學批評閱讀劄記》、林樹明《評當代我國的女權主義文學批評》、喬以鋼《女性文學批評的本土化》、荒林主編《中國女性主義》等等。

這再次提醒我們，當我們借用西方女性主義理論解決我們自身困惑的時候，不僅要理清楚這些理論的源頭與流變，還要知道它們當初被提出時的歷史文化背景及其所針對的問題。更重要的是，我們要認識清楚我們當下所面臨的問題，這樣才能知道被借鑒過來的理論那些地方有針對性那些地方需要修正。

三是本土合理的性別思想。我們首先不能忽略的是五四啓蒙思想家對女性問題的相關論述。周作人的《婦女問題與東方文明等》、《北沿溝通信》、《女學一席話》、魯迅的《我之節烈觀》、《娜拉走後怎樣》、《關於婦女解放》、吳虞《女權評議》、胡適的《貞操問題》等等的文章是這方面的代表作。他們在立「人」的脈絡上展開了對中國女性問題的調查、認識以及對中國女性問題解放道路的思考。這其中包含著中國現代文化對性別問題思考的最高成就點。其次需要整合的本土理論資源是當代的性別思想。其主要成績著重集中在以下幾個方面：第一，對女性文學根本性的理論問題的探討，如概念的界定以及與相關概念的辨析。其中有代表性的文章有：李小江《爲婦女文學正名》、王富仁《談女性文學——錢虹編〈廬隱外集序〉》、吳黛英《女性世界和女性文學——致張抗抗信》、馬婀如《對「兩個世界」觀照中的新時期女性文學——兼論中國女作家文學視界的歷史變化》、張抗抗《我們需要兩個世界》、王緋《女性氣質的積極社會實現——讀〈女人的力量〉兼論女性文學的開放》、徐劍藝《論新時期「女性文學」的超越》、陳虹《中國當代文學：女性主義・女性寫作・女性本文》、王侃《概念・方法・個案》、任一鳴《女性文學與女性主義文學及其批評之辨析》、劉思謙《女性文學——女性・婦女・女性主義・女性文學批評》等等。他們對女性文學概念界定的重心經歷了從對性別的強調到內外兩個世界之分的闡釋再到對「女性意識」、「女性風格」堅持的過程。第二、在女性文學與其他社會科學的交叉地帶建構女性文化。早在上世紀 80

年代中期，李小江就提出了「新的批評空間」。所謂「新的批評空間」就是指要在女性文學與女性社會學的交叉地帶開拓耕耘。李小江有兩篇代表性的論文《婦女研究與婦女文學》與《當代婦女文學中職業婦女問題——一個比較研究的視角》對這一研究思路進行了深入的闡述與批評實踐。運用這一新的思維批評，學界主要集中討論了二個問題，即女性「雄化」、女性的肉體與精神性別的解放。有代表性的文章有：盛英《女性主義批評之我見》、張擎《女性文學的嬌弱、雄化和無性化》、吳黛英《女性文學『雄化』之我見》、金燕玉《從女性的發現到女性的認識》等等。1995 年，世界婦女大會在北京召開，客觀上又將這一研究思路向前推了一程。當時作家出版社發行了一套女性文化書系《萊曼女性文化書系》，這套書由 10 位中外知名學者從各自研究的領域出發來討論女性歷史與現實、言說女性的生存問題。其中有代表性的有：劉納《顛跪窄路行》、（韓）洪信子《為自由辨明》、戴錦華《鏡城突圍》、王緋《睜著眼睛的夢》、夏曉虹《晚清文人婦女觀》、黃喬生《西方文化與現代中國婦女觀》、譚桂林《宗教與女性》、孟暉《中原女子服飾史稿》等等。緊隨其後，新成立的首都師範大學女性文學研究中心編寫了一整套《中國女性文化》，旨在推動女性文化建設。2003 年，李小江主編一套《20 世紀中國婦女口述史叢書》，讓女人自己說話，講述女人自己感受到的歷史。以上這些研究成果主要是從批判男權社會的角度在學科交叉地帶建構女性文化。第三、提出「雙聲話語」。「身體寫作」與「身體寫作」批評引發了社會性的圍觀與熱議，成為女性文學陷入困境的導火索。學界經過多重反思之後，逐漸調整研究思路，比如引入「雙聲話語」「多重主體」等等開放性的視點，以矯正女性文學研究中的偏頗。開始重視兩性的交流以及性別意識與階級、時代、人性意識、本土國情等等方面的整合，以糾正過於強調女性意識的研究格局。這方面的有代表性的論文與著作有：趙樹勤《性別：主題研究的新維度》、劉思謙《女性文學的現代性》、薛毅《浮出歷史地表之後》、王侃《當代二十世紀中國女性文學研究批判）、荒林《花朵的勇氣——中國當代文學文化的女性主義批評》、陳志紅《反抗與困境：女性主義批評在中國》、林樹明《多維視野中的女性主義文學批評》等等。第四、性別詩學的建構。經過前期的摸索與嘗試，性別詩學的正式提出意味著女性文學研究的深化。其中有代表性的論著有：林樹明《性別詩學——意會與構想》和《女性文學研究、性別詩學與社會學理論》、萬蓮子《性別：一種可能的審美維度——全球化視域裏的中國性別詩學研究導論（1985～2005 大陸）》（上下）、劉思謙、屈雅君等著《性別研究：理論背景與文學文化闡釋》、葉舒憲主編《性別詩學》、李小江、朱虹、董秀玉主編《性別與中國》、陳順馨、戴錦華編《婦女、民族與女性主義》等等。此外，臺灣學者的精彩論著也值得一提。比如黃金麟《歷史、身體、國家——近代中國的身體形成（1895～1937）》、劉人鵬《近代中國女權論述：國族、翻譯與性別政治》。這些論著主要闡釋三個方面的問題，一是辨析女性主義批評與性別批評的異同，二是對社會性別進行深入思考，三是將性別視角與思想、歷史、民族、國家乃至翻譯等視角綜合起來統籌考慮。可見，本土的性別思想主要是根據本土的實際問題與現實處境而發聲的。不足之處在於理論的原創性較弱，處處可見西方女性主義思想和當代哲學文化思潮的影響，這極有可能造成學術跟風的現象而嚴重干擾中國學者對本土問題的深入思考。

以上對本書擬整合的理論資源及其優點與缺點進行了簡要的勾勒與評析，不管是馬克思主義婦女解放理論、本土合理的性別思想還是西方當代女性主義思想，我們在社會性別視角下，整合的標準是看是否具有解決當下中國文化婦女問題的現實有效性。我們堅持的人文價值尺度是主張男、女主體性平等，尊重性別差異性與個性差異性，反對以男性的標準來作爲女性解放的標準和以集體的名義壓制個人主體意志的做法，同時也尊重男性合理的生命邏輯，對以男權主義爲核心的政治體制和文化形式進行本體性的否定，而不是輪流坐莊式的抗爭。

第一章　男性文本：女性文學研究不能忽略的話語場地

與西方不同，中國從來沒有發生過獨立的女權運動。始於晚清的歷次女權運動都是在更大的政治文化運動裹挾下發生的。最初是以「強國保種」爲目標的維新變法運動，其次是以推翻帝制爲主要目的的辛亥革命，最後是以建設現代民族國家爲旨歸的五四新文化運動及其衍生的暴力革命。可以這樣說，「女性解放」這一命題是由男性在艱辛探索現代民族國家理論與實踐的過程中被發現的。與此相隨，新的性別觀念、新的性別制度、婚制的變革和女性形象的新定位等等新舊之變都在男性知識精英的積極引領下被重新建構。

第一節　「女性傳統」與古典小說中的女性形象

一、三位一體的「女性傳統」

「女性傳統」是中國傳統文化的一個重要組成部分。所謂女性傳統，主要指儒家文化爲女性設計的、同時又在漫長的歷史實踐中逐漸形成的符合女性社會角色的一整套關於身體、行爲、思想的複雜而立體的系統。如果仔細考察「女性傳統」的內部構成，性別文化觀念、性別制度與法律儒家化是其中最核心的元素。這三個方面互相支持與呼應，從而導致「女性傳統」的質地幾千年來沒有發生大的變化，反而成爲一個較爲穩定的系統。

（一）性別文化觀念：男尊女卑

從現有的文獻來看，對性別問題的自覺思考始於先秦，散見於《易》、

《書》、《春秋》、《詩》、《論語》、《孟子》、《荀子》、《老子》、《莊子》等等典籍之中。首先是《周易》對性別問題進行了哲學層面的闡釋。《周易・繫辭》中日「乾，陽物也；坤，陰物也。陰陽合德而剛柔有體」。又日：「天尊地卑，乾坤定矣。卑高以陳，貴賤位矣。動靜有常，剛柔斷矣。方以類聚，物以群分，吉凶生矣。在天成象，在地成形，變化見矣。是故剛柔相摩，八卦相蕩，鼓之以雷霆，潤之以風雨；日月運行，一寒一暑。乾道成男，坤道成女……天下之理得，而成位乎其中矣。」《周易・坤卦・文言》也云：「坤至柔而動也剛，至靜而德方……坤道其順乎，承天而時行……陰雖有美，『含』之以徒王事，弗敢成也。地道也，妻道也，臣道也。」等等。《周易》有意識的將陰陽、天地、男女、高卑等等一組組二元對立的概念比附在一起，從而完成了一種融合自然、社會、性別爲一體循環論證的理論，並衍生出關於等級、意義價值、精神氣質等等方面的對應結構。這既爲性別觀念提供了哲學上的闡釋，也爲幾千年來的性別文化定下了基調。在此基礎上，《尚書》與《詩經》還提出了「牝雞無晨」與「婦無公事」觀點，逐步將女性逐出公共領域。漢代董仲舒在《春秋繁露・基義》中對陰陽又進行了系統闡釋，並將之與三綱相勾連，從而完成了陰陽之於性別社會象徵意義構建的關鍵性一環。

其次，諸子百家對性別問題進行了論說，其態度傾向性主要可分爲兩類。一類是以儒家、墨家與法家爲代表的男尊女卑的思想。比如《論語・陽貨》中「唯女子與小人爲難養也，近之則不遜，遠之則怨」、《孟子・滕文公下》中「以順爲正者，妾婦之道也」、《荀子・非相》中「故人之所以爲人者，非特以其二足而無毛也，以其有辨也。夫禽獸有父子而無父子之親，有牝牡而無男女之別，故人道莫不有辨」、《荀子・天論》「若夫君臣之義，父子之親，夫婦之別，則日切磋而不捨也、」《墨子・公孟》中：「譬若美女，處而不出，人爭求之；行而自炫，人莫之取」、《韓非子・亡徵》「女子用國，刑餘用法，可亡也」、《韓非子・備內》中「丈夫年五十而好色未解，女子年三十而美色衰矣。以衰美之婦人事好色之丈夫，則身死見疏賤，而子疑不爲後」等等。另一類性別價值取向剛好相反，「貴陰」、「貴柔」，宣揚男女平等。以老子與莊子爲代表。比如《老子》三十六章中「柔弱勝剛強」、《老子》七十六章中「堅強者死之徒，柔弱者生之徒」、《老子》七十八章中「天下莫柔弱於水，而攻堅強者莫之能勝，以其無以易之。弱之勝強，柔之勝剛，天下莫不知，莫能行」、《老子》四十三章中「天下之至柔，馳騁天下之至堅」。莊子《齊物論》中「天地與我並生，而萬物與我爲一」、《秋水》中的「萬物一齊」等等。在先秦時期，老莊「貴柔」的思想還能對儒墨法男尊女卑的性別觀有所牽制。然而自漢代開始，儒家思想漸漸成爲國家的意識形態，男尊女卑的思想也隨之成了普世理念。

最後，自漢代起，所有有關婦學的書籍基本上都是沿著儒家男尊女卑的文化脈絡對婦女的言、行、德進行了具體規訓。關於婦學的書籍很多，其中最有影響的就是「女四書」。即班昭《女誡》、徐皇后《內訓》、宋若莘《女論語》、王相之母劉氏《女範捷錄》等等。其主要內容就是三從四德。所謂「三從」，即從父、從夫、從子。雖然普世的性別觀念是男尊女卑，但是骨肉之情也常常讓人難以割捨，有的人還很偏愛女兒，因此，從父的規定也不是後人想像的那麼冷酷無情。在中國文化中有孝的傳統，從子的規定在實際生活中也很難嚴格的執行。顯然，「三從」的核心就是「從夫」。班昭《女誡・專心》中有「夫有再娶之義，婦無二適之文」的觀點、《女誡・夫婦》中強調「婦不賢則無以事夫」、陳宏謀《教女遺規》也強調賢婦的重要性。所謂「四德」，即婦德、婦言、婦容、婦功。在班昭《女誡》中，對這四德有明確的論述。「婦德」強調「不必才明絕異」、「婦言」告誡婦女們懂得「時然後言，不厭於人」、「婦容」要求婦女「沐浴以時，身不垢辱」、「婦功」勸解女性「專心紡織」。後繼者「四德」的說法大同小異。縱觀所有的婦學書籍，對女性的塑造也不乏合理之處，但就整體態勢而言，以「三從四德」爲德行準則的賢妻良母是古代社會對理想女性的期待。與男性文化的外向性不同，女性文化逐步朝著內向性方向發展。

（二）性別制度：男外女內

「華夏性別制度」這一本土概念最早由杜芳琴教授提出。她在《父系制延續與父權制建立：夏商周婦女與社會性別》一文中論述到：「周禮父權制性別制度主要是指以父子相傳的世系爲核心的在男女組織法則和性別分工上的限定規範，父系的權威和父親的權力得到充分的體現，實際上貴族男性成爲這一制度的主宰和受益者。」〔註1〕眾所周知，幾千年來的制度文明都源於周代。正如杜芳琴教授所言，性別制度主要體現在兩個方面，一是男女組織法

〔註1〕杜芳琴：《父系制延續與父權制建立：夏商周婦女與社會性別》，載杜芳琴、王政主編《中國歷史中的婦女與性別》，天津：天津人民出版社，2004年，第129頁。

則，即宗法制度中的男女權力位置。二是以周禮爲核心的歷代禮制中所體現的性別規範。其實這兩方面的內容有重疊之處，爲了便於論述，暫時分開來談。下面，就以周代爲例，論述性別制度中的核心內容。

一是宗法制度中的男女權力位置。宗法制度最大的特點就是家國同構。在西周，宗法制度不僅僅是貴族之間的組織方式，而且與政權機構緊密聯繫在一起。「按照宗法制度，周王自稱天子，王位由嫡長子繼承，稱爲天下的大宗，是同姓貴族的最高族長，又是天下政治上的共主，掌有統治天下的權力。天子的眾子或者分封爲諸侯，君位也由嫡長子繼承，對天子爲小宗，在本國爲大宗，是國內同宗貴族的大族長，又是本國政治上的共主，掌有統治封國的權力。諸侯的眾子或者分封爲卿大夫，也由嫡長子繼承，對諸侯爲小宗，在本家爲大宗，世襲官職，並掌有統治封邑的權力。卿大夫也還分出有『側室』或『貳宗』。在各級貴族組織中，這些世襲的嫡長子，稱爲『宗子』或『宗主』，以貴族的族長身份，代表本族，掌握政權，成爲各級政權的首長。」〔註2〕很顯然。宗法制度就是以各級男性族長爲核心層層組織起來的，並且，他在其所屬領地擁有至高無上的權力。楊寬先生論述到：「宗子主管有本族的共同財產，主要是土地和人民……各國卿大夫的宗族組織，就是統治機構，掌管全族財產和各種政務、事務，叫做『宗』、『家』或『室』。其中規模大的，『宗』之下分爲『家』或『族』，『家』或『族』之下又分爲『室』。這種『室』，因爲掌有全族財產，又成爲一種財產單位，宗子有權可以使用和處理。如果宗族滅亡，『室』就跟著被人兼併或分取。」〔註3〕在這樣一個格局之中，從君主到卿大夫到家、族再到室，各級以男性爲首的、階級與性別的雙層結構合二爲一的政治權力環環相扣，連成一片，成爲一個嚴絲合縫的父權結構體系，將女性作爲一個性別群體排除在權力體制之外。

二是周禮中的性別規範。這種性別規範主要從以下幾個方面體現出來。首先是繼嗣上的立嫡制。《公羊傳》隱公元年中記載：「立嫡以長不以賢，立子以貴不以長。」也就是說，首選嫡夫人的長子，如果嫡夫人無子而要選擇其他的子，就以貴爲選擇的標準。其次是喪服制度。在喪服制度中主要遵循父與長子地位尊於其他家族成員、嫡尊於庶、直系尊於旁系和男尊女卑等等原則。朱鳳瀚在《商周家族形態研究》一書中對喪服制度中的等級關係有詳

〔註2〕楊寬：《西周史》，上海：上海人民出版社，2003年，第426頁。

〔註3〕楊寬：《西周史》，上海：上海人民出版社，2003年，第442頁。

細的論述。再次是婚姻制度。周代的婚姻締結是以男權利益爲本位。《國語．周語中》有記載：「婚姻，禍福之階也；由之利內則福，利外則取禍。」婚姻的締結有利於男方則是富，有利於女方則是禍。不僅如此，《禮記．內則》中還規定：「子婦無私貨，無私畜，無私器，不敢私假，不敢私與。」作爲兒媳是沒有任何私有財產的，連借人東西的權力也沒有。最後是男外女內的性別分工。《禮記．內則》中明文規定：「禮，始於謹夫婦。爲宮室，辨外內。男子居外，女子居內，深闔固門，閽寺守之，男不入，女不出。」《禮記．曲禮上》又云「男不言內，女不言外」，從行與言兩個方面將女性置於「內」的位置。這樣一種內外有別的秩序甚至影響到了居住空間的建築設計。臺灣學者杜正勝在《內外與八方：中國傳統居室空間的倫理觀與宇宙觀》一文中就論述了民居四合院布局中「中軸對稱」與「深進平遠」的原則。後者尤其強調了男女有別，男外女內的原則。

綜上所述，男權社會從社會組織結構和包羅生活各個重要側面的規範中對女性實施了制度化的隔離措施。可以說，古代社會的性別制度讓女性漸漸淡出公共領域直到完全喪失社會公共領域的參與權力。這不僅造成了女性內外世界的斷裂，從而深深的影響到女性的心理與志趣發展，還讓女性深置於從屬與被動的位置而淪爲歷史的看客。

（三）性別制度的法典化

自漢代起，法律開始儒家化，隋唐時期，浸透了儒家思想的禮與法完成了合體。趙曉耕以爲：「禮是唐律的核心與靈魂，唐律是禮教規範的法律表現，二者密不可分。」〔註4〕到了明代，雖然法律的指導思想從德主刑輔演變成了明刑弼教，但是大明律例的儒家思想底色並沒有改變。因此，從性別的角度來看，法律不僅沒有起到制衡性別之間權力與義務失衡的作用，反而以強硬的姿態進一步鞏固了男尊女卑的大格局。這主要體現在以下幾個方面：

一是把「三綱」作爲立法的原則，在具體的法律條文和判例上全面維護君權、父權和夫權。董仲舒在《春秋繁露》中從「天人感應」的角度闡釋了「君權神授」。從漢代起，法律據此制定了一系列維護皇帝尊嚴的條文。《唐律》中就明確規定凡是侵犯了皇權的罪行，一概處以最嚴厲的刑罰，並且爲常赦所不原。對於「不孝」行爲的處罰是維護父權的表現之一，在《唐律》

〔註4〕趙曉耕：《中國法制史》，北京：中國人民大學出版社。2010年，第163頁。

中「不孝」罪與「謀大逆」罪「謀反」罪一樣，位於十種重罪之列，刑罰極重。對於夫權的維護在歷代法律條文中比比皆是，比如在《漢律》和《漢令》中有這樣的規定：「十惡：殺夫係惡逆，殺妻只是不睦。賣妻雖亦入不睦，但妻並無賣夫者。」〔註 5〕又曰：「流移：夫被流配、移鄉，妻妾從夫。妻通常不獨流而易科以他刑；婦女不移鄉，故夫無隨妻移鄉之可能。」〔註 6〕從中可以看出，夫的獨立性與優越性與妻的依附性與劣等性形成了鮮明的對比。更讓人感到驚訝的是在《宋朝事實類苑》中記錄了這樣一個案例：「刑州有盜殺一家。其夫婦即時死，惟一子明日乃死，其家財產戶絕，法給出嫁親女。刑曹駁曰：其家父母死時，其子尚生，財產乃子物，出嫁親女乃出嫁姐妹，不合有分。」〔註 7〕同屬於子輩，兒子只要在世一天，就擁有對財產的絕對繼承權，女兒是不可能染指的。如果說，對「不孝」罪的重處還有合理之處，這個案例所表現的對於男性權力的維護，到達了無以復加的迂腐的程度。

二是對家族主義的維護。《禮記．大學》中曰：「古之欲明明德於天下者，先治其國；欲治其國者，先齊其家。」在封建社會，家不僅是一個自然的生活單位與生產單位，也是政治統治下的一個主體。因此，爲了「齊家」，在法律層面上首先既維護家長的特權又在很多責任的追究上唯家長是問，比如逃稅和匿戶。其次是親戚間的法律責任。比如親屬相隱，按唐律規定，屬於同財共居者和大功以上的親屬，替犯罪人通風報信、協助隱藏逃亡以避法律的制裁，都不負刑事責任。但是，如親屬或同居者犯有謀反罪、謀叛最、謀大逆罪等等，則需要執行「忠高於孝、國重於家」的原則。再如親屬相犯，在宗法倫常關係之中，卑犯尊，處刑重於常人。比如魏律中規定：「夫五刑之罪，莫大於不孝。」〔註 8〕還如族刑與萌親，即一榮俱榮、一損俱損。比如《唐律．賊盜》中對犯「謀反大逆」罪的刑罰規定：「謀反及大逆者，皆斬；父子年十六以上皆絞，十五以下及母女、妻妾、祖孫、兄弟、姊妹……並沒管……伯叔父，兄弟之子皆流三千里。」〔註 9〕

三是法律條文對婚姻的規定。這一點與上面兩點有交叉重複之處，之所以單列出來，是由於筆者認爲人最大的幸福莫過於情感婚姻的平等與自由。

〔註 5〕戴炎輝：《中國法制史》，臺北：臺北三民書局，1966 年，第 43～44 頁。
〔註 6〕戴炎輝：《中國法制史》，臺北：臺北三民書局，1966 年，第 43～44 頁。
〔註 7〕孔慶明等：《中國民法史》，長春：吉林人民出版社，1996 年，第 394 頁。
〔註 8〕趙曉耕：《中國法制史》，北京：中國人民大學出版社，2010 年，第 128 頁。
〔註 9〕趙曉耕：《中國法制史》，北京：中國人民大學出版社，2010 年，第 155 頁。

因此藉此也更能瞭解中國女性在封建社會的處境。關於結婚，封建社會男女都沒有婚戀的自由，所謂「媒妁之言、父母之命」的觀念早已深入人心。關於離婚的規定，《大戴禮記．本命篇》中制定了「七出」，歷代法令與此出入不大。所謂「七出」一是不事舅姑、二是無子、三是淫、四是妒、五是惡疾、六是多言、七是竊盜。然而，在賦予男性解除婚姻關係權力的同時又嚴禁妻子擅自離婚，比如宋法規定：「妻擅走者徒三年，因而改嫁者流三千里，妾各減一等。」〔註 10〕此外，還涉及到夫妻財產的分割問題。宋律規定，婦人的財產爲夫所有，因此，夫有典賣妻之田產嫁妝的權力，如果妻想自己典賣嫁妝還必須徵得夫的同意。不僅如此，在《名公書判清明集．戶婚門．婚嫁》中記載這樣一個判例，黃桂與丘貢士之妹締結婚姻之後，丘家嫌棄黃桂窮而招回其女。經調解未果。判曰：「夫婦不可復合，亦既憫念黃桂貧窮，資助錢財，使之別娶。」〔註 11〕本無財產可分，還必須倒貼。這個判詞簡直令人拍案稱奇。

綜上所述，從頂層性別文化觀念的設計，到具體的性別制度，再到法律的保駕護航，「女性傳統」層層深入、系統而穩健的被構建起來。從文化層面而言，女性文化不停的向內向下轉，最終發展從一種以「卑」、「從」與「弱」爲特徵的文化；從社會分工上而言，男權社會對女性實施了制度化的隔離措施，讓女性漸漸淡出公共領域直到完全喪失社會公共領域的參與權力；從法律層面而言，女性從來不是行爲主體，等待著被決定與被宣判。雖然，有學者提醒不要忽略了在孝文化脈絡中的「母權」現象、性別與輩分的交叉以及各個朝代的情況不可一概而論等等。的確，這些例外情況都爲女性的生存留下了可以周旋的彈性空間，不然這種不合理的性別文化也不會綿延數千年，但是這些權宜的變化不能掩蓋男尊女卑的總體格局，社會性別文化對女性的塑造在各個朝代的內在肌理大致是相同的。

二、「女性傳統」影響下古典小說中的女性形象

通過對「女性傳統」的構建，封建社會對理想女性的審美模式也隨之被塑造。在很多時候，文學創作就是再表達這種性別理想。落實到具體的文本中，這種性別理想又常常借助作家塑造的女性形象傳遞出來。下面根據被塑

〔註 10〕趙曉耕：《中國法制史》，北京：中國人民大學出版社，2010 年，第 216 頁。
〔註 11〕趙曉耕：《中國法制史》，北京：中國人民大學出版社，2010 年，第 217 頁。

造的女性形象與「女性傳統」之間的遠近距離、結合男性作家創造時的心理論述古典小說中女性形象的四種主要向度。

首先是理想型女性，理想型女性與「女性傳統」最近。在理想型女性這個向度中最典型的就是理想妻子的形象，唐傳奇《李娃傳》中李娃可以堪稱代表。《李娃傳》講述了滎陽公公子在赴京趕考的期間與李娃相戀，後因李娃的賢惠，功成名就、家庭榮華和美的故事。李娃原本倡女，與公子雪天重逢之後，先與鴇母據理力爭、贖身從良，再督促公子發奮讀書、博得功名，然後欲功成身退、回老家贍養老母。待滎陽公同意婚娶、跟公子結爲夫妻之後，遵守婦道、治家嚴格、孝敬公婆、撫養子女。最後丈夫連連遷升，李娃被封爲汧國夫人。小說開篇盛讚她「節行瑰奇，有足稱者」。結尾處又云「倡蕩之始，節行如是，雖古先烈女不能逾也，焉得不爲之歎息哉！」顯然，除了強調李娃明眸皓腕、舉步豔冶、妖資要妙等等絕代未有的美貌之外，小說家更在意的是李娃品行中符合女性傳統的賢良淑德。此外，給讀者留下極深印象的理想妻子的形象莫過於最具想像力的《聊齋誌異》中的部分女子，比如《林氏》中的林氏，可謂是賢妻的典範，她的忠貞行爲不僅讓行爲浪蕩的丈夫回歸家庭，並且還誓不再娶。《珊瑚》中的珊瑚，無論公婆如何刁難、依然能忍辱負重、恪守孝道。就像許多學者已經指出的那樣，無論這些狐媚花妖、鬼神精怪的女性身份多麼的怪異，容貌多麼的傾國傾城，才藝多麼的驚人，無一例外的都對書生情有獨鍾、死心塌地，完全臣服於世俗的婚戀觀。中國文人在這樣的怪力亂神中寄託了獨特的王道理想。

仔細考查理想型女性的流變，其雛形來自《詩經》裏《周南・關雎》篇中的「窈窕淑女」。詩中云：「關關雎鳩，在河之洲。窈窕淑女，君子好逑。」歷代以來的闡釋者對「窈窕」的理解是儀容嫺靜、心靈美好。自此以後，外貌美麗與品行端正就爲了男作家想像理想女性的標準。在魏晉志怪小說中，「窈窕淑女」變身爲「神女」，即擁有非凡能力的女子，既包括神仙也包括妖鬼。比如《搜神記》中的眾多的異類女子，除了貌美心善、忠貞不二之外，新增的功能就是要運用非凡的能力給男性提供或物質或前途方面的幫助。例如《吳王小女》中的紫玉就贈送了一顆寸徑般大小的明珠給情人韓重，以行夫婦之禮。在唐傳奇中，「神女」形象仍然盛行，不過可以看出其漸漸演變成「賢婦」形象，跟「神女」相比，「賢婦」最重要的特徵就是要在性別規則的範圍內，身體力行的爲男性的前途與家庭瑣事辛勤的操持，就如前面所列舉的李娃一樣。在宋代話本中，男作家所稱讚的理想女性與唐代相比更接地氣，一個重要的變化就是女性的身份走向平民化。比如《碾玉觀音》中的璩秀秀就來普通百姓之家。在元明清的小說中，文人所塑造的理想女性除了上面提到的特徵外，還有一個重要的特點就是更強調貞節，即所謂的「貞婦烈女」。比如《雙珠記》中的郭小燕與《尋親記》中的郭氏，爲保貞節或捨身明從一而終之義或毀容全其節。除了貞婦烈女之外，在明清的小說中，還出現了紅粉佳人的形象，紅粉佳人一個突出的特點就是女性主體意識開始部分復蘇，這顯示出男性對女性的期望值以及對兩性關係的認識，開始發生細微的變化。從總體上來說，所謂的理想型女性，就是按照主流社會的價值觀塑造出來的女性形象。也就是說，對於理想型女性而言，美豔如花的外貌倒在其次，符合女性傳統的標準才是理想型女性最重要的標準，也是男性作家心目中的女性審美的最高境界。

爲什麼男作家熱衷於塑造理想型女性呢？主要有兩個方面的原因。一方面源於教化心理。宣揚模範女性、樹立榜樣，這樣的表揚能起到很好的意識形態的作用。一旦女性偏離這種模範角色，必然會陷入內外交織的困境中。必須指出的是，如果小說家將這類人物形象塑造得太過扁平，只能適得其反，引發讀者對禮教思想對女性的奴役與壓制的反思。另一方面想從理想女性的形象中引申出士君子的正面人格，比如《任氏傳》中任氏對鄭六情感的忠誠、《玉玦記》中秦慶娘的寧死不從的節烈和《好逑傳》中水冰心卓絕的才識等等都是士大夫所推崇的君子品格。此外，也能從這類女性的遭遇中思考士君子的出與入的問題，比如，李娃在幫助滎陽公子獲得功名之後，欲功成身退。這在士大夫看來，就是君子所爲。還能在理想女性身上得到仕途失意之後的慰藉，畢竟在一家之內或者在二人關係之間，男性還是王者。也可以說，男作家們表層在寫理想女人，深層在審視自我，這既能獲得深入的自我反觀的快感、又能獲得道德倫理上的愉悅。

其次是審美型女性，審美型女性與「女性傳統」相對較遠。與理想型女性相比，審美型向度女性的特點在於非道德化和唯美的傾向。審美型女性最典型的形象就是紅顏知己。在唐傳奇中常常具化爲色藝俱佳的一代名妓。在文本中，士子對妓女的愛情不是通過相識相知的過程建立的，而是在初次見面的時候，對絕豔的女色凝視那一刹那就愛上了。在《霍小玉傳》中，當李公子第一次見到小玉的時候，「頓覺一室之中，若瓊林玉樹，互相照曜，轉盼精彩射人。」在《遊仙窟》中「眼見神仙，不勝迷亂」。在《飛煙傳》中因飛煙「容止纖麗，若不勝綺羅」，趙象「神氣俱喪，廢食忘寐」。在對絕色凝視的那剎那，士子們迷失了自己。當佳人們雙眸顧盼，蕩之以秋波的時候，書生們更覺銷魂。然而更讓士子們沉迷不止、難以割捨的是高級妓女們一流的才藝。霍小玉「音樂詩書，無不通解」、步飛煙「善秦聲，好文墨，尤工擊甌，其韻與絲竹合」、柳氏「喜談謔、善謳詠」等等。正所謂「影裏情郎，畫中愛寵，今之謂也。」跟唐傳奇裏的紅顏知己相比，《聊齋誌異》的審美型女性除了才藝卓絕之外，更多了一份不計結果、來去自如的灑脫氣質。在《葛巾》中，當花仙葛巾被常大用癡好牡丹的眞誠所打動，就主動私奔常大用，當葛巾發現常大用懷疑她的時候，就主動離開，不知所蹤。在《小翠》中也如此，小翠爲了報恩嫁進王家，不僅治癒了丈夫的癡病、曲意奉承公婆，還多次幫助他們化險爲夷。但當小翠被過分責罵，決定放棄這段感情的時候，也毅然獨自離開。審美型女性具備種種優點，可惜的是既沒有理想妻子的生活氣息，也沒有悍妒型女性的欲望，還缺乏一種眞正的靈動，處於上下不沾的懸浮狀態。

值得追問的是，男作家們爲什麼要塑造這一批堪稱奇觀的女性呢？主要有三個方面的原因。一是出於才子賞玩的心態，將奇絕的女子作爲一種把玩娛樂的對象。明代才子袁宏道在談及人世間的「眞樂」時概括了五種，首樂就是「目極世間之色」。《遊仙窟》中的士子就曾自曝經歷「余以少娛聲色，早幕佳期，歷訪風流，遍遊天下。彈鶴琴於蜀郡，飽見文君；吹風管於秦樓，熟看弄玉。」誰都鍾情於「紅袖添香夜伴讀」美景，但是都不願爲自己的風流負責，只想瀟灑走一回。除此之外呢，還可以借風流韻事擡高身價。學者程固斌的分析可以作爲佐證，「唐五代時人們理想中的人物大致要經過這樣一個人生歷程：年少風流，眠花枕柳，可以擡高身價；爾後科舉及第，娶高門之女，出將入相」。〔註 12〕我想這樣的人生經歷也是古代文人的共識。於是他們就在文學創作中將自己的白日夢合盤托出，塑造這一個個美豔絕倫、主動付出但又不爲禮法所拘束的女性形象。二是尋求精神契合的感情。名妓雖然是玩物，但不是一般的玩物。傳統的婚姻制度能夠給他們一個道德操行很高的理想妻子，但是在人的情感體驗中缺少一段刻骨銘心的愛情。而才藝雙全

〔註 12〕程固斌：《唐五代小說的文化闡釋》，北京：人民文學出版社，2002 年，第 142 頁。

的名妓與狐妖常常能與才子們心意互通，有共同譜寫一段曠世奇情的可能。在《聊齋誌異》之《小謝》篇中，風流才子陶生與女鬼小謝秉燭夜讀、酬唱詩賦，怎一個暢快了得。在《林四娘》篇中，林四娘精通詩詞、字態娟秀、深諳音律、琴瑟過人。「每與公評騭詩詞，瑕輒疵之，至好句則曼聲嬌吟」，「置酒相與痛飲，女慷慨而歌，爲哀曼之音，一字百轉。」難怪波伏娃這樣說到「在高級妓女身上，男人的神話得到了極有誘惑力的實現，她超過了其他一切的人，成爲肉體和精神，成爲偶像、靈感和詩；畫家和雕塑家想把她們當成模特，她們滿足了詩人的夢想。」〔註13〕三是孤憤心理的投射。何爲孤憤？唐代司馬貞認爲「孤憤，憤孤直不容於時也。」很多小說家是社會中下層知識分子，他們大多是一生奮鬥卻一生清貧。雖有蓋世才華，卻過著匿影寒廬的生活。其命運帶有十分濃厚的悲劇色彩，故使他們產生了比較強烈的孤憤心理。這一心理往往使其筆下的女性形象呈現出浪漫化的傾向，用以安慰其內心的傷痛。這些美人常常不期而至，給困厄中的書生帶來多方面的幫助，比如美麗的肉體與錦繡的前程。在《聊齋誌異》之《荷花三娘子》篇中，士子宗相若在結識荷花三娘子與狐女之前貧困不堪，在結識二人之後，不僅抱得美人歸，還幫助其發家致富。在《封三娘》篇中，孟生本是「布袍不飾」，與三娘認識後，狐女三娘同樣讓他娶美婦、中舉人、最後官至翰林。在《聊齋誌異》之《酒友》篇中，狐女能未卜先知，結果讓車生奇貨可居、獲利無數，不久富甲一方。實際上，在現實生活中也常常出現名士與名妓惺惺相惜的情形，「關於這一點，漢學家孫康宜的著作《晚明詩人陳子龍：愛情與遺民意識的危機》有比較深入的研究。作者認爲，晚明及清初具有遺民意識的文人之所以流連於名妓，與之詩歌往還，是因爲身遭家國淪難，在潛意識中把自我投射到淪落風塵但精神高潔的名妓身上。」〔註14〕筆者認爲，這種判斷不僅僅對晚明時期的落魄士子是成立的，也道出了整個封建時期不得意的文人留戀青樓的典型心理。

再次是悍妒型女性，這類女性對「女性傳統」提出了挑戰。悍妒型女性最大的特點就是「悍」與「妒」。表現在心理層面爲「妒」，落實在行爲上爲

〔註13〕（法）西蒙娜·德·波伏娃：《第二性》，陶鐵鑄譯，北京：中國書籍出版社，2004年，第518頁。

〔註14〕喬以鋼、劉堃：《晚清『女國民』話語及其女性想像》，載《中山大學學報》（社會科學版）2010年第1期，第41頁。

「悍」，兩者合二為一指稱妒婦。妒婦形形色色，按照其行為方式，大體上可以分為明妒與暗妒。不管是明妒還是暗妒，目的都是禁止丈夫納妾與管束其浪蕩的行為。所謂明妒，就是肆無忌憚的嫉妒，這就是通常意義上的悍婦。這一類女性具有強烈的攻擊性與排他性，兇狠毒辣、手法殘忍。較為典型的有伏雌教主《醋葫蘆》中的都氏、西周生《醒世姻緣傳》中的薛素姐和童寄姐、蒲松齡《聊齋誌異》卷六《江城》篇中的江城等等。其中都氏的行為可以稱得上妒婦之最。她不僅嚴格的限制了丈夫外出的時間，而且還想出了龜頭打印、早晚給繳的荒唐做法來防止丈夫與其他女子有染。如果丈夫的行為稍有出入，動輒就是一頓毒打。都氏年過半百仍膝下無子，最後在萬分無奈的情況下，替丈夫挑選了一個石女為妾，讓當事人哭笑不得。當她發現丈夫與婢女翠苔有染時，竟將翠苔衣服剝完，活生生的打死。與悍婦的飛揚跋扈相比，暗妒婦女的特點在於將內心的隱忍與狠毒的手段相結合。最為讀者耳熟能詳的例子莫過於《紅樓夢》中王熙鳳。她先是取信於尤二姐，把她騙進大觀園，接著大鬧寧國府，讓旁人不敢再插手此事，然後讓尤二姐備受精神折磨，吞金自殺；最後，還親自祭拜尤二姐，以顯示自己的寬容大度。

妒婦自古就有，拋開史書上的記載不談，在南朝劉宋時期，就出現了專門記載妒婦的故事集《妒記》。在唐代與明清，妒婦題材的小說更是盛行，出現了一批以「討妒、釋妒、療妒」為主題的小說。為什麼會出現這樣一種文學現象呢？主要有以下三個方面的原因。第一，仍源於小說家們的教化使命。尤其在明末清初，女性的權利意識開始覺醒，社會上刮起了一股妒忌之風，妒婦們種種出格的心態與行為打破了男性發號施令、女性逆來順受的兩性格局，讓男人顏面無存、叫苦不迭。這就引起了以教化為己任的小說家們的注意。於是，他們就迫不及待的創造了一批行為強悍、結局悲慘的妒婦來教化警醒大眾。比如《醒世姻緣傳》中的薛素姐英年早逝、《馬介甫》中的尹氏流落他鄉、淪為乞丐、《紅樓夢》中王熙鳳生前風光無比，死後裹一床爛草席了結一生等等。很顯然，小說家們用以教化的道德標準並沒有與時俱進，仍然囿於君君臣臣、父父子子封建倫理道德觀念，這就讓他們看不到帶有時代新氣息女性的閃光之處。這不得不說是男性知識精英層的悲哀。第二，基於一種治療心理。很多小說家把悍妒視為女性的一種社會疾病，他們行文的目的就是要找出醫治的藥方。基於對悍妒女性的不同想像，他們開出的藥方也是五花八門。西周生提出「以悍治悍」的辦法。西周生在《醒世姻緣傳》中說道：「若倚了潑悍，那丈夫豈是不會潑悍的麼？」並在該書的第六十回中設置了薛素姐被痛打的場面，以鼓勵懼內的懦夫們。《療妒緣》中嘗試了感化的辦法。秦氏被巧珠一家救治之後，意識到了妾的好處，由衷的認識到以前禁止丈夫納妾的錯誤。最有創意的是佛法鎮妒。《聊齋誌異》之《江城》篇中，老僧的一口噴面水就讓妒婦江城立刻變成了一位含情脈脈的賢婦。第三，源於當時的開明之士對兩性關係的反思。應當說，女性的悍妒是男權文化一手造成的。妒婦的種種心態與行為就是兩性關係畸形與變態的一個必然反應。針對男尊女卑的不平等，方汝浩的《禪真逸史》專門構想了一個叫「雌雞市」的地方，「雌雞市」人為了約束男性，制定了約法十條。其中一條是「禁嫖賭」，凡是違背這一條的男子，就會被綁至土地廟內，進行肉體與金錢上的懲罰。作者能進行換位思考，這不得不說是一個莫大的進步。對於妒婦的反思，還影響了小說家們對於賢婦形象的塑造。隨緣下士《林蘭香》中的林蘭香既有才華又賢惠，卻擺脫不了受壓抑的事實。這深刻的說明了「婦德」的不切實際。

最後是花木蘭型女性，這類女性是理想型女性的變體，在表面卻呈現出與之反差極大的特徵。花木蘭型女性常常具化為兩類形象。一類是俠女。從魏晉志怪到唐宋傳奇再到明清小說，女俠在各個階段呈現出不同的特點。魏晉時期的女俠多為復仇者形象。比如《漢魏春秋》中的龐娥與《趙記》中的王子春之女，她們的父親被人所殺，她們忍辱負重、不畏艱難終於為父報仇。小說表現了女俠們忍辱負重的堅韌心理與報仇雪恨的堅定意志。如果說魏晉時期的女俠讓人感到沉重，那麼唐宋傳奇因加入了劍術、神術等元素而給女俠們增添了一些飄逸之感。比如《聶隱娘》中的聶隱娘，「人莫能窺其用，鬼莫得躡其蹤。能從空虛而入冥，善無形而滅影」。她身輕如燕，即便在鬧市裏白日殺人也難被人發現。《紅線》中的紅線能「夜漏三時，往返七百里，入危邦，經五六城」，竊得金盒迫使田承嗣打消了攻打潞州的想法。與前代相比，除了大量的孝俠、節俠式女俠形象之外，明清小說中俠女最大的特點是行俠仗義。這類俠女往往不計較個人得失，路見不平就拔刀相助。《兒女英雄傳》中的俠女十三妹就是此類典型代表。她與安驥本來素不相識，無意中聽到歹人要加害於他，便動了惻隱之心。不僅在險境中救出安驥，還借銀相贈，讓他贖救父親。隱含作者盛讚十三妹是「脂粉隊裏的豪傑，俠烈場中的領袖」。《張氏婦》敘述了一個女智俠張氏婦面對兵患如何巧用計謀避禍的故事，同時也揭示了「大兵所至，其害甚於盜賊」的社會現狀，這讓整篇小說帶有強烈的社會批判色彩。另一類是女扮男裝。女性變裝是迫不得已之舉。之所以要變成男裝是因爲要參與到與女性規範不相容的社會活動當中，否則就寸步難行，危險重重。在文學作品中，女扮男裝者以花木蘭、黃崇嘏、祝英臺最爲著名。她們也分別代表了女扮男裝的三種不同情況。一是以花木蘭爲基本模型，出入戰場、建功立業。在小說中，最深入人心的戰場上的女英雄形象是《楊家府演義》中楊門女將。在戰場上，她們颯爽英姿，以一敵百。其中穆桂英「生有勇力，曾遇神授三口飛刀，百發百中」，逼得猛將孟良買路逃生，生擒楊宗保，挫敗宋軍統帥楊六郎，其武藝之強令人驚歎。《說唐》系列小說中的竇線娘、《說岳全傳》梁紅玉、《征西說唐三傳》中的樊梨花等等都是能征善戰的女英雄。二是以黃崇嘏爲基本模型，踏入社會，施展才幹。比如，在馮夢龍《喻世明言》卷二十八中，黃善聰數年來換成男裝跟隨父親往返於廬州和鳳陽之間，學習販線香的生意。不僅僅照顧了老父親，而且在父親去世之後，很快自食其力、獨擋一面。在《醒世恒言》卷十中，劉方女扮男裝與劉奇共同經營一家布店，「一二年間，掙下一個老大家業，比劉公時已多數倍」。三是以祝英臺爲基本模型，進入學堂、自主擇婿。在凌濛初《二刻拍案驚奇》卷十七中，聞俊卿扮成男子進入學堂讀書。這段讀書經歷，不僅在爲父親平反冤獄的過程中起到了作用，還爲自己的終身大事埋下伏筆。在《玉嬌梨》中，盧夢梨爲能自主擇婿而女扮男裝。並對友人自坦心迹說：「絕色佳人，或制於父母，或誤於媒約，不能一當風流才婿，而飲恨深閨者不少。故文君既見相如，不辭越禮，良有以也。」綜上所述，我們發現花木蘭型女性與閨閣中的理想型女性大異其趣。她們身上體現出巾幗不讓鬚眉的英勇、剛烈、獨立、有擔當等等品質，讓人眼前一亮。然而，深究她們行爲的動機，我們發現十三妹的肝膽相照是爲了義，花木蘭從軍是爲了盡孝道，穆桂英英勇殺敵是爲了盡忠，盧夢梨自主擇婿是爲了挑選一個符合心意的主人。也就是說花木蘭型女性的思想核心還是在傳統的倫理道德規範之內，是理想型女性的變體。因此，一旦她們的換裝被發現，回歸家庭是唯一的選擇。古代的小說家們從尙奇的心態出發，塑造了這類亦正亦邪的女性形象，發現了她們身上偏離正統女性文化要求之外的美感。不過，令人遺憾的是，大多數小說家只停留於表層的奇幻、最終大多以喜劇收場，讓花木蘭們回歸了家庭，放棄了將女性的命運與前途作爲一個嚴肅的社會問題進行深入思考的機會。

顯然，以上女性形象的四種主要向度並不是完全孤立存在的。爲了相對清晰的說明古代小說中女性形象的某些突出的特點，才分類論述之。在具體的小說文本中，不同向度的特質常常不同程度的交織在一起，並伺機相互轉化。比如審美型的女性可以蛻化爲理想型的女性，《李娃傳》中的李娃從紅顏知己變成了賢妻良母。悍妒型的女性也可以幡然醒悟，轉變成理想型的女性。《江城》中江城就瞬間完成了此種轉變。這種交叉性最典型的體現在俠女的身上，尤其是明清小說中的俠女，既呈現出忠、孝、節、義等等道德倫理上的完美，又顯示出懾人魂魄的奇幻唯美的傾向，《兒女英雄傳》中的俠女十三妹就是此類代表。然而，無論那種類型的女性形象都不是按照女性自身的生命邏輯塑造出來的，而是按照男權社會對女性的期待以及男性自身的需求創造出來的。這些「和諧」的女性形象迴避了女性自我與女性的自由意志，在以理性化的方式被讀者接受的同時必然會對現實生活中的女性造成強烈的壓抑從而達到規訓的作用。

第二節　現代女性觀的形成與女性形象的現代變奏

一、社會性別關係的新變與現代女性觀的生成

1840 年的鴉片戰爭，對中國社會造成了巨大的影響，成爲歷史的轉折點。自此以後的一百多年，中國人一邊抵禦外辱、進行民族救亡，一邊向西方先進的文化學習，艱難的探索中國現代化的道路。近、現代中國的政治體制、經濟發展模式、文化思想、社會結構等等方面都在經歷著巨大的變革。重大的社會變革既影響到了女性的生存狀態，又給延續了幾千年的性別觀念、社會性別制度與兩性關係造成了強烈的衝擊。下面主要從性別觀念、社會性別制度與婚制的變革等等三個方面論述現代社會性別關係的新變。

（一）性別觀念的變化：從「張女子之用」到「女人的發現」

性別觀念變化的重要標誌就是對女性的重新認識上。在封建社會，所謂的在家從父、出嫁從夫與夫死從子，將女性限定在附屬品的位置，即沒有獨立的人格。提倡女子無才便是德，讓女性逐漸淡出社會公共領域，認爲女性不能對社會做出貢獻。然而，自晚清以來，在西方現代「民族國家」的概念上來重新建構國家以及個人與國家的關係已經成爲知識分子的共識。這就爲重新認識女性提供了新的價值尺度。簡而言之，對女性的重新認識主要體現

在兩個方面。

一是「張女子之用」。晚清民初，首先提出了新賢妻良母主義。即梁啓超在《倡設女學堂啓》一文中對女性提出的新要求：「上可相夫，下可教子，近可宜家，遠可善種」。〔註15〕與以「三從四德」爲標準的良妻賢母相比，新標準要求女性不僅爲家庭利益而存在，而且要承擔起善種強國的社會責任；不僅能打理日常家務，還要具備相夫教子的能力。其次是「國民之母」的提出。基於救亡圖存的目的，在新賢妻良母的基礎上，人們提出了「國民之母」的想法。即「欲造國，先造家；欲生國民，先生女子。」〔註16〕欲國家富強，先要有體格強健、高素質的國民，欲有這樣的國民，就要先培養體格強健、高素質的國民之母。基於這樣的思考脈絡，一些有識之士就提出了禁止纏足和興女學的主張，增強女性的身體素質和文化修養，讓女性從分利者變成生利者。最後是「女國民」的提出。「女國民」的概念是從「國民之母」延伸出來的。《東方雜誌》上有文章指出：「國民二字，非旦男子負擔起資格，即女子亦納此範圍中」，並強調女國民所表示的是「男女有平等的權力」。〔註17〕何爲國民呢？梁啓超認爲：「國民者，以國爲人民公產之稱也。國者積民而成，捨民之外，則無有國。以一國之民，治一國之事，定一國之法，謀一國之利，捍一國之患，其民不可得而侮，其國不可得而亡，是之謂國民。」〔註18〕顯然，女國民的提法，與新賢妻良母和國民之母相比，更注重個人與國家之間的義務與權力的關係。它顯示了國家意識與女權意識的覺醒。

二是「女人的發現」。晚清民初的女性觀，著眼於開發女性的功能價值爲國家利益服務。五四時期，這種帶有強烈工具性色彩的女性觀遭到了抨擊。知識精英們紛紛撰文，開始從「以人爲中心」的啓蒙人道主義脈絡強調女性的個體尊嚴和獨立人格。比如陳獨秀譯介的《婦人觀》、陶履恭的《女子問題》、陳錢愛琛的《賢母氏與中國前途之關係》、魯迅的《我之節烈觀》、胡適的演講詞《美國的婦人》、周作人翻譯與謝野晶子的《貞操論》等等。他們的核心

〔註15〕李華興、吳嘉勳編：《梁啓超選集》，上海：上海人民出版社，1984年，第51頁。

〔註16〕丁初我：《女子家庭革命說》，載《女子世界（上海1904）》，1904年，第4期，第1頁。

〔註17〕《論文明先女子》，載《東方雜誌》，1907年，第10期，第192頁。

〔註18〕李華興、吳嘉勳編：《梁啓超選集》，上海：上海人民出版社，1984年，第116頁。

觀點就如高素素所批判的：「女子者，國民之一，國家所有非家族所私有，非男子所私有，具完全人格者也。故所受教育方針，當爲女子自身計，當爲國家前途計，非以供男子私人之役使也。良妻賢母之說……依其教育方針，達其極峰，不過造成一多知識之順婢良僕，供男子之驅策耳。」〔註 19〕就如周作人所強調的，希望女性「成爲剛健獨立，知力發達，有人格，有自我的女人；能同男子一樣，做人類的事業，爲自己及社會增進幸福。因爲必須到這地步，才能洗淨灰色的人生，眞貫徹人道主義。」〔註 20〕五四落潮以後，中國的時局迫使救亡壓倒啓蒙，啓蒙人道主義脈絡上的女性觀有所淡化，逐漸取而代之的是馬克思主義婦女解放理論上的婦女觀。與啓蒙人道主義脈絡上的女性觀一樣，馬克思主義婦女解放理論上的婦女觀也強調女性獨立的人格和個體尊嚴。但是它不再從抽象的人性層面上認識女性，而是將女性視爲被壓迫的勞工階級的一部分。也就是說，女性的解放必須依靠民族的解放、新政權的建立而取得，而當下女性的主要任務就是投入到偉大的民族解放戰爭之中。

（二）性別制度的變化：女性權利的崛起

性別制度是構建兩性關係最有力的槓杆之一。與古代社會相比，自晚清以來，性別制度最大的變化在於女性權利的崛起，主要從以下幾個方面體現出來。首先是接受正規教育權的獲得。思想界無論是持「張女子之用」的觀點還是主張「女人的發現」的先知們都提倡女學。在各界持續不斷的興辦女學熱潮的推動下，1907 年，清政府正式頒佈了《女子小學堂章程》26 條和《女子師範學堂章程》36 條，將女子教育正式列入學制。中華民國成立後，女子教育有了進一步的發展。南京臨時政府先制定了《普通教育暫行課程的標準》與《普通教育暫行辦法》，1913 年又頒佈了《壬子癸丑學制》。這一系列的措施廢除了清末男女教育有別的雙軌制，推進了男女教育的平等。比如，在初等教育階段，前四年實行男女同校。此外，還進一步擴大了女子受教育的權力。在中等教育階段，專門爲女子設立了系列的學校。比如，女子中學、女子師範學校和女子實業學校等等。五四時期，女性在接受高等教育方面的權利有了新的突破。1919 年，教育部將北京女子師範學校更名爲北京女子高等師範學校，第一所公立的女子高等教育機構誕生。1920 年，北京大學文科專

〔註 19〕高素素：《女子問題之大解決》，載《新青年》3 卷 3 號，第 104 頁。

〔註 20〕周作人：《可愛的人》譯後序，載《新青年》6 卷 2 號，第 36 頁。

業正式招收 9 名女生入學，意味著中國女性可以和男性一樣並肩進入大學學習。北大風氣一開，全國各地公立、私立的高校群起仿傚。中國各地的高等教育機構陸陸續續對女性全面開放。1922 年，中華民國北洋政府頒佈了《學校系統改革案》，推出了新的學制，被稱爲「壬戌學制」。這一學制創新之處在於不再單列女子學校，性別不再成爲受教育群體分類的一個標準，從體制上承認男女受教育完全平等。此後，無論是國民政府頒佈的涉及教育的法令法規，還是共產黨擬定的教育制度，都或延續或發展了五四以來的教育改革，女性終於獲得了接受正規教育的平等權。

其次是經濟權部分獲得。女性經濟權的部分獲得主要體現在兩個方面。一是女性的職業發展。隨著資本主義生產方式的移植，經濟發展這只看不見的巨手強行改變著傳統社會男外女內的勞動分工模式，無意中促進了女性的職業發展。最早出現的女性職業是工廠女工。據記載「甲午中日戰爭前，產業女工已有 3.5 萬人，約佔全國產業工人總數的 35%。」〔註 21〕晚清民初，女教師、女醫生、女主筆、女看護、女商人等等新型女性職業出現，不過開風氣之先的女性是鳳毛麟角。五四之後，受新文化運動的持續影響，女性職業有了進一步的發展，開始進入更廣泛的領域、更高級別的機構工作。「1920 年，北京海關聘用了 15 名女關員。1923 年，廣州、青島等地電信局開始雇傭女接線生。同一年內政部令各地警察廳招收女警察，以參與辦案維持治安。」〔註 22〕1926 年，國民黨公佈了《婦女運動決議案》，並於當年付諸實施。其中明文規定「各機關宜一律爲婦女開放」。這標誌著女性的職業權得到了法律的認可。二是財產權與繼承權的部分獲得。財產權與繼承權是經濟權的重要組成部分。國共兩黨都先後爲此做出了努力：1922 年，中共二大就提出男女在經濟上一律享受平等權利的原則；1923 年，中共三大再次明確提出女子應有財產繼承權；1924 年，國民黨一大也表示在經濟上應推行男女平等的原則；1926 年，國民黨制定了《婦女運動決議案》，再次明確提出女子應有財產權與繼承權。但是，要將口號變爲現實是十分艱難的。國民黨在推行女性經濟權的獲得上常常拖泥帶水，反覆無常。比較而言，中國共產黨在推進女性經濟權的獲得上顯示出前所未有的氣魄與力度。在一些根據地先後頒佈的涉及婚姻的

〔註 21〕鄭永福等：《近代中國婦女生活》，鄭州：河南人民出版社，1993 年，第 387 頁。

〔註 22〕陳三井主編：《近代中國婦女運動史》，臺灣近代中國出版社，2000 年，第 188～191 頁。

法規中，既規定了女性擁有財產繼承權，又將因離婚而引起的責任交由男方負擔。在中共領導的解放區土地改革運動中，大部分農村婦女分得了土地。1947 年，中共制定了《中國土地法大綱》，明確提出男女平等分配土地的原則。中國部分女性第一次從法律到實際生活中獲得了財產權。

最後是參政權的突破。雖然國共兩黨的政治鬥爭水火不容，但在爭取女性權力方面卻有很多相同之處。民國元年，廣東有 10 名女性被選爲省議員，這是女性參政之始。在 1927 年的北伐運動中，中國第一個女縣長在湖南選舉產生。在 30、40 年代，女子參政取得突破性進展。一是由於國共第二次合作大力推進了婦女憲政運動的發展。在國民政府前兩屆國民參政會中，女性參議員人數佔了總議員人數的 5%。二是在共產黨領導的根據地，大力鼓勵婦女參政。1939 年，陝甘寧邊區制定了《提高婦女政治經濟文化地位案》七條。其中第一條就規定了各級參議會應有 25%的女議員，各機關應大量吸收婦女工作。「1941 年邊區選舉中，近 1／3 婦女參加了選舉，選出邊區級的女參議員 17 名，縣級 167 名，鄉級 2005 名，一名婦女擔任縣長，一批女幹部擔任了區、鄉、村的領導。」〔註 23〕這也帶動了其他根據地的女性積極走向社會、參與集體的公共事務管理。三是婦女參政有了法律的保障。1946 年，經過反覆協商，國民政府終於在《中華民國憲法》中的第 26 條第 7 項做出明確規定，國民大會代表中必須有法定名額的女性代表。同時還規定，在各款立法院委員會與監察院監察委員中必須有一定比例的女性參與。

（三）婚制的變革

這部分內容與性別制度的變化有部分重合之處，筆者始終認爲婚戀狀況是考查兩性關係變化的一個重要切入點，故單列出來論述。婚制的變革主要體現在兩個方面。

一方面表現在法律條文不斷的修改上面。中國婚姻法的現代化變革始自清末修律。〔註 24〕雖然歷次修律的結果仍在內容上體現出對三綱、家族主義和男尊女卑等等性別傳統的極力維護，但也出現了幾千年來十分難得的鬆動。《大清民律草案》親屬法第 16 條規定：成婚年齡，男滿 18 歲，女滿 16

〔註 23〕中華全國婦女聯合會婦女運動歷史研究室編：《中國婦女運動歷史資料》，北京：中國婦女出版社，1991 年，第 496 頁。

〔註 24〕這裡所說的婚姻法草案爲親屬法草案中的有關婚姻章節，本文爲行文方便，以婚姻法替代親屬法，以下同。

歲。對我國歷來的早婚習慣進行了強制性的抵制，客觀上讓女性有更多的時間進行自我發展；親屬法第52條摒除了傳統的定婚程序，直接規定成婚，簡化了繁複的儀式，實施文明結婚。北洋政府時期1915年法律編查委員會草案基本沿襲清末婚姻法草案。1926 年修訂法律館草案由於《婦女運動決議案》的通過而稍採男女平等的原則。南京國民政府時期的1928年國民政府法制局「三原則」草案因為社會形勢的變化，又在某些制度上進行了根本性的應對和改變。比如，「以男女平等原則分類親屬；……婚姻以自由平等為原則，在法律限定範圍內男女雙方可以自由締約。」〔註25〕1930年，《中華民國民法》親屬篇正式頒佈，這部民法再次肯定了女子的婚姻自主權和一夫一妻制，並在財產權、教養子女權與家庭管理權等方面都給了女性一定程度的照顧。這是第一次在全國範圍內以法律的形式在婚姻生活中推行男女平等的原則。1934年，中央蘇區頒佈了《中華蘇維埃共和國婚姻法》，這部法律堅決捍衛了婚戀自由，在經濟利益方面明顯保護女性，對傳統婚制中的封建因素進行了比較徹底的否定。只是根據地控制的範圍有限，這部婚姻法影響不大。另一方面體現在具體的司法實踐中。從具體的判例來看，無論是北洋政府時期大理院還是南京國民政府時期最高法院，都對傳統的婚姻司法實踐作出了難得的突破。在結婚方面，民國九年九月十八日上字 1097 號判例：「按現行法定婚須得當事人同意，若定婚當時未得女之同意者，其女自得訴請解約。」〔註26〕而在民國十七年三月十三日民事一庭上字第246號最高法院的判例中，進一步推進了婚戀自由，將當事人是否同意作為婚約成立與否的唯一依據。在離婚方面，大理院和最高法院都主要採用的是兩願離婚原則，不過在部分細節的處理上有所不同。比如，在民國三年上字第460號大理院判例：「雖未經一定之方式，而事實已為離婚之協議確有實據者，就算有效。」〔註 27〕而最高法院民國二十八年上字 1036 號判例：「夫妻間雖有離婚之合意，如未依此方式為之，依民法第七十三條之規定自屬無效。」〔註 28〕該判例中所提到的

〔註25〕王新宇：《民國時期婚姻法近代化研究》，北京：中國法制出版社，2006年，第66頁。

〔註26〕王新宇：《民國時期婚姻法近代化研究》，北京：中國法制出版社，2006年，第118頁。

〔註27〕王新宇：《民國時期婚姻法近代化研究》，北京：中國法制出版社，2006年，第145頁。

〔註28〕王新宇：《民國時期婚姻法近代化研究》，北京：中國法制出版社，2006年，第206頁。

方式就是有兩人以上簽名的書面憑據。並且，夫妻之任何一方都可以根據法律上規定的理由提出離婚，打破了男性對離婚權力的壟斷。在離婚後的財產分割方面，傾向保護女性的利益。比如民國三年上字 1085 號、四年上字 1407 號、六年上字 1187 號、民國八年上字第 1099 號等等判例都明確表明：「夫婦於訴請離婚以後，其財產上之關係，現行律並無規定明文。惟據通常條理，若離婚原因由夫構成，則夫應給妻以生計程度相當之賠償或慰撫金，但給付依據和標準是妻的身份、年齡、自營生計能力以及夫之財力。……即使離婚之原因由妻造成，夫對於妻亦只得請求離婚而止，妻之財產仍應歸妻。」〔註 29〕

中國社會由古代向現代的轉換中，最大的變化之一就是女性進入社會。女性的權利在崛起、女性在現代社會中扮演著越來越重要的角色都成爲不爭的事實。在此基礎上，新的倫理道德、新的女性行爲規範和新的兩性關係模式等等社會性別關係的新秩序都開始在摸索中重構。因此，以男尊女卑爲核心的傳統婦女觀漸漸被以男女平等爲核心的婦女觀取代。值得注意的是，人文主義成爲了現代女性觀的核心價值標準。Humanism，五四時期通常被翻譯爲「人道主義」，同時又被翻譯爲「人文主義」和「人本主義」。爲了討論的方面，本書統一採用「人文主義」的譯法。必須說明的是，雖然「人文主義」的概念來自西方，但是並不意味著它僅僅屬於西方的價值觀念。「人文主義」具有一種普世價值，是全人類共同推崇的道德之一。現代知識分子對人文主義精神等來自西方的現代精神的推崇，其著眼點是現代，而不是唯西方是從。如果我們將「人文主義」作一個靜態的內部分析，其內涵主要包括兩個方面，周作人在《人的文學》這篇文章中用「個人主義的人間本位主義」一語將這兩個方面涵蓋。具體說來，一是個人主義，也即個性主義。個人主義著眼於個體生命存在的價值，強調個體生命要得到自由而充分的發展。群體不再是一個抽象的權威概念，它僅僅是由一個個有自我生命與存在價值的個體構成。二是人道主義，也即博愛主義。「個人愛人類，就只爲人類中有了我，與我相關的緣故。墨子說兼愛的理由，因爲『己亦在人中』，便是最透徹的話。上文所謂利己而又利他，利他即是利己，正是這個意思。……要講人道，愛人類，便需先使自己有人的資格，佔得人的位置。耶穌說，『愛鄰如己』。」〔註 30〕由此可見，人道主義強調在

〔註 29〕王新宇：《民國時期婚姻法近代化研究》，北京：中國法制出版社，2006 年，第 152 頁。

〔註 30〕周作人《人的文學》，載《新青年》1918 年第 5 卷第 6 號，第 152 頁。

個人主義的基礎上，相互尊重，互相愛護。只有在利己而又利他的平等交往中，個人才能得到發展，人類才能和諧而健康的前行。也就是說，在人文主義精神中，個人主義與人道主義是辯證的統一在一起的。在辨明人文主義內涵之後，就更加明白了中國現代婦女觀倡導的不再是傳統文化中含著尊卑之道的仁和禮，而是人文主義精神中的自由、平等與博愛。「以人爲本」的核心價値觀的確立，也從最根本上闡明了現代婦女文化之所以具有「現代性」的核心原因之一。因爲「人」的價値尺度所帶來的人性解放和生命關懷，不僅能夠衝破儒教倫理，找到了超越政治啓蒙的精神支點，而且爲現代女性帶來了思考爲何存在的現代性精神指標。同時，我們必須注意到問題的另一面，落後的文化氛圍、戰爭引發的惡劣生存環境和傳統兩性文化的巨大慣性等等都讓女性的現代化舉步維艱。不過，就整體上而言，女性的權利畢竟實現了從無到有的轉換，女性生活畢竟發生了質的變化，男女平等的性別觀漸漸深入人心。

二、現代女性從身體層面到道德層面的重構〔註 31〕

與傳統文化主要將女性視爲君子之外的低等人類、男性的附屬物等非人的待遇相比，中國現代文化的一個巨大進步是將女性視爲同男性一樣的人。因此，與在「女性傳統」規訓下生活的中國傳統女性相比，在現代性別觀薰陶下成長起來的中國現代女性，無論是在身體、行動空間還是在道德倫理等等方面都呈現出新的特點。

（一）身體：從封建倫理性、情慾化到反封建倫理性、去情慾化

中國古代社會主流的身心觀是身心合一，重在心性修養。比如孟子曾言：「我善養吾浩然之氣……其爲氣也；至大至剛；以直養而無害；則塞於天地之間。其爲氣也；配義與道；無是；餒也。」〔註 32〕在孟子看來，君子只要養成一股浩然之氣，自然就有好的外在氣質。同理，女性的外在形體重在符合以男尊女卑、男主女從爲核心的女性傳統的內在倫理規範。這就導致了古代女性身體倫理性與情慾化的特點。因此，在古代小說文本中，女性身體的倫理性被大量書寫。無論是理想型女性、審美性女性、悍妒性女性還是

〔註 31〕本點寫作受到劉堃的博士論文《晚清文學中的女性形象及其傳統再構》的啓發，在此謹向作者表示感謝。

〔註 32〕楊伯峻：《孟子譯注》，北京：中華書局，2007 年，第 62 頁。

花木蘭型的女性，她們大都擁有一個沒有自我意識的、被動的、被統治的、被剝削的身體。這個倫理化的身體時刻準備著完全奉獻給家族、丈夫、兒子、甚至神權。尤其是女性身體的生殖性，最被家族與男性看重，因爲母性身體承擔著延續家族子嗣的重責。相應，男性作爲一家之主，也承擔著管理、振興家族與延續香火等等世俗壓力。除了對女性身體倫理性的強調之外，古代的男性對女性身體更多的是投去審美與欲望的凝視。在凝視之中，帶出他們對女性身體的審美與欲望，也揭示出古代女性身體情慾化的功能性存在。比如，在小說《聊齋誌異》之《績女》中，有詞云：「隱約畫簾前，三寸淩波玉筍尖，點地分明蓮瓣落纖纖，再著重臺更可怜。花襯鳳頭彎，入握應知軟似綿。但願化爲蝴蝶去裙邊，一嗅餘香死亦甜。」這闋《南鄉子》既寫盡了費生對姿容卓絕的仙女的傾慕之心，又寫盡了三寸金蓮作爲欲望載體所散發出來的美感。「西門慶連忙將身下去拾箸，只見：婦人尖尖趫趫，剛三寸，恰半扠，一對小小金蓮，正趫在箸邊。西門慶且不拾箸，便去他繡花鞋上，只一捏，那婦人笑將起來。」〔註33〕在蘭陵笑笑生《金瓶梅》中，就直陳了男性對女性身體的生理欲望。此外，在古代小說文本中，處處可見敘述人對女性身體各個部位堆砌式的描繪。比如形容肌膚，就有冰肌瑩徹、柔弱無骨、珠圓玉潤、圓潤如玉、皓如凝脂、肌若凝脂、氣若幽蘭、冰肌玉膚、弱骨纖形等等詞彙。更不用提對蜂腰、娥眉、杏眼、粉腮、櫻桃小嘴、芊芊玉指、三寸金蓮等等的反覆把玩。到了明清時期，女性身體不僅僅是男性的審美對象、欲望的象徵，更被發展成爲一種身體層面的文化趣味。這種身體層面的文化趣味又反過來影響文人的創作、讀者的欣賞。最後，無論是對作者還是對讀者而言，女性出場首先意味著人們對女性身體的凝視、把玩與飽覽。在悄無聲息中，女性身體的情慾化特徵在代代相續、環環相承中被固定下來。

在現代中國，對女性身體情慾化的理解也比比皆是。海派作家不用提，五四新文學作家的小說文本中也能隨手摘錄到對女性身體的情慾化書寫。比如陳翔鶴的一短篇小說《See》中，「你只消用眼珠一溜，從她們的上身以到下身，胸前，奶部，一直便滑到腹的上下，……注意！你不可忽略的，尤其是她們的雙腿和兩臀——那圓軟而豐滿活跳的兩臀！而最美的，更其是當她們走動的時候，震顫震顫，每一動移都起格式各樣不相同花紋的震顫！……

〔註33〕（明）蘭陵笑笑生著：《金瓶梅詞話》，戴鴻森校點，北京：人民文學出版社，1985年，第744頁。

能夠不瞧？瞧了又能夠保得住不使你周身細胞沸騰，心尖兒也隨著她一跳一動的發顫發癢嗎？」這篇小說不僅將男性的看與女體身體的被看的核心要素「看」直接醒目的用作小說的名字，而且將男性眼光的聚焦點與看得發顫發癢的心理解剖似的坦誠地直述出來。但是，除了對女性身體情慾化的理解之外，現代男性對女性身體的現代解讀給予了更多的主體性和寄予了更大的隱喻空間。首先，由於國家民族救亡的危機徵召，女性身體呈現出去情慾化的特點。這既體現在晚清民初對女國民的身體形象描寫之中，也表現在抗戰時期對革命女性的身體形象書寫中。前者強調的是健康的女性體魄對生養強壯的有競爭力的下一代和女性出力救國的重要性，後者重在渲染母性身體給戰士帶來的溫暖與安全以及母性身體受辱所激發的全民抗戰的鬥志。即便是以色救國的情節安排，隱含作者的用意也不是重在情慾化的展示，而是突出女性為國家民族救亡而做出的奉獻。比如《風蕭蕭》中的白蘋，敘述人多次寫道她利用自己美豔的身體、浪蕩的行為混入日本軍官中刺探情報。但是，無論是敘述人還是讀者，很難再對她的身體形象進行情慾化的消費，我們更多的體會到一種難言的刺痛和辛酸。在這裡，女性通過身體力行的參與國家救亡贏得了人們的尊敬、也最終因此獲得了現代公民的主體身份。其次，在現代社會中，女性身體呈現出反倫理性的特徵。這既體現在現代知識分子對都市女性身體形象的描繪中，也表現在對底層女性身體形象的敘寫上。在新感覺派作家的對現代女性身體的理解中，身體就是身體本身，除此之外沒有更多的道德目的。女性身體與其他都市符號連成一片，點綴著都市的繽紛與繁華。新感覺派作家對都市女性身體的書寫更多的是傳達一種對都市的想像、對都市精神的把握以及現代人遭遇城市的生存焦慮。在《祥林嫂》中，敘述人對祥林嫂身體的漸次變化先後進行了三次的描寫。第一次來魯鎮，她「頭上紮著白頭繩，烏裙，藍夾襖，月白背心，年紀大約是二十六七，臉色青黃，但兩頰卻還是紅的」，這暗示著祥林嫂的健康與年輕。第二次來魯鎮，「她仍然頭上紮著白頭繩，烏裙，藍夾襖，月白背心，臉色青黃，只是兩頰上已經消失了血色，順著眼，眼角上帶些淚痕，眼光也沒有先前那樣精神了」、「她整日緊閉了嘴唇，頭上帶著大家以為恥辱的記號的那傷痕，默默地跑街，掃地，洗菜，淘米」。經過再嫁失節的折騰，再次喪夫與失子的重創，還不到三十歲的祥林嫂已變成一個死屍般的沉默身體。「我」最後一次看到她，「五年前的花白的頭髮，即今已經全白，全不像四十上下的人；臉上瘦削不堪，黃中帶黑，而且消盡了先前悲哀的神色，彷彿是木刻似的；只有那眼珠間或一輪，還可以表示她是一個活物。」此時的祥林嫂全身心關注著魂靈和地獄的有無，在恐懼中惶恐度日。直到死去，她也沒能走出封建女性傳統給她建構的罪與罰的陰霾。隱含作者通過對祥林嫂倫理性身體變化的書寫控訴了封建女性傳統對女性身體罪惡的規訓，呈現出強烈的反倫理性色彩，反映出女性身心解放與自主的時代趨勢。

總之，與古代社會重在強調女性身體倫理性、情慾化不同的是，中國現代社會不只是執著於女性身體情慾化的功能性存在，還賦予了女性身體更多的主體性和更加廣闊的隱喻空間。

（二）行動空間：從迴避他者的家庭私人領域到進入外向性的社會公共領域

海外學者高彥頤在《「空間」與「家」——論明末清初婦女的生活空間》一文中，通過對古代社會中上層女子從宦遊、賞心遊、謀生遊等戶外活動的分類論述，得出結論「今人的生活，未嘗不是動靜兼備，內外交融。時而勇猛精進，往空間馳騁，時而安坐家中，細細品味路途中所遇得失異同。個人的努力，不外是參透樂中帶苦，在苦中取樂，知其不可而爲之。今人也如此，想當年也應如是。」〔註 34〕論文旨在打破五四啓蒙運動所建構的「傳統」與「現代」直線式發展史觀與傳統婦女盡爲家庭制度受害者的成見。的確，傳統婦女生活空間不可能盡在閨閣之內，正如現代女性活動空間不可能盡在廣場之上一樣。但是傳統婦女的活動領域被主要圈在私人化的家庭領域也是不爭的事實。這不僅能從閨閣的父權化建築理念與因纏足引起的身體活動能力降低得到驗證，還能從「男耕女織」、「男主外女主內」的古代社會勞動分工模式得到充分的證明。尤其是在宋末以前，「除了很小比例之外，所有的紡織品是農家和地主莊園家裏的婦女織造的簡樸織物，不僅勞動力是女性，鄉村紡織品生產整個是一個女性的領域。」〔註 35〕「婦女織的布也把家庭連接進社會之中。屋子的圍牆把『我們』與』他們』分開，但是在閨中織造的布料卻使家庭與鄰居、血親、姻親聯繫起來。織物對於社會紐帶的鑄造和加固是

〔註 34〕（美）高彥頤：《『空間』與『家』——論明末清初婦女的生活空間》，載《近代中國婦女研究史》，1995 年第 3 期，第 21 頁。

〔註 35〕（美）白馥蘭：《技術與性別——晚期帝制中國的權力經緯》，江湄、鄧京力譯，南京：江蘇人民出版社，2006 年，第 159 頁。

一個關鍵性要素。」〔註36〕顯然，封建女性規範並不是旨在將女性與社會完全隔絕，而是通過限制女性的活動範圍，即將之拉回迴避他者的家庭私人領域，來引導規訓女性形成一種內在收斂性的人格，從而打消女性群體對自我主體性的追求。因此，在古代小說文本中的四類女性形象，無論是理想型女性、悍妒型女性還是審美型女性，她們大都在閨閣之內或庭院之間處理家務、養蠶織布、刺繡彈琴與迎來送往等等。即便是在私人空間與公共領域穿梭的花木蘭型的女性，男性文人們激賞的是她們巾幗不讓鬚眉的男兒氣概，從未從性別的角度探討女性進入公共領域對自我主體性的覺醒與成長。花木蘭代父從軍的動機純粹是爲了盡孝道，而且與在戰場上出生入死的戶外行爲相比，她回到閨房之中「對鏡貼花黃」的女兒舉動讓我們感到正是這種閨閣行爲帶來了傳統女性的道德美感。同樣，雖然穆桂英、佘太君等由於忠君思想不得不時而在政治領域拋頭露面，但她們主要的活動領域仍然在家庭之中。

與古代女性活動範圍主要囿於家庭領域不同的是，現代女性開始嘗試著踏入社會公共領域。爲了方便論述，將她們參與的公共領域大致一分爲三。現代女性踏入社會公共領域的第一站是學校。黃宗羲曾這樣定義學校：「學校所以養士也，然古之聖王，其意不僅此也，必使治天下之具皆出於學校，而後設學校之意始備。天子之所是未必是，天子之所非未必非，天子亦遂不敢自爲非是，而公其非是於學校。」〔註37〕也就是說，學校不僅僅是一個講授與學習知識技能的場所，它更是一個自由表達個人觀點、影響國民言行與限制權力過渡膨脹的社會公共空間。古代學校是如此，肩負國民啓蒙任務的現代學校更是如此。受惠於中、高等教育，一批有思想欲自立的女學生浮出歷史水面。比如，胡適《終身大事》中田亞梅、楊振聲《玉君》中的周玉君與魯迅《傷逝》中的子君等等，她們或敢於公開社交或不依禮法自由戀愛或不懼流言公開同居，都以自己的實際行動與她們的同盟軍攜手狠狠地打擊了迂腐的舊禮教。現代女性走出家門、進入社會公共領域第二站是職場。梁啓超將傳統女性定義爲不勞而獲的分利者。正如前文所述，女性雖然被隔離在社會公共領域之外，但她們勞動的產品卻在原始市場上流通。這種故意抹殺女性勞動價值的論述策略顯示了男權社會的霸道。進入近、現代社會之後，女

〔註36〕（美）白馥蘭：《技術與性別——晚期帝制中國的權力經緯》，江湄、鄧京力譯，南京：江蘇人民出版社，2006年，第147頁。

〔註37〕黃宗羲：《明夷待訪錄》，北京：中華書局，1985年，第7頁。

性生活最大的變化就是能以公民的身份踏入職場。雖然，在文學文本中對女性人物在職場上的表現著墨不多，但是我們依然能感到自食其力給女性帶來了不一樣的精神風采。例如，巴金《寒夜》中的曾樹生，第一次讓我們感受到了在風光的職場女性面前，婆婆擠兌的無力和丈夫難得的孱弱。老舍《駱駝祥子》中虎妞，正是受益於她在車行的有效管理，讓她伸直了腰杆、引導著無奈的祥子辦理了自己的婚姻大事。現代女性踏入社會公共領域第三站是戰場。她們在戰場上的表現令人驚訝，有時爲了國族的利益，甚至不惜徹底犧牲個人的幸福。比如，在舒群《秘密的故事》中，女英雄青子爲地下革命工作的形勢所逼，狠心的勒死了身患重病的兒子。雖然這些女性在戰場上承受著性別苦難，但是也在磨礪中茁壯成長。我們也看到劉白羽《孫彩花》中孫彩花，正是抗日戰爭讓她們從麻木中驚醒，開闊了人生視野。有學者認爲，雖然現代女性披上了充滿西方元素的現代外衣，但是女性的道德主體是通過向傳統女德一再致敬而保持的。的確，這是一個值得反思的問題，但是，我們也必須要承認現代女性的政治主體是通過突破傳統的男女分工規則、走出家門參與革命留血犧牲而贏得的。

總之，與古代女性相比，現代女性因時代際遇有機會輾轉於學校、沙龍、廣場與戰場等等社會公共空間，憑藉著自由與冒險的精神在不同空間裏閃、轉、騰、挪。這些出入社會公共空間的經歷讓現代女性一方面深入體察到性別的現實困境以及性別與革命、階級與民族之間錯綜複雜的關係；另一方面，也有利於她們認清現實，從而更加清晰的在利益交錯的時空裏找到適宜性別立場。

（三）道德倫理：在傳統與現代之間搖擺

梁啓超在《論公德》一文中對新舊倫理有一番較爲清楚的論述，「今試以中國的舊倫理與泰西新倫理相比較。舊倫理之分類曰君臣，曰父子，曰兄弟，曰夫婦，曰朋友；新倫理之分類，曰家族倫理，曰社會（即人群）倫理，曰國家倫理。舊倫理所重者，則一私人對於一私人之事也；新倫理所重者，則一私人對於一團體之事也。」〔註 38〕的確，與西方現代倫理道德相比，在中國傳統的倫理道德範疇中，以家庭倫理爲中心的私德極爲發達，而以社會與國家爲中心的公德發展嚴重滯後。這也是「家國一體」的封建宗法式的社會

〔註 38〕梁啓超：《新民說·論公德》，《飲冰室合集》第六冊專集四，北京：中華書局，1989 年，第 12 頁。

結構使然。因此，在現實生活中，由「家國一體」派生出來的忠孝節義等等倫理道德觀念就成了人們考慮問題的支點和行爲的準則。對於身處家國結構最底層的女性更是如此。在古代小說文本中的四類女性形象，理想型女性本來就是貫徹傳統倫理道德規範的正面化身。悍妒型女性是違背傳統倫理道德的反面教材。審美型女性超然於世俗的家庭內部紛爭，最爲不食人間煙火，仍然效忠於男性的意志與情感。花木蘭型女性是封建男性社會裏難得一見的異調變音。她們颯爽英姿、巾幗不讓鬚眉、出將拜相、一展古代女子的精神風采，但是她們的結局無一例外的是回歸家庭、回歸到傳統的倫理道德允許的活動範圍之內，這不僅讓人唏噓歎息。文學家對這類女性還算青睞有加，爲她們配以佳婿，得以善終。而在實際生活中，女才子黃崇嘏身份暴露後，「旋乞罷，歸臨邛之舊隱，竟莫知存亡焉」。〔註 39〕南朝齊時東陽女才子婁逞，女扮男裝官至揚州從事，身份暴露被迫離開後歎息道：「有如此技，還作老嫗」。〔註 40〕

在現代社會中，仍然有大量的依靠舊倫理舊道德安身立命的女性，尤其是處於社會底層的婦女。實際上，自晚清開始，先覺們已經認識到舊倫理道德的局限，開始致力於新倫理道德的建構。在 1902 年至 1904 年期間，梁啓超在《新民叢報》上以《新民說》爲題陸陸續續發表了一組關於國民道德改造和思想政治的文章。何謂新民呢？梁啓超認爲既有傳統儒家思想精英主義的私德意識又有西方現代倫理道德中公德意識的國民才算新民。「人人獨善其身者謂之私德，人人相善其群者謂之公德」。私德強調的是個人道德修養以及處理個體之間關係的倫理準則，而公德側重的是個人對社會、民族與國家應盡的義務。然而，對於理想女性的塑造，梁啓超更強調傳統女德的價值。雖然都是爲了群體利益，與梁啓超更看重個體對群體的義務不同的是，五四新文化派知識分子在論述策略上更主張對個人人格的完善與個人權利的追求。陳獨秀認爲：「集人成國，個人之人格高，斯國家之人格亦高；個人之權鞏固，斯國家之權亦鞏固。」〔註 41〕無獨有偶，魯迅也認爲：「是故將生存兩間，角

〔註 39〕《黃崇嘏》，載《太平廣記選（續）》（王汝濤主編），濟南：齊魯書社，1982 年，第 309 頁。

〔註 40〕《婁逞》，載《太平廣記》（李昉等編），第八冊卷三六七，北京：中華書局，1961 年，第 2923 頁。

〔註 41〕陳獨秀：《陳獨秀文章選編》（上冊），北京：三聯書店，1984 年，第 102～103 頁。

逐列國事務，其首在立人，人立而後凡事舉；若其道術，乃必尊個性而張精神。」〔註 42〕不難發現，這些論述暗示了個人主義的新倫理與父權中心舊倫理之間的緊張對立。令人遺憾的是，五四知識精英們當初並沒有對「個人主義」、「利己與利他」、「個人與集體」等等關鍵性的倫理道德問題進行深入的討論。這樣，以個性解放、獨立、利己、平等、自由與博愛爲核心的新倫理與傳統利他傾向的倫理道德生硬的疊加在一起。到了上世紀 30、40 年代，國族救亡刻不容緩，五四新文化派倡導的以「個人主義的人間本位主義」爲內涵的新倫理道德被徹底擱淺。在共產黨人的因勢利導之下，革命倫理逐漸成爲戰爭時期人們思想行爲的新準則。革命倫理推崇一切有利於實現革命目標的行爲、規範、措施。集體主義與獻身精神是其內在的支點。這種倫理道德一方面爲革命的成功發揮了巨大的推動作用，另一方面卻在無形之中向傳統忽略個體生命價値的倫理道德靠攏。這就不難解釋，爲什麼在經歷過五四個人主義啓蒙之後的抗日戰爭時期，讓女性回家的聲音仍然不絕於耳。新倫理道德的建構根本沒有撼動舊倫理道德的根基，更談不上清理男女性別之間不合理的性別倫理。

新倫理、新道德建構的反覆性及其新舊雜糅的性質，也體現在現代文學人物長廊中的女性人物形象上。現代文學中的新女性系列人物與都市女性系列人物大多徘徊在新舊倫理道德之間，她們舉棋不定，莫衷一是。新女性所有的勇氣與風采都定格在跨出父親家門的那一剎那之間，進入婚姻生活之後仍難逃第二性的命運。魯迅《傷逝》中的子君，一方面，受新倫理道德的影響，大聲的向世人宣告「我是我自己的！你們誰也沒有干涉我的權利！」；另一方面，婚後又依附涓生度日，迅速退回到以夫爲綱的舊道德之中。其實，就連魯迅本人也面臨著新舊道德的困境，面對母親安排的不合心意的婚姻，基本選擇了默認。這種行爲不僅僅是緣於對母親的愛，更是孝道德性的內在規約。都市女性系列人物大多在經濟倫理道德上呈現出前衛姿態，而在個人倫理道德與家庭倫理道德上仍十分守舊。雖然她們在表面上披著現代的外衣，而內在的道德主體形象卻是一再通過對傳統致敬獲得的。令人費解的是，在茅盾、巴金等大家的創作過程中，對新女性的態度大致都經歷了先揚後抑的轉換，而對具有傳統道德觀女性的態度轉換卻剛好相反。

〔註 42〕魯迅：《文化偏至論》，載《魯迅全集》第 1 卷，北京：人民文學出版社，2005 年，第 58 頁。

因此，新舊倫理道德之間的博弈，無論是對子一輩的男性還是對新女性造成的撕裂感都是觸目驚心的。總之，作爲「歷史中間物」的現代女性注定要在新倫理道德與舊倫理道德之間搖擺，並經歷了種種的雜糅與重塑。

第三節　男性文本：女性文學研究不能忽略的話語場地

如前所述，與西方不同，中國從來沒有發生過獨立的女權運動。始於晚清的歷次女權運動都是在更大的政治文化運動裹挾下發生的。可以這樣說，「女性解放」這一命題是由男性在艱辛探索現代民族國家理論與實踐的過程中被發現的。在晚清，對傳統女性觀造成劇烈衝擊的西方現代思想，即有關人權與女權的思想，主要是由男性精英知識分子從西方翻譯過來的。五四時期，以《新青年》爲首的眾多雜誌紛紛開闢了「婦女問題」專欄，熱論「女性解放」的問題，其中撰文闡述的大多也是男性作家。在中國現代文學的女性人物長廊中，被公認爲經典的女性形象，比如祥林嫂、子君、鳴鳳、繁漪、陳白露、虎妞、曾樹生等等，也大多出自男作家之手。這些男作家們站在建設現代化國家與建構現代文明的高度上，抨擊不合時宜的「女性傳統」，重新打量女性，思考女性與定位女性。總之，在婦女文化與文學的現代建構中男性知識精英起到了重要的主導作用。然而，令人感到遺憾的是，中國女性文學研究最嚴重的弊端之一卻是對男性文本及其建設性內涵研究的忽略。我們不得不重新思考「男性文本與女性文學研究」這一論題。

一、女性主義立場：燭照與遮蔽並存

女性主義批評自上世紀 70 年代末、80 年代初傳入中國，經過 20 多年的探索與積累，已經成爲中國當代文學研究中的一個重要的視角。它提供了一種基於女性價值來理解世界與洞察歷史的新方法，其先鋒性與批判力是有目共睹的。具體而言，女性主義文學批評的洞見主要體現在以下兩個方面，一是對男權文化及文學中男權意識的質疑與批判；二是對女性文學內在特徵及其文學傳統的開掘與建構。

孟悅、戴錦華《浮出歷史地表——現代婦女文學研究》開篇就犀利的指出了兩千年父權社會奴役女性的實質與女性歷史空白眞相。「這一父系社會便發展至它的完美形式——一個皇權、族權、父權合一的中央集權等級社會。

這一社會以各種政治、經濟、倫理價值方面的強制性手段，把以往一度曾爲統治性別的婦女壓入底層。這些手段不僅包括以性別爲標準的社會分工和權力分配，更包括通過宗族的結構和紀律、婚姻目的和形式、嚴明的社會性別規範和兼有行爲規範之用的倫理規範來實行的各種人身強制性策略。」〔註43〕不僅如此，這一父系社會爲證明自己的天經地義和完美無缺還千方百計藏匿其強制性統治的本質。「首先，女性自身便是被抹殺者之一，男性社會僅僅保留著女性的稱謂，闡釋著這稱謂的意義，但女性的眞正存在卻在這形形色色的闡釋中永遠封閉在這一片視覺盲區。其次是這種抹殺本身的被抹殺：那個看上去天然合理的、創一代『文明』之風的父系社會從建立之初便從自己神聖的額頭上，抹卻了諸如『奴役他性』之類的事實，這第二番抹殺使男性社會對女性的奴役成爲永遠的秘密，借助這一點，男性社會成功地掩飾了自身的統治本質，成爲一種天經地義不容置疑的存在。」〔註44〕其中，「奴役他性」的內在邏輯就是始終將對女性的本質理解建立在女性生理這一「實質性」結構上，從而水到渠成的引申出女性知識虛弱、從屬性社會地位和脆弱的情感心理的天然性，而對社會規訓與歷史固化的事實視而不見。正是在這個層面上，作者認爲，女性通過改裝現行話語進行的寫作就是建立自身歷史與矯正性別歧視的開始。劉慧英的《走出男權傳統的樊籬》也是對男權文化批評的代表作。作者認爲「女性文學批評雖然著手於婦女和關於婦女的文學作品的研究，卻不能不放眼於整個男權歷史的文化形態和運作」，基於這樣一種認識，作者「對傳統男權中心文化和文學觀念持一種具有女性立場的批判態度，對由來已久的由社會歷史的發展和變化而形成的特定的文學主題、故事程序、人物形象類型、乃至整部文學史進行挖掘、梳理以及重新審視和評價」，從而指認與批判文學中男權中心意識這一事實。〔註45〕比如，作者認爲男作家的「才子佳人」、「誘姦」、「社會解放」等等故事處理的刻板程序導致了文本中女性形象「自我」空洞化的結果。在這些程序中的女性形象要麼溫柔、美麗、善良和純潔，要麼強悍、可怖和淫穢。然而，無論前者還是後者都是「來自現實生活中男權中心社會對女人的期望和控制，是傳統男權的女性價

〔註43〕孟悅、戴錦華：《浮出歷史地表——現代婦女文學研究》，北京：中國人民大學出版社，2010年，第2頁。

〔註44〕孟悅、戴錦華：《浮出歷史地表——現代婦女文學研究》，北京：中國人民大學出版社，2010年，第4頁。

〔註45〕劉慧英：《走出男權傳統的樊籬》，北京：三聯生活書店，1995年，第15頁。

值尺度在文學中的折射」，作者藉此「批判這種女性性別角色內容的男權主義功利化、規範化和合理化，以及在藝術上程式化的過程。」〔註46〕

對文學傳統中男權意識的質疑與批判勢必會引發對女性文學內在特徵及其文學傳統的開掘與建構。女性文學研究對女性文學內在特徵及其文學傳統的開掘與建構主要體現在三個方面，即女性意識的挖掘、女性主體性的建構與女性文學史的梳理。「女性意識」這一批評術語的提出標誌著女性主義文學批評本土化的開啓。「女性意識」不是針對「男性意識」而言，而是對上世紀 80 年代之前「無性狀態」的糾正。劉思謙在其著作《『娜拉』言說——中國現代女作家心路紀程》的後記中就披露了自己從「無性狀態」到「女性意識」的轉變。「女人和女人的心是相通的。冥冥之中我覺得她們（五四女作家，作者注）早就在那裡靜靜地等著我了，可惜我來得有點晚了。我奇怪自己做了大半輩子女人竟對女人是怎麼回事渾渾然一無所知；……借用一位女性評論家文章裏的一個概念來說，我過去用的原來是『無性眼光』、『無性姿態』。」〔註 47〕其實，這並不是一個個案，而是在各種政治運動度過青春歲月的人們的對性別感受、認知與轉變的普遍心理狀態，尤其是女性。值得追問的是，爲什麼性別意識、性別特徵會被消滅呢？崔衛平在《宦官制度、中國男性主體性和女性解放》一文中從文化層面對這個問題進行了解讀。他認爲性別特徵及其欲望的消滅是傳統專制文化延續的表徵。實際上，閹割就意味著依附與忠誠，是將自己對一個絕對有權威的人或者一種秩序的徹底交付。因爲「爲了成爲制度中的一個合格成員，首先要做的是，否定這個人身上一切自發性的東西，一切與生俱來，直截了當的東西。」〔註48〕而「女性意識」的內涵中除了強調女性經驗之外，天然的就包含著平等、自由的政治訴求。因此，「女性意識」的提出，不僅只是解決自身的問題，還意味著對人類父權制社會秩序的反抗。這也說明了爲什麼「女性意識」佔據著女性主義文學批評中核心位置。繼「女性意識」之後，在上世紀 80 年代末提出的關於「女性主體性」的討論，則暗示了中國女性文學研究對性別問題的進一步思考。因爲這個話題要求回答：女性是否存在主體性的問題？女性的主體

〔註46〕劉慧英：《走出男權傳統的樊籬》，北京：三聯生活書店，1995 年，第 17 頁。

〔註47〕劉思謙：《「娜拉」言說——中國現代女作家心路紀程》，上海：上海文藝出版社，1993 年，第 328 頁。

〔註48〕崔衛平：《宦官制度、中國男性主體性和女性解放》，載《天涯》2003 年第 5 期，第 10 頁。

性的內涵是什麼？女性在歷史、社會中的位置是什麼？等等諸如此類的問題。毫無疑問，孟悅和戴錦華合著的《浮出歷史地表——現代婦女文學研究》是首先將「主體」與「性別」聯繫起來進行嚴謹思考的經典著作。「《浮出歷史地表》所描述的現代女性文學發展進程，基本上可以視爲一個經由話語實踐建構女性主體的過程。孟悅和戴錦華在這裡，首先把人類歷史當作了一種被父系象徵秩序所控制的歷史，這種男性的歷史塗蓋了女性的存在·而女性則必須通過言說挑戰父系象徵秩序，使自己的存在得以呈現，女性主體就在這個言說的過程中得到成長。」〔註 49〕孟悅和戴錦華在這本著作中仔細地梳理了女性從子君式的「我是我自己的」女兒宣言到莎菲式的「我不過是個女人味十足的女人」性別覺醒再到張愛玲、蘇青式的告別弱者理直氣壯做女人的成熟女人狀態的這一艱難的性別領悟過程。對女性文學傳統地梳理幾乎是和女性意識、女性主體性的問題研究同時展開的。實際上，所謂女性文學傳統的發掘與建構就是「要重新發現這些被淹沒了的女性作家的才華和思想，研究她們在形式、主題、內涵、風格等各個方面的特徵，總結她們相對於傳統男性文學史的特異之處和她們內部的延續性。」〔註 50〕劉思謙的《『娜拉』言說——中國現代女作家心路紀程》、李玲的《重返社會公共生活領域——『五四』女性文學研究之一》、王侃《歷史：合謀與批判——略論中國現代女性文學》、樂爍的《遲到的潮流——新時期婦女创作研究》、陳惠芬的《神話的窺破——當代女性寫作研究》、戴錦華的《奇遇與突圍——九十年代的女性寫作》、《涉渡之舟：新時期女性寫作與女性文化》、王緋《空白之頁：女性與文學史》、鄧紅梅出版了《女性詞史》、鮑震培《晚清女作家彈詞與近代女權思想》等等論著分別對現代、當代和古代三個時期裏的女作家的作品進行了仔細地爬梳。值得注意的是，與王緋將古代女性寫作視爲空白之頁不同的是，孫康宜、伊沛霞、高彥頤等等海外中國婦女史與婦女文學的研究者更傾向於把古代婦女史看作是一個動態的過程，而不是完全處於被壓迫的狀態之中。因此，她們致力於發掘傳統婦女寫作群體的活力並對她們的才能給予了更多的肯定。

〔註 49〕徐豔蕊：《重構女性經驗的話語實踐》，首都師範大學博士論文，2007 年，第 84 頁。

〔註 50〕徐豔蕊：《重構女性經驗的話語實踐》，北京：首都師範大學博士論文，2007 年，第 111 頁。

承上所述，女性主義批評實踐的論述是精闢的。但是，隨著批評實踐的推移，其暴露出來的弊端也同樣是十分醒目的。這主要體現在以下三個方面。一是過分強調性別對立。毋庸置疑，在中國文明的歷史發展過程中，父權制思想的主導地位幾乎佔據了整個歷史的時空，即便是在經過五四新文化運動、新民主主義革命和社會主義革命洗禮過後的當下，男權制的社會格局依然沒有實質性的改變，而男權主義思想已經積澱為集體無意識鑲嵌在每個人的靈魂深處。令人感到可悲的是，從古到今的婦女在心靈上對男權文化的臣服，更加劇了男權主義思想的擴散。

然而，我們必須辨析清楚的是，男權主義並不等於男性。事實上，有些女性的男權主義思想比男性更為嚴重。因此，女性主義批評要針對的應該是以男權主義為核心的政治體制和文化形式，要抨擊的也應該是這個不平等的社會契約，而不是男性本身。有些持女性主義極端理論的研究者要麼籠統的將男性放在自己的對立面，用偏激的仇恨片面的來闡釋這個世界；要麼在潛意識中仍然不可避免的套用男性主義的價值判斷進行霸權式的論述，從一個極端走向另一個極端。毫無疑問，這樣的做法破壞性大而建設性少，只能將女性主義批評推向墳墓。事實證明，從晚清到五四，有很多男性知識精英為爭取女性的利益前仆後繼的奮鬥。值得追問的是，造成性別對立這種理解的思想根源在哪裏？這實際上就是將「女性」進行本質化理解的結果。這種觀點認為無論是女性經驗、女性氣質還是女性特質都是一層不變的，而事實上這都是不可能的。這一點從拉康的理論中也能得到證明。「女人沒有陽具，也就不受閹割焦慮這一男權文化象徵的限制；女人沒有陰莖，弗洛伊德所謂的『陰莖羨慕』也就毫無來由，因此女性也就完全不應受男性主宰的男權文化的束縛和限制。所以說，女性其實本來就是自由的。只是在拉康勾畫出此圖後女人才得以意識到這一點。可以說拉康解放了女性。既然女性本來是自由的，那麼，從某種程度上來說，女性自身行為的本身也決定了女性自身的特徵，這也從另外一個側面說明了從來也不存在與男性特徵截然相反的女性特徵和一層不變的女人性質。更何況，女性主義發展到今天，應該蛻去起步時的稚氣而有胸懷去聆聽去思考去包容來自各方的聲音。

二是對歷史本質化的理解。正如孟悅、戴錦華在《浮出歷史地表——現代婦女文學研究》一書中所闡述的那樣，在社會管理層面，儘管統治角色在歷次的改朝換代中不停的變換，但是女性被統治被壓抑的地位卻從遠古延續到今天；在話語層面上，男權社會一直控制著語義系統，女性在近二千年的歷史中只是一個盲點。其實，這個判斷過於武斷。因爲一方面這個社會主體並非鐵板一塊，不能低估了女性爲了獲得更好的生存空間而爆發出來的反抗能力或者說協調能力，否則的話，男權社會也不會三番五次強調符合儒家精神的性別行爲規範。另一方面，男性話語也不是一個天衣無縫的符號系統，且不說主體內部是由相互矛盾相互衝突的各種力量所構成，就是整個體系也有它的裂痕、邊緣與空白地帶，而利用好這些裂縫之處，女性就能發出自己的聲音。否則的話，女性主義所謂的尋找女性文學傳統就無疑是水中撈月。高彥頤在《閨塾師》一書中對歷史的理解方式就撬動了之前對婦女史「壓制」與「被壓制」這種截然兩分的固化認識方式。她建議以三重動態模式去認識婦女史。即「將中國婦女的生活，視爲如下三種變化層面的總和：理想化理念、生活實踐、女性視角。」〔註 51〕理想化理念是指官方推行的以儒家女性文化爲核心的行爲準則，生活實踐是指婦女日常生活空間，女性視角是指女性對自我意識。「這三個層面有時是協調的，有時則是不一致的；在某些情況下，它們被難以逾越的鴻溝所分開，而在另一些情況下，它們又是完全重合的。……她們被授予了其應信奉的理想化準則——『三從』及其衍生物『四德』。……但在占統治地位的社會性別體系內，她們卻極有創造地開闢了一個生存空間，這是給予她們意義、安慰和尊嚴的空間。……在這樣的行動中，這些婦女爲自己開闢了自由活動的場所。」〔註 52〕但是，需要指出的是，這種對婦女歷史動態化的理解「並不是要捍衛父權制或爲儒家傳統辯護，而是堅持認爲，對儒家社會性別體系的強大性和持久性的現實理解，可以同時服務於史學的、革命的和女權主義的議事日程」。〔註 53〕

三是女作家的批評模式。西方女性主義文學批評主要有兩種不同的類型。第一種類型是作爲讀者的女性，它將女性閱讀作爲研究對象，主要是對男作家的文本重新進行解讀。比如凱特·米里特的《性政治》就是男性文本

〔註 51〕（美）高彥頤：《閨塾師》，李志生譯，南京：江蘇人民出版社，2005 年，第 9 頁。

〔註 52〕（美）高彥頤：《閨塾師》，李志生譯，南京：江蘇人民出版社，2005 年，第 9 頁。

〔註 53〕（美）高彥頤：《閨塾師》，李志生譯，南京：江蘇人民出版社，2005 年，第 10 頁。

重讀的經典之作。她通過對幾位男性文本的解讀有力的證明了男性是如何通過性的力量來達到對女性的控制的，從而提出性問題中政治內涵。第二種類型是作爲作者的女性，它將女性寫作作爲研究對象，主要研究婦女文學的歷史、主題和結構。但是，中國女性主義文學批評一直以來特別偏重第二種類型，男性文本基本不在研究的視野之內，女性主義文學批評常常可以與女作家批評劃等號。這可以從最近二十年裏在這一領域內出版的各種專著和發表的學術論文中得到印證。1995 年出版的劉慧英專著《走出男權傳統的樊籬——文學中男權意識的批評》和 2002 年出版的李玲專著《中國現代文學的性別意識》非常難得的將男性文本納入到了批評視野之中，但終究難脫性別對立的思維模式。顯然，這裡潛藏著一個認識上的誤區，即只有女性文本才能表現女性意識，而男性文本是不能表現女性意識的。所以研究者才會孤立的研究女性文本，而將男性文本視爲不相干的存在。那到底是不是只有女性文本才能具有女性意識？而男性文本就不具有女性意識？這個問題，王富仁先生在《談女性文學——錢虹編〈廬隱外集序〉》一文中進行了回答。「我認爲不能認爲只有女性作家的作品才有可能具有女性意識。人的一個基本素質便是具有對象化的能力，便是具有相對遠離自我而有意識地立於對象的立場上，以對象的審美意識、思想觀念、感情態度環視人生的能力，這對於文學藝術家更是必不可少的條件和才能。」〔註 54〕在前文的論述中，我們將古典文學中的女性形象大致分爲審美型女性、理想型女性、悍妒型女性和花木蘭型女性。的確，無論那種類型的女性形象主要都不是按照女性自身的生命邏輯塑造出來的，大多是按照男權社會對女性的期待以及男性自身的需求創造出來的。但是，我們同樣無法否定的是，在古典文學中也存在少數的獨具審美特徵的女性形象。古典小說集大成者《紅樓夢》中的眾多女性是這方面的極好例證。這既證明了男作家表現女性意識的能力，又提醒我們在漫長的女性無聲的歷史長河中，女性意識只能在男性作品中體現。到了近、現代，隨著「人」的覺醒和男女平等的性別觀漸漸深入人心，男作家的婦女觀及其筆下的女性形象也發生了極大的改變。《傷逝》中的子君、《蝕》中的孫舞陽、《寒夜》中的曾樹生等等女性人物都不是女性傳統文化能闡釋的。與古代男作家相比，現代男作家對女性的認識和理解有了極大的提高。

〔註 54〕王富仁：《談女性文學——錢虹編〈廬隱外集序〉》，載《名作欣賞》1987 年第 1 期，第 119 頁。

二、男性文本在女性文學研究中的獨特性

從上面的論述可以看出，男性文本是婦女文化與文學在現代構建中不容忽視的話語場地。下面擬從兩個方面進一步探討這個問題。一是男、女作家在文化層面上的溝通與交流。與古代社會不同，在現代社會，男、女作家在文化層面上有大量的互動，這也是爲什麼研究女性文學不能孤立的考察女性文本，必須把男性文本納入研究視野的原因之一。二是男性文本在女性文學研究中的獨特性。

（一）男、女作家在文化層面的溝通與交流

首先是女性主體意識的迅速增長讓性別之間的平等互動成爲可能。現代社會的轉型爲女性主體意識的增長提供了機會。這主要源於以下三個方面的合力。一是接受正規教育權利的獲得。這爲女性獨立理解這個社會與世界提供了知識上的保障。比如陳衡哲在其短篇小說《洛綺絲的問題》中就率先提出知識女性在家庭與事業之間左右爲難、難以平衡的矛盾。上文對女性獲得教育權的話題已有論述，這裡不再重複。二是五四「倫理革命」對強加於女性身上的傳統道德戒律的鬆綁。倫理之爭是新舊文化爭論的焦點。五四新文化派將他們大量的精力投入到道德革新這件事情上。其中，女子問題又是改革倫理觀念的重要一環。因此，很多有識之士就將女子問題作爲新文化啓蒙的突破口。比如，陳獨秀在《一九一六》一文中不僅直陳舊道德的流弊，他還因勢利導鼓勵青年男女，尤其是青年女子，不要成爲他人的附屬品，恢復自己獨立自主的人格。「儒者三綱之說，爲一切道德政治之大原。君爲臣綱，則民於君爲附屬品，而無獨立自主之人格矣。父爲子綱，則子於父爲附屬品，而無獨立自主之人格矣。夫爲婦綱，則婦於夫爲附屬品，而無獨立自主之人格矣。率天下之男女爲臣爲子爲婦而不見有一獨立自主之人格者，三綱之說爲之也。緣此而生金科玉律之道德名詞：曰『忠』，曰『孝』，曰『節』，皆非推己及人之主人道德，而爲以己屬人之奴隸道德也。人間百行，皆以自我爲中心，此而喪失，他何足言！奴隸道德者，即喪失此中心，一切操行，悉非義由己起，附屬他人以爲功過者也，一九一六年之男女青年，其各奮鬥以脫離此附屬品之地位，以恢復獨立自主之人格。」〔註 55〕這無疑給當時的青年女子出門求學、追求自由戀愛和進入職場等等行爲以莫大的鼓勵。三是女性

〔註 55〕陳獨秀：《一九一六年》，載《青年雜誌》，1916 年第 1 卷第 5 號，第 10 頁。

的職業發展。這一點在前文也有論述，這裡不在贅述。需要補充的是，女性的職業發展不僅能夠拓展女性的視野，而且能爲女性增加新的經驗與特質。因爲一旦有大量的女性進入原本由男性一統天下的公共領域，其組織模式、規章制度和表現形式等等都會因新成員的加入而發生變動。女性也會由當初爲進入職場而不自覺的對男性行爲的模仿，逐漸變成消化了男性氣質中許多元素之後而摸索生成的嶄新經驗與特質。

其次是大眾傳媒與出版業的興起爲男、女作家的交流提供了機會與平臺。科舉制度結束之後，出版傳媒既是部分知識分子謀生之所，也是他們傳播與交流思想、參與現代民族國家建設的主要渠道之一。當然，這個渠道與平臺也被當時的知識女性所利用。她們經歷了從最初的被啓蒙對象到積極參與其中再到獨立發表觀點的過程。五四時期，陳獨秀在《新青年》上特闢「女子問題」專欄，希望知識女性踊躍投稿參與到「婦女解放」這一話題的討論中來，結果應者寥落，很少有人響應。但是到了上世紀三十年代，不僅有知識女性成爲了雜誌的主編，比如丁玲主編《北斗》，而且形成了一定規模的女編輯與女作者隊伍。抗戰時期，《女聲》與《天地》在知識女性的主導下，更是以發出「女性之聲」爲辦刊目標，不僅公開批評父權制社會對女性的壓迫，而且大膽的討論與女性身體息息相關的問題，比如，欲望、生育和衣食等等。可見，在現代社會，中國知識女性「接受了個人思想表達如何介入公共話題，個人的話語權力與他者的話語權力如何對話與互動，如何在彼此的砥礪中構建更大的話語空間的全面訓練。」〔註 56〕知識女性如此，男性知識精英更是如此。在這個意義上，男、女作家之間有效的交流方式及「和而不同」的交流氛圍被建構了起來。正如李怡先生所言，「五四遺產更『堅實』的部分就在於它形成了一種容忍不同思想傾向的話語空間，或者說文化爭鳴的『氛圍』。」〔註 57〕筆者認爲爲這種「和而不同」的交流提供平臺的現代傳媒也爲男、女作家之間的交流開啓了大門。至此，中國知識女性或沉默或學舌的文化處境漸漸被改善。

最後是男、女作家在文化層面上溝通與交流的基礎與目的，即共同對父權制社會的批判與對抗。高彥頤在《閨塾師》一書中就談到了明末清初江南

〔註 56〕李怡：《『五四』與現代文學『民國機制』的形成》，載《鄭州大學學報（哲學社會科學版）》2009 年第 4 期，第 55 頁。

〔註 57〕李怡：《『五四』與現代文學『民國機制』的形成》，載《鄭州大學學報（哲學社會科學版）》2009 年第 4 期，第 55 頁。

城市上流社會的才女與男性文人的互動。作者認爲在明末清初，才女文化得到了非正式和正式的組織存在形式，即通過婦女詩社的形式存在。婦女詩社大致分爲三種形式，即家居式、社交式和公眾式。前兩種組織形式的主要成員是以親戚和鄰里關係爲主，比如母親、婆婆、鄰居等等。最後一種組織形式也被稱爲「公眾式」社團，因爲它要出版刊物，其成員有一定的文學聲望。這種詩社常常是在男性文人的承認和推動下初具規模的，並常常與男性詩社交流探討，一較高下。可見，男、女作家在文化層面上交流自古便有，只是在古代社會中不成規模，更爲重要的是，這種交流沒有文化目的自覺性。在某種程度上，只是活躍了古代婦女的文化生活。在現代社會可就不一樣了，這主要源於知識分子對父權制社會的認識。這正如崔衛平在《宦官制度、中國男性主體性和女性解放》一文中以宦官爲例談中國文化的實質那樣，他認爲雖然宦官在數量上是有限的，但是「閹割」卻形成了一種制度。這種制度不僅爲這個社會上的所有男性所承認，而且一再被複製。並且「當一些男人身體上遭受閹割之時，另外一些男人在精神上、人格上、尊嚴方面就毫髮無傷麼？」〔註58〕在此基礎，他判斷道「這種現象拿西方的女權主義理論是無法解釋的，那裡有一個『菲勒斯中心』，即男根中心，但是在中國，即便是男根，也不是牢不可破的，它時時處於被閹割、被削弱、被威脅的危險之中。〔註59〕因此，在等級森嚴的父權制社會中，遭到壓抑的不僅是女性，還包括男性。雖然很多男性以不斷掏空自己爲代價躋身於權力擁有者的序列，通過加倍壓制處於「下位」的人來達到心靈上的平衡，但是也不排除受壓抑的人們團結起來，共同反抗這專制的社會。這無疑就成爲兩性之間相互理解與交流、齊心協力進行社會改造的基礎。這也是我們在現代男性文本中不斷發現的對以父權制特徵爲內在邏輯的革命話語、民族話語進行質疑與批判的原因所在。

（二）男性文本在女性文學研究中的獨特性

男性文本在女性文學研究中的獨特性首先體現在男作家地位的獨特性上。王富仁先生在《談女性文學——錢虹編〈廬隱外集序〉》一文中曾深入分析這一點，他認爲「整個漫長的文明史，都是男性中心的社會歷史，在全部

〔註58〕崔衛平：《宦官制度、中國男性主體性和女性解放》，載《天涯》2003年第5期，第10頁。

〔註59〕崔衛平：《宦官制度、中國男性主體性和女性解放》，載《天涯》2003年第5期，第10頁。

社會的價值觀念和文學觀念中，都浸透著男性中心的社會歷史特徵。」〔註60〕在這種情況下，有覺悟的男作家比剛剛握筆寫作的女作家更方便看清與揭露女性問題的癥結所在。王富仁先生所分析的這種情況在晚清與民國尤為典型。眾所周知，中國沒有發生過獨立的女權運動，始於晚清的女權運動歷次都是被更為重大政治文化運動裹挾而來，最初是以「強國保種」為目標的維新變法運動，其次推翻帝制為主要目的的辛亥革命，最後是以建設現代民族國家的旨歸的五四新文化運動及其衍生的暴力革命。不難發現，女性是由男性在艱辛探索現代民族國家理論與實踐的過程中被發現的。因此，在晚清，對傳統女性觀造成劇烈衝擊的西方現代思想，具體而言，就是有關人權與女權的思想和話語，都是男性精英知識分子從西方翻譯過來的。民國時期，以《新青年》為首的眾多報刊雜誌水到渠成紛紛開闢了「婦女問題」專欄，熱論有關「婦女解放」的問題，其中撰文闡述的也多是男性作家。在中國現代文學的女性人物長廊中，被公認為經典的女性形象也大多出自男作家之手，比如祥林嫂、子君、鳴鳳、繁漪、陳白露、虎妞、曾樹生等等。這些男作家們站在建設現代化國家與建構現代文明的高度上，抨擊不合時宜的「女性傳統」，重新打量女性，思考女性與定位女性。可見，男性精英不僅比女作家早有歷史意識與知識優勢提出女性解放的問題。而且，他者的陳述比女作家自己來痛陳空白的歷史與被壓迫的現狀更有說服力。

其次表現在男作家對話語系統的熟練駕馭這個方面。孟悅與戴錦華就曾指出女性經驗與話語互逆的事實。她們認為剛剛浮出歷史地表的女作家們還沒有充分具備表現其閱歷的成人心理意識、話語準備與話語自覺。所以，我們常常一方面看到女作家用一般性的詞彙來表達原本可能是對女性產生深遠影響的事件。女性寶貴的性別體驗大多被情感、理智、同性友誼、愛、自由戀愛等等這些抽象而浮泛的時代術語所掩蓋，從而喪失自己的獨特性。而另一方面，我們又發現女性表達的焦慮。因為，幾乎沒有一套現成的以女性價值立場為旨歸的話語系統和文學示範，而女性獨有的感受與思考卻需要這樣一份語言與文學傳統。悖論就在這裡出現了，女作家們如果不掌握時代語彙系統就無法進入新文化的主流，但是，越是追求把個人體驗融入到這套時代語彙系統之中，性別經驗信息保留的也就越少。這在廬隱、冰心與馮沅君等

〔註60〕王富仁：《談女性文學——錢虹編〈廬隱外集序〉》，載《名作欣賞》1987年第1期，第119頁。

等女作家身上都有反映。例如，馮沅君的寫作一直被視為勇敢而犀利的，但是她筆下流淌出來的不是五四女青年在反抗舊秩序舊道德過程中生發出來的獨特經驗，而更像是一種為反叛而反叛的抽象概念。相對而言，有經驗的男作家就較少出現經驗與話語互逆的情況。現行的話語系統本身就是按照男性經驗與男性價值累積發展而成，男作家運用起來自然得心應手。比如同樣是書寫五四自由戀愛的題材，男作家雖然難以細緻入微的體察女性複雜的心理，但是男性作家憑藉其對話語系統及其背後文化的諳熟操練與透徹理解，同樣能夠鮮活的傳達女性遭遇自由戀愛的情形。這可以在魯迅、曹禺、巴金等等作家的作品中得到驗證。比如魯迅的小說《傷逝》因其高超的敘事技巧、生動的人物形象與深刻的見解常常被人稱頌。作者通故事層次和話語層次由外而內將新女性層層疊加的生存困境淋漓盡致的透析出來，讓人不得不信服。

最後，我們也可以通過對男性文本的研究而返觀女性創作的意義。毫無疑問，對女作家的作品進行研究是女性文學研究的重點。雖然，歷史給男、女作家提供了不盡相同的思想空間、藝術空間和歷史生活空間。但是，女性創作的意義不是自動呈現的，它只有在與男性創作的對比中才能凸顯出自身的獨特性來。換句話說，男性創作能夠為闡釋女性創作的意義提供了十分重要的語境。在封建社會，女性幾乎沒有話語權，研究男性文本就能瞭解男權歷史的文化形態及其運作機制。這無疑能幫助今天的婦女文化與文學建設。「五四」反封建的思想革命不僅給女性更多的教育機會與更大的寫作空間，而且也讓男作家重新思考女性與定位女性。因此，我們解讀現代男作家作品的思路還不能跟解讀古代男作家作品的思路完全一樣。也就是說不能像西方女權主義那樣對男性文本完全採用男權批判的解讀思路。因為，事實上，自五四以來，中國文學界就誕生了一個持續近一個世紀的新文化命題，即對腐朽的、封建的、不符合人性健康發展的男權主義的批判。誰要是違背了這一新文化命題就會遭到來自外界輿論壓力和自身良心的譴責。因此，對於現代女性文化與文學的建設來說，與其說中國現代男作家的作品是一個靶子，不如說更像是一面鏡子。通過這面鏡子，更能清晰地闡釋女作家寫作地價值與意義。比如劉禾就將蕭軍《八月的鄉村》與蕭紅《生死場》進行對比分析之後，得出結論，同樣是寫鄉村的社會圖景，「蕭軍重在描繪男人的自足和戎馬情狀，而蕭紅卻側重於鄉村女性的狀況和命運。……蕭紅並非不想抗日或對民族命運不關心——她的困境在於她所面對的不是一個而是兩個敵人：帝國主義和男性父權制。後者會以多種多樣的方式重新發明自身，而民族革命亦不例外。」〔註 61〕可見，通過對比分析，「蕭紅態度的曖昧性（這裡是指對民族主義的立場，筆者注）就馬上進入我們的視野」〔註 62〕。由此，我們更能理解蕭紅及其作品中的內容與情感，也更能看清蕭紅對民族主義的理解遠遠超出同時期的很多男、女作家。

總之，如果女性文學研究沒有將男性文本包括進去，對男作家創作本身沒有一個總體的認識，那麼對女性文學的發展來說是不利的。我們既很難辨別女性文學、女作家創作的文學作品所能達到的獨立高度在什麼地方，也容易把男女兩性共同的認識和奮鬥目標僅僅當做女性文學的認識與目標。相反，男作家如果不增加對女性文學的思考，也不能發現自身在表現女性的局限在什麼地方。我們堅持男性作家在書寫女性方面所取得的成績是無法抹殺的，同時也看到即使男作家對女性的表現能達到一定的高度，也不能取代女作家自身的創作。

〔註 61〕（美）劉禾著：《跨語際實踐——文學，民族文化與被譯介的現代性》，宋偉傑等翻譯，北京：三聯書店，2002 年，第 295～301 頁。

〔註 62〕（美）劉禾著：《跨語際實踐——文學，民族文化與被譯介的現代性》，宋偉傑等翻譯，北京：三聯書店，2002 年，第 295 頁。

第二章　「婚戀自由與個性解放」啓蒙下的果敢與彷徨

繼晚清之後，五四新知識分子發起了新一輪婦女解放思潮。他們開展的兩性貞操觀、自由戀愛、自由結婚與家庭制度改革等等論題的討論，使晚清以來男女平權與女性解放得到了前所未有地推進。知識女性對自我的認識從晚清「女國民」堅定而清晰的轉變爲「人」和「女人」。正如一位撰寫中國婦女生活史的作家所言，「五四運動」將婦女從傳統的社會束縛中解放出來，讓中國婦女擁有了獨立人格的生活。

第一節　五四婦女解放新思潮

一、「與時俱進」的性別話語：以《新青年》與《婦女雜誌》爲考查中心

五四時期，以男性爲主體的知識精英以《新青年》和《婦女雜誌》爲主要陣地建構了新的性別話語空間。在這公共話語空間，他們對女子問題諸如貞操、社交公開、寡婦再嫁等等論題進行了激烈的討論。新知識分子藉此也逐漸獲得話語權，並與某些傳統因襲的力量形成了抗衡的局勢。這在客觀上造就了以兩性貞操、婚戀自由和家庭改制爲中心的新性別話語的形成。

從女性貞操觀到兩性貞操觀。《新青年》率先對貞操觀進行了討論。1918年 5 月，周作人在《新青年》上發表了日本學者與謝野晶子《貞操論》的譯文。這篇文章一方面對傳統的貞操觀進行了質疑。「在男子方面，既沒有貞操道德自發的要求，也沒有社會的強制。若在女子方面，既然做了人妻，即使

夫婦間毫無交感的愛情，只要跟著這個丈夫，便是貞婦？……又或愛情已經轉在別人身上，只是性交除丈夫外不肯許人，這樣婦人，也都被稱讚是個貞婦。」〔註 1〕另一方面提出了自己的觀點。「我對於貞操，不當他是道德，只是一種趣味，一種信仰，一種潔癖。既然是趣味信仰潔癖，所以沒有強迫他人的性質。」〔註 2〕這種言論既觸痛了國人一直不敢正視的瘡痂，又引起了五四進步知識分子對現代人以及現代性愛應有之義的探詢。他們紛紛撰文跟進討論。1918 年 7 月，胡適在《新青年》上發表《貞操問題》，1918 年 8 月，魯迅在《新青年》上發表了《我之節烈觀》。前者從批判當下報刊上連續登載的荒謬的貞節烈女的例子入手，對貞操問題提出了自己的看法。他認爲首先要研究貞操的意義，不能人云亦云、一味盲從；其次「我以爲貞操是男女相待的一種態度，乃是雙方交互的道德，不是偏於女子一方面的」〔註 3〕；最後「絕對的反對褒揚貞操的法律」〔註 4〕。後者辛辣的批判了古代一偏的貞操觀，指出在「這一類無主名無意識的殺人團裏，古來不曉得死了多少人物；節烈的女子，也就死在這裡」。〔註 5〕1919 年 4 月，《新青年》又刊登了胡適、周作人、藍志先三人對貞操問題的討論。他們就「性愛是否需要道德的制裁」這一問題又進行了對話。與此同時，新文化人敏銳的發現，對一偏貞操觀的批判成爲了瓦解傳統倫理道德體系的重要武器。《新潮》、《婦女雜誌》、《京報副刊》、《莽原》、《現代評論》和《婦女週報》等等刊物先後組織了更大規模的對性道德的討論。尤其是章錫琛主持下的《婦女雜誌》（1921～1925）成了繼《新青年》之後提供性別價值觀的重要基地。1922 年 12 月，《婦女雜誌》以專刊的形式開展了對貞操問題的討論。集中刊發了一系列與此相關的文章，如吳覺民的《近代貞操觀》、高山的《貞操觀的改造》、作舟《結婚之生理的考察》、克士《婦女主義者的貞操觀》、YD《論寡婦再嫁》等文章。這些論者從歷史、經濟、倫理、科學與中外文化比較的角度闡釋了廢除偏枯貞操觀、建立兩性平等貞操觀的必然性。1925 年 1 月，《婦女雜誌》又推出「新性

〔註 1〕與謝野晶子：《貞操論》，周作人譯，載《新青年》，1918 年第四卷第 5 號，第 22 頁。

〔註 2〕與謝野晶子：《貞操論》，周作人譯，載《新青年》，1918 年第四卷第 5 號，第 22 頁。

〔註 3〕胡適：《貞操問題》，載《新青年》，1918 年第五卷第 1 號，第 10 頁。

〔註 4〕胡適：《貞操問題》，載《新青年》，1918 年第五卷第 1 號，第 10 頁。

〔註 5〕唐俟：《我之節烈觀》，載《新青年》，1918 年第五卷第 2 號，第 8 頁。

道德號」對貞操和性道德問題進行集中論述。章錫琛認為「新性道德意味著夫妻雙方的自由平等；性欲是人的自然權利，不能視為污穢」〔註6〕；周建人認為「近代對於性道德改革上，最重要的呼聲有戀愛和婚姻的合一」〔註7〕。沈雁冰主張「戀愛可說是一種限於兩性間的最高貴的感情，起於雙方人格的互相瞭解，成於雙方靈魂之滲合而無間隙」〔註8〕。這些激烈的言論很快遭到了陳百年等人的反駁，並導致了章錫琛的辭職。無可否認的是，經過新文化人幾番不懈的努力，一偏的貞操觀受到了沉重的打擊，建立在現代神聖戀愛基礎之上的「兩性貞操觀」在知識分子中取得共識。

新貞操觀也成了婚戀自由的邏輯起點。《新青年》對婚戀問題的價值觀輸出主要體現在三個方面。一是對封建包辦婚姻及其陋習的批判。1917 年 7 月，《新青年》刊發了鄭佩昂《說青年早婚之害》一文，他指出「有一事焉足為青年之梗者，其惟早婚乎」。〔註 9〕它對於青年人來說，損精神、傷身體、荒學問和敗道德；對於國家來說，害國計、弱民族。1917 年 8 月，《新青年》發表了劉延陵《婚制之過去現在未來》一文，作者犀利的指出嗣宗繼業的婚姻「視男女婚媾，不為個人之事，而為全族之事。並不定於男女自身之意見，而定於父母之命、媒妁之言、親族之意。」〔註10〕1919 年 1 月，魯迅在《新青年》上發表了《隨感錄四十》一文，更是辛辣的揭示出無愛情的婚姻就好比兩個牲口，聽著主人的命令而住在一起。既然是形式上的夫婦，於是「少的另去姘婦宿娼，老的再來買妾：麻痹了良心，各有妙法」〔註11〕。1920 年，周建人在《新青年》上發表了社會調查《紹興的結婚風俗》，作者以紹興婦女的婚姻為觀察點，真實的記錄了處於封建禮教控制下的女子婚姻慘況。二是有鑒於包辦婚姻的吃人，提倡社交公開與婚戀自由。早在 1917 年 7 月，《新青年》刊發了震瀛翻譯美國高曼女士的《結婚與愛情》一文，這是一篇主張戀愛自由的檄文，作者認為「愛情者，人生最要之元素也。……安可以局促

〔註 6〕章錫琛：《新性道德是什麼》，載《婦女雜誌》，1925 年 11 卷 1 號，第 2 頁。

〔註 7〕喬峰（周建人）：《現代性道德的傾向》，載《婦女雜誌》，1925 年 11 卷 1 號，第 22 頁。

〔註 8〕雁冰：《性道德的唯物史觀》，載《婦女雜誌》，1925 年 11 卷 1 號，第 13 頁。

〔註 9〕鄭佩昂：《說青年早婚之害》，載《新青年》，1917 年第三卷第 5 號，第 63 頁。

〔註10〕劉延陵：《婚制之過去現在未來》，載《新青年》，1917 年第三卷第 6 號，第 16 頁。

〔註11〕唐俟：《隨感錄四十》，載《新青年》，1919 年第六卷第 1 號，第 66 頁。

卑鄙之國家宗教，及矯揉造作之婚姻，而代我可寶可貴之自由戀愛哉。」〔註12〕1919 年 3 月，張崧年在《新青年》發表了的《男女問題》一文，他也認爲現代的男女關係應由「精神上發出的愛情爲主」〔註 13〕，傳統的男女關係把「可貴的精神」閹割了，只剩下乾癟的軀體。1919 年 4 月楊潮聲在《新青年》上發表了的《男女社交公開》一文，他直陳禮防的虛假性，主張「破除男女界域，增加男女人格」。雖然當時對這些觀點呼應的人還很少，但是他們已公開讓自由婚戀登堂入室，並逐漸演變成一種主流的文化價值尺度。三是將婚戀自由上升到個性解放的高度。1918 年 6 月，《新青年》刊發了易卜生專號。這期專號中的論文與文學作品共同塑造了一個具有疊加意義的五四標誌性人物——娜拉。一方面，進步男性知識分子以此爲突破口推進個性解放。另一方面，她的出走行爲給正在覺醒的反抗家長權威、追求個人幸福的新女性起到極佳的示範作用。《新青年》還未來得及對婚戀問題具體展開討論，編輯部內部已經分裂。章錫琛與周建人主持的《婦女雜誌》在《新青年》已經搭建好的框架之下，相繼推出了離婚問題號、配偶選擇號和新性道德號等等特刊號，對婚戀問題進行了廣泛而深入的討論。《婦女雜誌》刊發了一系列從自由的角度談婚戀的文章，如章錫琛、王平陵《關於戀愛問題的討論》、周建人《戀愛的意義與價值》、吳覺農《愛倫凱的自由離婚論》、炳文《婚姻自由》、章錫琛《愛倫凱及其思想》等等。這些文章的核心是推出以自由爲核心的新型婚戀觀，即戀愛自由、靈肉一致、絕對自由、結婚自由、離婚自由等等。他們甚至偏執的認爲婦女解放的根本途徑不在平等教育、經濟獨立和職業勞動，而在於婚戀自由。章錫琛們關於自由婚戀的理論資源主要來自瑞典著名女性主義理論家愛倫凱。早在 1920 年 3 月，沈雁冰就對愛倫凱論著《愛情與結婚》進行了介紹。1920 年月，李三旡在沈雁冰譯介的基礎上，在《婦女雜誌》上發表了《自由離婚論》一文，單從愛倫凱的「離婚自由」切入，指出愛情才是兩性道德的至高點。作者還闡述了艾倫凱所談論的愛情是指靈肉一致的情感，並且進一步指出「自由戀愛」與「戀愛的自由」不同，「戀愛的自由，就是愛情不受脅迫，不加勉強的意思」〔註 14〕，而「無靈魂感覺本位的愛情，

〔註12〕高曼女士：《結婚與戀愛》，震瀛譯，載《新青年》，1917 年第三卷第 5 號，第 47 頁。

〔註13〕張崧年：《男女問題》，載《新青年》，1919 年第六卷第 3 號，第 80 頁。

〔註14〕李三旡：《自由離婚論》，載《婦女雜誌》，1920 年 6 卷 7 號，第 1 頁。

是本能的衝動的愛情，就是所謂『自由戀愛』」。〔註 15〕艾倫凱尊重的是「戀愛的自由」而不是「自由戀愛」。章錫琛在《近代思想家的性欲與戀愛觀》一文中也引用艾倫凱的論述再次強調「靈肉一致的戀愛，這種戀愛，才有價值」。〔註 16〕此外，爲了強調戀愛在兩性關係的重要性，艾倫凱在《婦人道德》中還提出：「戀愛是道德的，即使沒有經過法律上的結婚，但是沒有戀愛的結婚是不道德的。」〔註 17〕經過進步知識分子的大力提倡，由戀愛而結婚、婚姻自主和離婚自由等觀點深深的植進青年的腦海之中。其中某些觀點還成爲了性放縱者自我辯護的藉口。爲了讓讀者準確理解「戀愛的自由」，1923 年，《婦女雜誌》還設專欄「戀愛自由與自由戀愛的討論」來辨析戀愛的正當含義。蔣鳳子、章錫琛、王平陵等論者就此問題進行了辯論。章錫琛針對蔣鳳子過分拘泥於概念辨析認爲「自由戀愛」只不過是從肉到靈的戀愛，重申了李三无對此問題的看法。

家庭制度改革。婚戀自由自然引發了對家庭制度改革的思考。早在晚清，康有爲、譚嗣同和梁啓超等有識之士在他們的著作中就提出了破除家庭的觀點。他們破除家庭的目的是爲了建立個人與天下的直接聯繫、並以此來建成國家。五四新文化派主要是從張個人與女性解放的角度來談家庭制度改革。其主要內容大致有以下幾個方面。一是抨擊家族主義的罪惡。吳虞是家族主義的著名批判者。1917 年 2 月，他在《新青年》上發表《家族制度爲專制主義之根據論》一文，從家與國、封建禮法與封建法權相生的角度對封建家族制度進行了有力的批判。他認爲近代中國處境艱難、停滯不前的根本原因在於「儒家以孝悌二字爲二千年來專制政治、家族制度聯結之根幹，貫徹始終而不可動搖」〔註 18〕。基於此，作者提出非孝的觀點，「孝之義不立，則忠之說無所附；家庭之專制既解，君主之壓力亦散，如造穹窿然，去其主石，則主體墮地」〔註 19〕。周建人也在《中國舊家庭制度的變動》一文中指出「中國的舊家庭制度是君主專制政治的雛形，與自來君主專制的政體非常相合，

〔註 15〕李三无：《自由離婚論》，載《婦女雜誌》，1920 年 6 卷 7 號，第 1 頁。
〔註 16〕瑟廬：《近代思想家的性欲與戀愛觀》，載《婦女雜誌》，1920 年 6 卷 10 號，第 1 頁。
〔註 17〕愛倫凱：《婦人道德》，載《婦女雜誌》，1922 年第 8 卷第 7 號，第 16 頁。
〔註 18〕吳虞：《家族制度爲專制主義之根據論》，載《新青年》，1917 年第二卷第 6 號，第 10 頁。
〔註 19〕吳虞：《家族制度爲專制主義之根據論》，載《新青年》，1917 年第二卷第 6 號，第 10 頁。

所以能保住它們的鞏固」〔註 20〕將封建大家庭作爲君主專制的基礎來批判成爲進步知識分子系統批判家庭的一個缺口。1919 年 10 月，普通女學生李超被專制家庭逼迫至死。這一事件更是反省封建家庭制度不合理、變革舊家庭制度的呼聲推向了高潮。胡適專門爲之寫了《李超傳》、陳獨秀也針對此事件撰寫了《男系制與遺產制》，他們都痛斥了家長族長的專制，以及有女不爲後、女子無繼承財產權利的封建宗法制度。吳虞在《新青年》與《星期日》上相繼發表了《吃人與禮教》與《說孝》兩篇文章，從人道主義角度再次對封建家族制度與傳統禮教進行了抨擊。二是改革家庭解放個人。1916 年 12 月，陳獨秀在《新青年》上發表《孔子之道與現代生活》一文，他通過中西古今的對比，認爲孔子之道已不適用現代生活。因爲「現代生活，以經濟爲之命脈，而個人獨立主義，乃經濟學生存之大則」〔註 21〕，而「中土儒者，以綱常立教。爲人子爲人妻者，既失個人獨立之人格，復無個人獨立之財產」〔註 22〕，很自然的將破除封建家庭及傳統禮法的束縛，彰顯個人獨立的立意遞進的表達了出來。而在《東西民族根本思想之差異》一文中，陳獨秀則直接有力地推出「以個人本位主義易家族本位主義」〔註 23〕的觀點。胡適也是個人主義的有力倡導者，他在《易卜生主義》一文中指出，家庭與社會最大的罪惡在於摧殘個人的個性。因此，個人要打破家庭的束縛必須大力發展個人的個性。他還對個人的個性發展提出兩點要求：「第一，須使人有自由意志；第二須使個人擔干係，受責任」〔註 24〕。這種以個人自由爲基點將個人自由與社會自由整合起來的思想成爲了日後被胡適稱爲「健全的個人主義人生觀」核心。李平也在《新青年之家庭》一文中倡導「子女須具自立之人格，勿妄想父母之遺產」、「及子女長成，另組家庭」、「故當成年之後，即宜與聞地方自治選舉代議士等事，勿復規避」〔註 25〕。三是提倡新式小家庭。五四新知識分子

〔註 20〕周建人：《中國舊家庭制度的變動》，載《婦女雜誌》，1921 年第 7 卷第 6 期，第 1 頁。
〔註 21〕陳獨秀：《孔子之道與現代生活》，載《新青年》，1916 年第 2 卷第 4 號，第 6 頁。
〔註 22〕陳獨秀：《孔子之道與現代生活》，載《新青年》，1916 年第 2 卷第 4 號，第 6 頁。
〔註 23〕陳獨秀：《東西民族根本思想之差異》，載《青年雜誌》，1915 年第 1 卷第 4 號，第 10 頁。
〔註 24〕胡適：《易卜生主義》，載《新青年》，1918 年第 4 卷第 6 號，第 7 頁。
〔註 25〕李平：《新青年之家庭》，載《新青年》，1916 年第 2 卷第 2 號，第 92 頁。

在批判封建大家庭制度、張揚個性解放的同時，也提出了種種不同的改革家庭制度的設想。其中建立歐美式小家庭是最主流的觀點。這種觀點在《婦女雜誌》1923 年「家庭革新號」、1925 年「怎樣推翻大家庭制度」和 1926 年「創立新家庭的預備」等等重要徵文中得到了集中的闡述。邵光典、寶貞《新家庭》、瑟廬《家庭革新論》、高思廷《理想之家庭》和喬峰《家庭改造的途徑》等等文章都是這方面的力作。針對大家庭專制、壓制個性、分利人多、生利人少和容易養成依賴性等等弊端。新式知識分子所主張的新式小家庭具有以下特徵。「理想之家庭，第一要自由結婚，這是對舊式大家庭的突破；第二，貞操，理想之家庭就是小家庭組織，一夫一妻制的固定配偶；第三，子女分居，一律平等，不重男輕女；第四，個人儲蓄，爲老年備用。」〔註26〕「理想家庭的現象：第一，理想家庭之所在和建築；第二理想家庭中人物，一夫一妻再有幾個孩。第三，工作和娛樂，第四經濟，爲社會服務獲得的報酬，可以營『人的生活』，享『人的幸福』。〔註27〕毋庸置疑，以獨立自主、理性平等、自由主義爲邏輯基礎建構的新式小家庭製取代以宗法血親、男尊女卑、家國同構爲核心構建的舊式大家庭制，精準反現了中國現代化的內在需求。

二、逃婚還是忍耐：現實生活中新青年的艱難抉擇

1923 年 2 月《婦女雜誌》刊登了一篇名爲《我自己的婚姻史》紀實文章。這篇文章在刊登時附有編者的按語：「這篇文章，是國立大學教授鄭振鄖先生敘述他自己婚姻的歷史。現代青年男女，因不滿意於機械式的婚姻，從而發生破裂，像鄭先生這樣的，正不知有多少；但能像鄭先生一般把他們經過的事實和感情，很忠實的描寫出來的，實在可說沒有。所以我們覺得這一篇是現代很有價值的文章。」〔註 28〕顯然，鄭先生《我自己的婚姻史》一文並非是偶然地獲選刊登的文章，而是他的經歷在當時具有相當大的普遍性。五四進步知識分子與時俱進的性別話語，在某種程度上建構起了青年人對現代婚戀的想像和期待。然而，在現實生活中，這些在外求學與奮鬥的新式的男性知識分子不得不面臨父母早已爲他們安排好的婚姻。新青年與舊女子是當時比較普遍的婚姻匹配模式。魯迅就曾說朱安是母親送給他的禮物。胡適也不

〔註26〕高思廷：《理想之家庭》，載《婦女雜誌》，1923 年第 9 卷第 8 號，第 42 頁。
〔註27〕高思廷：《理想之家庭》，載《婦女雜誌》，1923 年第 9 卷第 8 號，第 42 頁。
〔註28〕曠夫：《我自己的婚姻史》，載《婦女雜誌》，1923 年第 9 卷第 2 號，第 7 頁。

得不壓抑自己的眞情實感而接受父母的安排。鄭先生的文章就眞實的敘述了他與舊式女子從在父母的安排下締結「良緣」到相處痛苦不堪再到不得不離婚的經過，以及他作爲時代的「新青年」在具體處理婚戀問題過程中的感受和態度。文章共分爲六個部分。第一部分「不得見面時期」，主要敘述了在中學時父母就替「我」定下了終身大事，雖然我心裏嚮往擁有天足與讀過書的新女性，由於自身的怯弱最終順從父母的意願，但是心裏忐忑難安，提出讓女方放足與讀書的要求，並寄希望於在婚後對她進行改良。第二部分「新婚時期」，主要敘述了「我」與妻的三次相處。第一次是在新婚伊始，我抱著知己的態度待妻，希望得到她的信仰心讓她改良。雖然在白天「我們」是禮節的傀儡，但是晚上得到自由之後，「我們」談的題目大概是腳、粉與普通常識。離別的時候彼此淚眼相對。第二次暑假回家，「我」發現妻並沒有按照要求對腳（放足）與臉（不搽粉）進行徹底的改良、彼此也沒有共同的語言、並且妻子沒有表現出「我」所強烈希望的情感。在分別的時候，她有眼淚「我」沒有眼淚。第三次暑假回家，妻的足和臉依然沒有徹底改良，「我」發現原因是妻顧忌親屬鄰舍女僕的談論。「我」沒有得到我想像中的精神之愛，心冷志灰。分別的時候，妻與「我」都沒有眼淚。第三個部分「痛苦時期」。主要敘述「我」大學畢業後回到家中，與妻從失和、分居到復合的過程。失和的原因一方面在於妻不願意和我站在同一陣線上、聽「我」的話進行徹底的改良，另一方面是「我」發現舊式女子由於生在舊式的家庭裏，迫於父母之命而成婚，不知愛情爲何物，對於丈夫只有服侍而無愛情。她的無愛情，「我」雖然能夠原諒卻不能再愛。隨著兒子的出世，妻一再找我復和，表示願意聽「我」的話進行改良，並除去了腳上的布條和臉上的粉。「我」顧慮到孩子的教育問題，又重新燃起希望，夫妻重歸於好。第四個部分「復合時期」。「我」在北京的一所大學謀得一職位，接妻前來同住。在日常生活中，妻開始抱著無才主義相處，凡事不願意負責承擔，並認爲不爭不吵就是好夫妻，後來稍有覺悟但不夠透徹。「我」則以與復和時的條件，即以後都聽我的話，來要求妻子變成新女性，並希望夫妻間能有眞誠而痛快的交流。雙方意見相左隔閡日增，不容調和，「我」決意不以女子作僕役，也不願意做女子的牛馬，最後將妻送回老家，決定離婚。第五個部分「結論」，作者反思了婚姻破裂的原因。一是由於未見面就結婚，缺乏瞭解。二是由於妻沒有因愛情的衝動而革除舊觀念，等被他種勢力所壓迫改革又太遲。第六個部分「我的意見」。作者再次闡述了決意離婚的主觀理由，他認爲如果一段婚姻走到盡頭而不能離婚的話，會讓人痛苦不堪而喪失競爭性與奮鬥性。而離婚的阻礙在於人們貞操觀念的陳舊。他呼籲眾人醒來，認明白什麼是眞的有價値的，什麼是假的無價値的。在文章的末尾還附了作者《對於逃婚的意見》一文。作者認爲對於婚姻不滿的人，與其去通姦、納妾與謀殺，不如逃婚，並陳述了逃婚的種種好處。同時交代了以後與妻的關係，對於女兒分負責，對於她的愛情則永遠斷絕，但以妹妹待之，放棄父母的遺產以維持她的生活。

一石激起千層浪，鄭先生《我自己的婚姻史》一文刊登之後，在社會上引起了強烈的反響，眾說紛紜。比較而言，自由戀愛在現實生活中容易實現，而自由離婚因涉及到人類對婚戀問題的深度認知以及現實利益的牽扯就難以達成共識。對於鄭先生的逃婚行爲，大致有三種態度。第一贊成逃婚。在《婦女雜誌》離婚問題號上，我們既能看到國人對鄭先生離婚行爲的點評，也能看到諸如對日本著名女詩人白蓮離婚事件的述評《白蓮女史離婚記》，編者將她作爲東方的娜拉介紹給國人，還能看到世界各國家庭動搖的趨勢。《婦女雜誌》這種編排上的互文首先營造了一個贊成離婚的語境。實際上，大多數評論者也是支持離婚行爲的。其中，最有代表性的文章就是章錫琛的《我的離婚的前夜——兼質鄭振壎先生》，作者以親身經歷再次闡明機械式結婚的苦悶：精神上終於委頓、心靈上終於窒息、愛情無從聯絡、人格墮落、志氣漸滅。鑒於此，作者甚至認爲獨身生活勝於無意義的兩性生活，並向社會大聲疾呼：「與其使男女兩人鬱鬱的閉在沉悶的空氣中，過那頹澷、麻痹、無意義的生活，在買賣式的性交下，維持卑鄙，毀壞心靈的性的關係，倒不如一刀兩斷，直接痛快的脫離名義上的夫婦。」〔註 29〕元啓《對於「逃婚」的同情》一文就事論事，對男女雙方欠妥當的行爲都進行了批評，但是他仍然認爲「逃婚就是圖『生存』！求『幸福』，保『眞』，存『愛』，鼓舞『獨立』。總而言之，逃婚就是做『眞人』的路，如其他爲婚姻逼迫時，如其你是愛『眞理』的，想做『人』的，那麼如處此境遇，爲什麼不鼓舞勇氣逃去，逃出這『虛僞』的勢力圈。」〔註 30〕高歌《沒有重圓的可能》一文，則認爲鄭先生與妻子的破裂是新舊不可調和

〔註 29〕Y.D：《我的離婚的前夜——兼質鄭振壎先生》，載《婦女雜誌》，1923 年第九卷第四號，第 41 頁。

〔註 30〕元啓：《對於「逃婚」的同情》，載《婦女雜誌》，1923 年第九卷第四號，第 32 頁。

造成的，他們之間的情感也是製造出來的，經不起風雨飄搖。因此，他們的分裂是不可避免的。董子臧《闢反對離婚的謬論》一文擲地有聲，他對人道主義論和婦女改造應歸男人負責論進行了狠狠的批駁。作者針對離婚會將無知女性逼於自殺的境地而屬於非人道行爲的論點辯駁道：「這是什麼話呢？什麼叫做人道主義？什麼叫做非人道主義？救了一個『自殺』就可以算得人道主義的麼？須知這個雖然救起來一個『自殺』，別方早已殺了五個的了！這並非過甚的話：試問自殺的本身，他的對手方，他們將來產生的兒女以及家庭社會，合併起來，不是五個嗎？」〔註 31〕並且認爲改造是改造，離婚是離婚，兩者不必混淆。

第二不贊成逃婚。也有少數論者，在考察了中國婦女的實際處境後，不支持鄭先生逃婚的行爲。其中最有代表性的是何章欽的《請看我的對她》一文，他從人道主義立場出發，認爲「舊式的女子，既非她自己的緣故，又不是她父母的緣故，完完全全是舊社會的害。這種害的痛苦，應不應完全加到這般無知無識可憐的女子身上，還是我們僥倖得了一新學識的人，應該去分受一部分？我們父母已爲我們娶了舊式女子的人，就是已經分著舊社會一部分的害，我們可否設法把這一部分的害，完全歸到她們身上？」〔註32〕，「我們僥倖所得的學問，無非由國家的培植，教我們盡一分改良社會的義務。今得了學問，將要我除的污穢，推出門外，關上了門，獨享清潔的幸福，這是國家培植我們的宗旨麼？」〔註 33〕。有了這樣的思考與行動，作者與舊式妻子的關係剛好與鄭君相反「惟我們現在的情形，完全與鄭君相反。我們倆仍同居一起，且近來帶到上海來，組織了一個小家庭，又有三四年了。論到彼此的愛情，雖比不上那文明式的先天的，但較諸舊式的後天的，倒要濃厚幾倍。家庭中亦有唱隨的氣象」〔註 34〕。周建人在《愛情的表現與結婚生活》一文中客觀地分析了舊式女子不善於表達愛情乃普遍現象，是社會風俗所致。並認爲逃婚不是正當的決裂法，「在男子方面只要捨得這一注財產，自己的自由可以回贖，在女子一方面，自由卻永遠被剝奪了。所以補救的方法，還應於產業給予之外，加一點明白的表示，將自由也一併還給女子，才是正

〔註31〕董子臧：《闢反對離婚的謬論》，載《婦女雜誌》，1923 年第九卷第四號，第 177 頁。

〔註32〕何章欽：《請看我的對她》，載《婦女雜誌》，1923 年第九卷第四號，第 53 頁。

〔註33〕何章欽：《請看我的對她》，載《婦女雜誌》，1923 年第九卷第四號，第 53 頁。

〔註34〕何章欽：《請看我的對她》，載《婦女雜誌》，1923 年第九卷第四號，第 53 頁。

當的辦法。這財產的給予，不過是一種良心上的賠償罷了」〔註35〕。愨甫《不要向弱者宣佈死刑》和陸江東《對於四條問題的答案》也都不贊成離婚。不過，他們並沒有譴責鄭君而是將批判的矛頭同時對準了舊禮教與舊社會。

第三，並不深究鄭君的行爲，轉而談論婦女解放的路徑和必要性。高山在《對於兩起離婚事件的感想》中談到：「但我想對於這個人的錯誤少加批評，希望對於女子的犧牲表同情的人們，能怎樣設法幫助女子，使她們能在社會上站些地位，怎樣用平等的制度和觀念，替代從前那些不平等的，才是根本方法呢」〔註36〕。並且認爲「如果將兩者平衡一下，伸長個性更比保存舊制度重要，那麼，要救濟女子關於這類的不幸，必須打破舊觀念，建造男女平等的道德觀念，改造經濟制度，培養女子的活動力，總括一句，使女子的生活範圍與力量逐漸增大才是呢」〔註37〕。周寶韓在《婦女解放的必要》一文中也認爲：「我們由鄭君的事實，深覺得婦女有解放之必要。解放的第一步是要男女受同樣的家庭和學校美滿的教育。這也許是鄭君所謂第二條到自由之路吧。」〔註38〕女性評論者蓮史在《婦女的非人時代——促普天下男性反省》一文中呼籲道：「這並不是她們的不能實行和缺少勇氣，無非受環境的壓迫，禮教的束縛，社會的制裁罷了。」〔註39〕「我不反對任何種情形的自由離婚，但是應當從制度上全體著想一下……有覺悟的朋友們，應當努力除去社會的障礙，不可只顧到一個人所受的壓迫，『總』的障礙不去，個人所受的壓迫，是沒法解除的……奮鬥是對強者施的，對比較弱的，再加力量，只是一種新壓迫啊！」〔註40〕另兩位女性評論者徐呵梅與顧綺仲先後從不同的角度呼應了蓮史的觀點，抨擊了男權社會的霸道與闡明了女性獨立自強的重要性。

〔註35〕周建人：《愛情的表現與結婚生活》，載《婦女雜誌》，1923年第九卷第四號，第22頁。

〔註36〕高山：《對於兩起離婚事件的感想》，載《婦女雜誌》，1923年第九卷第三號，第47頁。

〔註37〕高山：《對於兩起離婚事件的感想》，載《婦女雜誌》，1923年第九卷第三號，第47頁。

〔註38〕周寶韓：《婦女解放的必要》，載《婦女雜誌》，1923年第九卷第四號，第67頁。

〔註39〕蓮史：《婦女的非人時代——促普天下男性反省》，載《婦女雜誌》，1923年第九卷第四號，第44頁。

〔註40〕蓮史：《婦女的非人時代——促普天下男性反省》，載《婦女雜誌》，1923年第九卷第四號，第44頁。

三、個性解放與女性解放的「糾纏」：五四婦女解放話語的內在邏輯特徵

仔細研究五四男性知識精英性別話語的建構邏輯，不難發現，與西方女性解放敘述主要是從性別維度立論不同的是，五四新式知識分子對女性解放敘述主要是從個人主義的維度展開的，並將批判的矛頭指向了舊勢力與舊文化，從而將性別權力遮蔽了起來。就貞操問題而言，在五四新式知識分子中，最先談論這個話題的是陳獨秀。早在 1915 年，陳獨秀在《新青年》創刊號上發表了《敬告青年》一文，他犀利地指出貞節牌坊是「豐碑高墓，奴隸之紀念物」〔註 41〕，希望青年擺脫奴隸的道德，養成獨立自主的人格。在談論女子問題的一開始，陳獨秀就將女性解放納入了「人」的解放這個總命題中。最初，新文化人對個人主義的倡導幾乎沒有得到的任何反響，對女性解放的問題也更是無人問津。《新青年》專門開闢的「女子問題」欄目曾因數月無人投稿而寂然無聲。周作人有感於女子問題的重大在一片寂然之中發表了他翻譯日本學者與謝野晶子的《貞操論》的譯文。這篇文章可能因爲觸碰到了國人痛切的實感而激發了人們的興奮點，眾多學人紛紛撰稿討論。仔細閱讀日本學者與謝野晶子《貞操論》一文，她一開篇就提出自己的疑問「貞操是否單身女子必要的道德，還是男女都必要的呢」〔註 42〕？隨後，將男女的處境一一進行對比論述，信手批判偏枯的女性貞操觀，最後得出結論「我對於貞操，不當他是道德，只是一種趣味，一種信仰，一種潔癖。既然是趣味信仰潔癖，所以沒有強迫他人的性質」〔註 43〕。顯然，作者主要是把貞操問題放在性別維度加以討論的，筆鋒直指男女不平等的性別秩序。然而，國人在討論貞操問題時，雖然也批判偏枯一方的女性貞操觀，但是大多數人卻將批判的矛頭直指舊禮教舊文化舊風俗，無意之中遮蔽了其中的性別秩序。胡適就在《貞操問題》一文中著重強調：「貞操問題之中，第一無道理的，便是這個替未婚夫守節和殉烈的風俗⋯⋯若在婚姻不自由之國，男女訂婚以後，女的還不知男的面長面短，有何情愛可言？不料竟有一種陋儒，用『青史上留名的事』來鼓勵無知女兒做烈女，『爲倫紀生色』，『風化所關，猗歟盛矣』！我

〔註 41〕陳獨秀：《敬告青年》，載《青年雜誌》，1915 年第 1 卷 1 號，第 13 頁。

〔註 42〕與謝野晶子：《貞操論》，周作人譯，載《新青年》，1918 年第 4 卷 5 號，第 22 頁。

〔註 43〕與謝野晶子：《貞操論》，周作人譯，載《新青年》，1918 年第 4 卷 5 號，第 22 頁。

以爲我們今日若要做具體的貞操論，第一步就該反對這種忍心害理的烈女論，要漸漸養成一種輿論，不但不把這種行爲看做『猗歟盛矣』，可旌表褒揚的事，還要公認這是不合人情，不合天理的罪惡；還要公認勸人做烈女，罪等於故意殺人」〔註44〕。顯然，新文化人在討論女子問題時的主要興奮點不在性別秩序，而是發現與女性解放息息相關的貞操、自由戀愛、家庭改制等等問題。這能引發社會最大程度的關注，能對青年人進行最有效的啓蒙，是摧毀舊文化的一個有力突破口。有學者認爲，這種論述策略的目的在於「它通過對傳統倫理觀念的否定，將個人從家庭和宗族的紐帶中分離出來，同時也爲國家、社會及其他社會政治、經濟組織對個人的動員和再組織掃清道路。而爲了完成這一歷史任務，『五四』個人主義話語所倚重的是一個抽象的理性的『人』的觀念。通過個人對這一理性主體的認同，從而斬斷個人與舊世界的千絲萬縷的聯，並在這樣一個『主體』的基礎上建立起對理想生活秩序的想像」〔註45〕。

與理性的性別話語建構不同的是，一旦到了現實婚戀問題之中，之前被遮蔽的性別權力就顯現出來。在對鄭先生逃婚事件的社會評論中，大致有或贊成或反對或不做評價三種觀點。贊成逃婚的一方，究起原因主要有兩個方面，一是站在個人主義的立場，認爲鄭君婚姻悲劇的主要原因是新與舊的對立，因此離婚是明智的，它能讓個體重新擁有獲得新生的機會。如章錫琛的《我的離婚的前夜——兼質鄭振壎先生》、元啓的《對於「逃婚」的同情》和高歌的《沒有重圓的可能》等等評論文章都是這方面的代表。二是站在認同現代婚戀價值觀的立場，認爲「自由結婚，實是改良家庭的第一步。但是自由結婚，不是單獨成立的，和自由離婚相對並峙的；因爲只有自由結婚而不能自由離婚，那家庭中悲愁慘淡的空氣和舊式婚制一樣」〔註46〕，「須知離婚問題提出的權利，不是單獨男子所有的」〔註47〕！反對逃婚的一方，究起原因主要有兩個方面，一是站在人道主義立場，對舊式女性的不幸處境寄予了深切的同情，有論者甚至這樣表述「不過我在這時代，我重視女性，比重視戀

〔註44〕胡適：《貞操問題》，載《五四時期婦女問題文選》，北京：三聯書店出版，1981年，第106頁。

〔註45〕冷嘉：《家庭、革命與倫理重建——以解放區文學爲考察中心》，上海：華東師範大學博士論文，2009年，第42頁。

〔註46〕顧綺仲：《自由離婚的價值》，載《婦女雜誌》，1923年第九卷第四號，第175頁。

〔註47〕顧綺仲：《自由離婚的價值》，載《婦女雜誌》，1923年第九卷第四號，第175頁。

愛還深」〔註48〕。不過，讓人感到蹊蹺的是，持反對的評論者與部分持贊成的評論者一樣，一致的將批判的矛頭對準了舊社會與舊禮教。何章欽的《請看我的對她》、愨甫《不要向弱者宣佈死刑》和陸江東《對於四條問題的答案》等等都是這方面的代表。二是站在批判男權的立場，反對逃婚。這類評論者多是女性，她們在肯定現代婚戀價值觀的立場上，對鄭君「以後都要聽我的話」式的專制做法進行了強烈的譴責，並認爲在男女不平等的環境下離婚無疑是將舊式女子逼上絕路。徐呵梅在《偏見的男性之偏見——責曠夫先生》一文中，痛切的指出「假充醒悟卻仍夾有許多偏見的男性，比那仍在酣睡中一無所知的男性，壓迫我們的能力，要大得多；誘惑我們的本事，要高得多」〔註49〕。他們仍然「當女子是玩物，當女子是貨品，一樣是男子威權下男性的偏見。我眞可憐我們身不幸爲女子，到如今還被男子這樣欺辱」！〔註50〕的確，在鄭先生《我自己的婚姻史》的自述中，一方面我們固然感受到了青年知識男性渴求現代愛情婚姻的迫切心理，他希望自己最親愛的妻子是能與自己心意相通的獨立的新女性。這也是當時青年對婚戀的一種普遍的現代訴求與想像。但是，另一方面當婚姻生活出現問題的時候，他要求妻子完全的順從，文章中屢次出現這樣的句子：「我忍痛的對她提出議和的條件，就是以後都要聽我的話。」「我正式的對她說假使你能都聽我的話，我重新認你是夫妻。」在這裡，我們從男性的現身說法中切實的感受到「丈夫在家庭內對妻子行使家父長的威權在男性的觀念中還未發生根本的動搖，雖然部分男性和受教育的女性當中已經有人強烈質疑它的合理性，並加以反抗，不過男性在家庭內對妻於行使威權，依然是當時的主流觀念。」〔註51〕曾經反對傳統婚戀最有力的新男性，在面對實際的婚姻難題時，又不自覺地又回到了傳統的價值觀。這難免不讓當下很多女性主義研究者產生這樣的疑惑：「新女性」在被孤立地推向攻擊傳統的婚戀家庭制度的歷史前臺，完成了對幾千年來中國封建社會的宗法制度顛覆性的衝擊之後，又悄無聲息的被打回到人身依附的原點？持中立的一方，雖然沒有對鄭先生的行爲進行

〔註48〕陳待秋：《新舊的衝突》，載《婦女雜誌》，1923年第九卷第四號，第24頁。

〔註49〕徐呵梅：《偏見的男性之偏見——責曠夫先生》，載《婦女雜誌》，1923年第九卷第四號，第46頁。

〔註50〕徐呵梅：《偏見的男性之偏見——責曠夫先生》，載《婦女雜誌》，1923年第九卷第四號，第46頁。

〔註51〕周敘黎：《民國初年新舊衝突下的婚姻難題》，載《百年女權思想研究》，上海：復旦大學出版社，2005年，第88頁。

評論，也沒有明確的說出中立的原因，只是旗幟鮮明的呼籲婦女解放的緊迫性，將人們的視線有效的拉回逗留在女子問題身上，近似一種拉康所說的「凝視」效果。藉此我們可以觀之，在由現實婚戀案例所引發社會的社會評論中，此前在個人主義脈絡中敘述的婦女解放開始出現裂縫，婦女解放命題中應有的性別權力要素已然凸顯出來。

事實上，在五四新文化人中也不乏其人對女性權利的捍衛，一開始就與對人類父權文化的抨擊與反思相聯繫。周作人在方面就有許多精彩的論述。「男子幾千年來役使婦女，使她在家庭社會受各種苛待，在當初或者覺得也頗快意，但到後來將感到勝利之悲哀，從不平等待遇中養成的多少習性發露出來，身當其衝者不是別人，而是後世子孫，眞是所謂天網恢恢疏而不漏，怪不得別人，只能怨自己」〔註 52〕；「他們以爲欺騙女人，是男子的天職；至於女子的天職，只在受這欺騙與挨罵」〔註 53〕；「假如男女有了關係，這都是女的不好，男的是理所當然的，因爲現社會許可男子如是，而女子則古云『傾城傾國』，又曰『禍水』。倘若後來女子厭棄了他，他可以發表二人之間的秘密，恫嚇她逼她回來，因爲夫爲妻綱，而女子既失了貞當然應受社會的侮辱，連使她失貞的當然也在內」〔註 54〕。這些言論不是將女性作爲一個抽象的個體，在「個人與社會」的對立中談論女性解放，而是在人實際存在於的我和他人的形式中，即首先是兩性維度上「哀婦人」。其所達到的深度與後來女性主義對男權的批判可以相提並論。對於解放女性的方法，周作人與後來西方女性主義接近，認爲「性的解放」是女性解放的根本途徑。他在《北溝沿通信》一文中談到「鮑耶爾以爲女子的生活始終不脫性的範圍，我想這是可以承認的，不必管他這有否損失女性的尊嚴……假如鮑耶爾的話是眞的，那麼女子這方面即性的解放豈不更是重要了麼」〔註 55〕同時，通過對中國女性實際歷史處境的體察，周作人進一步指出在過去漫長的父權社會，女性的所有都被縮小貶斥成「性」。「性」這一原本最私密、最個人化的空間卻集中體現

〔註 52〕周作人：《北溝沿通信》，載《談虎集》，石家莊：河北教育出版社，2002 年，第 275～276 頁。

〔註 53〕仲密：《再論黑幕》，載《新青年》，1919 年第 6 卷第 2 號，第 90 頁。

〔註 54〕周作人：《道學藝術家的兩派》，載《談虎集》，石家莊：河北教育出版社，2002 年，第 213～214 頁。

〔註 55〕周作人：《北溝沿通信》，載《談虎集》，石家莊：河北教育出版社，2002 年，第 275 頁。

了男權的壓迫和性別秩序。甚至可以說它是性別壓迫體系中最核心的元素。所以，周作人認爲「女子的這種屈服於男性標準下的性生活之損害決不下於經濟方面的束縛」。從「性的解放」入手，就等於拋開女性解放問題的枝枝節節，直奔問題的中心，這樣也最能予其有力的一擊。這也就是爲什麼周作人翻譯的《貞操論》能讓先前不瘟不火的關於女性問題的討論進入高潮的原因。

魯迅也是從對父權意識批判入手剖析中國女性問題的。他認爲「女人的天性中有母性，有女兒性；無妻性。妻性是逼成的，只是母性和女兒性的混合」〔註 56〕。也就是說人們所肯定的妻性並不是女性的本質，它是父權意識馴化的結果。基於這樣的判斷，對於女性解放的途徑，魯迅著重強調的並不是一般論者所談論的教育權、參政權，而是經濟權。1923 年，當眾多青年受《娜拉》效應感染紛紛沉浸在「出走」浪漫激情中時，魯迅在北京女子高等師範學校發表了以《娜拉走後怎樣》爲題目的演講。他世故的指出「從事理上推想起來，娜拉或者也實在只有兩條路：不是墮落，就是回來……她除了覺醒的心以外，還帶了什麼去？倘只有一條像諸君一樣的紫紅的絨繩的圍巾，那可是無論寬到二尺或三尺，也完全是不中用。她還須更富有，提包裏有準備，直白地說，就是要有錢」〔註 57〕。隨後又在《關於婦女解放》一文中補充道：「俗話說，『受人一飯，聽人使喚』，所以一切女子，倘不得到和男子同等的經濟權，我以爲所有好名目，就都是空話」〔註 58〕。那麼，女性如何獲得經濟權呢？魯迅認爲「可惜我不知道這權柄如何取得，單知道仍然要戰鬥；或者也許比要求參政權更要用劇烈的戰鬥……所以在家裏說要參政權，是不至於大遭反對的，一說到經濟的平匀分配，或不免面前就遇見敵人，這就當然要有劇烈的戰鬥」〔註 59〕。「不斷的爲解放思想，經濟等等而戰鬥。解放了社會，也就解放了自己。」〔註 60〕可見，對於女性解放問題，與周作

〔註 56〕魯迅：《而已集・小雜感》，載《魯迅全集》第 3 卷，北京：人民文學出版社，2005 年，第 531 頁。

〔註 57〕魯迅：《娜拉走後怎樣》，載《魯迅全集》第 1 卷，北京：人民文學出版社，2005 年，第 158 頁。

〔註 58〕魯迅：《關於婦女解放》，載《魯迅全集》第 4 卷，北京：人民文學出版社，2005 年，第 597 頁。

〔註 59〕魯迅：《娜拉走後怎樣》，載《魯迅全集》第 1 卷，北京：人民文學出版社，2005 年，第 158 頁。

〔註 60〕魯迅：《關於婦女解放》，載《魯迅全集》第 4 卷，北京：人民文學出版社，2005 年，第 597 頁。

人主張走文化解放道路不同的是，魯迅由於自身思想的特質自然而然的主張走社會解放道路，這也是五四女性解放思潮的主流。

綜上所述，以男性爲主導開展的兩性貞操觀、自由戀愛、自由結婚與家庭制度改革等等討論，使晚清以來男女平權與女性解放得到了前所未有的推進。雖然有女性主義研究者指責這種推進是新男性以國家現代化的名義對女性的徵用，使之成爲反封建的工具。他們對女性解放的敘述也是在「個人與家族」、「新與舊」、「傳統與現代」等等二元框架中進行的，「性別」作爲女性解放最爲核心的要素卻被省略了。這種批評不乏合理之處，如果將這種認識一味的引向極端就不免矯枉過正。事實上，在現實婚戀問題的具體處理與評論中，性別要素從一開始就撐破了個人主義脈絡中女性解放的話語邏輯而顯示出自身的不可規約性。況且，在五四新文化人中，對女性權利的捍衛一開始就從對人類父權文化的抨擊與反思開始是不乏其人。他們替女性代言的解放思路與後來西方女性主義研究者的策略不謀而合。並且在鼓勵女性成爲一個眞正的「人」這點上，女子與男子都是一致的。五四新文化人固然以婦女解放話題作爲抨擊舊思想與舊勢力、營構新思想與新勢力的突破口，但是，女子問題也因搭上這一歷史班車進入公眾視線而被關注與解決。

第二節　遭遇「解放」：中國「娜拉」的應對

關於性、婚戀與家庭等等方面新價值觀的輸出，整個社會在一定程度上形成了對女性的新想像和新召喚，從而激發出了中國「娜拉」的誕生。因此，跟中國古代相比，無論是在日常生活中還是在文學作品裏，現代中國多了一類嶄新的人物：新女性。「新女性」相對於「舊女性」而言，最大的特點就是擁有現代價值觀、尤其敢於衝破家庭牢籠去追求婚姻幸福的自主權利。在中國古代，傳統才女「繡餘」才吟賦作詩，其作品思想價值超不出「女性傳統」所圈定的範圍。在晚清，以梁啓超爲代表的知識精英又將女學的終極目的主要定位在賢妻良母上，看似賦予了女性教育權，實質上連女性在詩詞歌賦等傳統高等文化中累積起來的文本資本也被否定了，繼續成爲男權文化規訓的對象。但是，在與西方異質文化頻頻接觸過程中，女性通過掌握西方語言與現代知識又不失時機的展開了「紅袖添香對譯書」的現代知識行動。在民國，浮出歷史地表的現代女性寫作者又將這一文化活動的尺度突破，從翻譯活動返回到母語寫作，爲中國女性代言，發出源自女性群體內部的眞實聲音。跟古代女性寫作不同的是，她們有意識的疏離「女性傳統」價值標準而彰顯現代自我的文化主體性。值得注意的是，由於初試啼聲，這些女作家文本內外的自我保持著高度的統一性。她們言說的起點就是新女性的婚戀生活及其心理。

一、「情愛」作爲抗爭的手段

在兩千多年父權文化一統天下的封建社會，中國女性有生命而沒有主體性、更沒有話語權。她們就是所謂的歷史上的空白之頁。直到晚清時期，在知識精英對國家現代化藍圖設計的推動下，婦女教育突飛猛進。中國終於出現了有別於「君王城上豎降旗，妾在深宮那得知」閨閣怨婦的具有現代知識的婦女群體。「就其知識結構看，僅 1905 年留學日本的知識婦女中，就有各種人才，不僅有精通外文、中文的，而且還有懂得數學和音樂的。就其職業結構看，她們之中有女學生、女教師、女編輯、女記者、女醫生、女護士、女實業工作者等等」〔註 61〕。比如，陳擷芬不僅領銜創辦了中國第一份具有反抗性的女性刊物《女報》，還引發了女性刊物的創辦熱潮。據不完全統計，從 1899 年到 1911 年，全國各地相繼出版的婦女報刊約有 30 餘種。此外，從秋瑾開始，中國出現了一批批代表新生社會力量爲民族新生前赴後繼的女性革命家、女戰士、女宣傳者和女性社會活動家。「在辛亥革命前夜，尹銳志等，一方面聯絡光復會員，準備武裝起義；同時發動婦女組織女子國民會，爲組織女子軍做準備。此外，林宗雪、張馥眞等人在上海組織女子進行社，賃屋於南市榮福里 8 號，召集社員，共同奔走於茶樓、酒肆、旅館、火車上，爲革命黨人推銷《民立報》，擴大革命宣傳，迎接革命高潮的到來」〔註 62〕。在中國女性開始崛起的事實面前，「女性」這個概念以及它所表示的性別群體終於被新的意識形態領域所認可。

五四時期，陳獨秀、周作人、魯迅等新文化人發出了振聾發聵的「立人」的吶喊聲。「其首在立人，人立而後凡事舉；若其道術，乃必尊個性而張精神……國人之自覺至，個性張，沙聚之幫，由是轉爲人國」〔註 63〕、「掊物質

〔註 61〕 劉巨才編著：《中國近代婦女運動史》，北京：中國婦女出版社，1989 年，第 249 頁。

〔註 62〕 劉巨才編著：《中國近代婦女運動史》，北京：中國婦女出版社，1989 年，第 315 頁。

〔註 63〕 魯迅：《文化偏執論》，載《魯迅全集》第 1 卷，北京：人民文學出版社，2005 年，第 58 頁。

而張靈明，任個性而排眾數」〔註 64〕，「人格式神聖的，人權是神聖的」〔註 65〕，「中國講到這類問題，卻須從頭做起，人的問題，從來未經解決，女人與小兒更不必說了。如今第一步先從人說起，生了四千餘年，現在卻還講人的意義，重新要發見『人』，去『闢人荒』，也是可笑的事」〔註 66〕。在「五四」新文化運動的裹挾之下，知識女性對自我的認識從晚清「女國民」更堅定更清晰的轉變爲「人」和「女人」。新女性不僅在娜拉式的精神和行爲示範下，終於邁開了滯重了幾千年的步履，勇敢的離開了父親的家，力爭基本的人格自由；並且發出了「我是我自己的，他們誰也沒有干涉我的權利」的獨立宣言〔註 67〕。「『我是我自己的』這短短六個字竟是女性向整個語言符號系統的挑戰，在『我』的稱謂與女性存在串聯爲一個符號體的一瞬間，乃是子君們成爲主體的話語瞬間即逝這一瞬間結束了女性的綿延兩千年的物化、客體的歷史，開始了女性們主體生成階段。屹立在『我』和『我自己』背後的女性，不僅以主體的身份否決了以往作爲「物」的身份，而且儼然以說話者的身份否決著以往被規定的話語他人」〔註 68〕。陳衡哲的詩歌《鳥》可以視爲當時新女性自我主體意識剛剛覺醒的心聲：「我若出了牢籠，／不管他天西地東，／也不管他惡語狂風，／我定要飛他個海闊天空！」〔註 69〕不僅如此，陳衡哲認爲既然逃出了牢籠，就不能認命必須擁有造命的決心。她在《我幼時求學的經過》中寫道「世上的人對於命運有三種態度，其一是安命，其二是怨命，其三是造命。」相對於安命與怨命而言，造命就是覺醒的女性主體對生存方式和生命意義的主動把握。

當時，愛與性因其與封建禮教的巨大衝突，成了新女性反抗壓迫與把捉自我的重要手段。這主要表現在以下兩個方面。一是反叛封建婚姻，誓死維護自由戀愛的權力。馮沅君的《旅行》、《隔絕》、《隔絕之後》是這一主題三

〔註 64〕魯迅：《文化偏執論》，載《魯迅全集》第 1 卷，北京：人民文學出版社，2005 年，第 48 頁。

〔註 65〕胡適：《我們對於西洋近代文明的態度》，載《現代評論》，1926 年第 4 卷第 83 期，第 83 頁。

〔註 66〕周作人：《人的文學》，載《新青年》，1918 年第五卷第六號，第 30 頁。

〔註 67〕魯迅：《傷逝》，載《魯迅全集》第 2 卷，北京：人民文學出版社，2005 年，第 122 頁。

〔註 68〕孟悅、戴錦華：《浮出歷史地表——現代婦女文學研究》，北京：中國人民大學出版社，2010 年，第 31 頁。

〔註 69〕陳衡哲：《鳥》，載《新青年》，1919 年第六卷第五號，第 40 頁。

部曲。1923 年，馮沅君登上文壇。她以反抗的青年女性姿態，與父輩禮教決裂的態度在五四文壇上留下了濃墨重彩的一筆。然而，重新閱讀這三篇小說，讓人費解的是我們很難找到男女主人公堅貞愛情生發過程，也弄不清以前的愛人或未婚夫有什麼樣惡劣的品質讓男女人公無法忍受。《旅行》一開篇就進入一種戰備狀態。「我很想拉他的手，但是我不敢，……因爲我害怕那些搭客們的注意。可是我們又自己覺得很驕傲的，……他們所以僕僕風塵的目的是要完成名利的使命，我們的目的卻要完成愛的使命」〔註 70〕。正如敘述者所言，他們訴求的不是纏綿悱惻的愛情本身，而是要完成時代賦予青年人的愛的使命。在這裡，「愛情」與「民主」、「科學」一樣，是新文化價值體系中一項重要的指標。恰如劉思謙所言，馮沅君文本中的男女青年代表著複數的「我們」，「他們並不是兩個獨立的個體在行動而是兩個人合成一個高度協調一致的共同體在行動」〔註 71〕。因此，隱含作者費盡心力證明他們愛情的高尚與聖潔。「他代我解衣服上扣子，解到只剩最裏面的一層了，他低低的叫著我的名字，說：『這一層我可不能解了』」。〔註 72〕似乎不牽扯情慾的兩性關係越純潔，越能給當事人以正能量。事實上，青年人誓死捍衛的現代情愛觀，不經意之間又掉入靈肉分離的傳統性愛價值觀之中。當然，當時的女性作者也無暇顧及到這一層，她們更多是將情愛作爲一種反抗的手段，並藉此發出作爲「人」的聲音。因此，當自由戀愛的權利被剝奪時，男女主人公反覆控訴到「士軫！再想不到我們計劃得那樣周密，竟被我們的反動的勢力戰敗了」〔註 73〕；並且不斷明志，「我們開了爲要求戀愛自由而死的血路。我們應將此路的情形指示給青年們，希望他們成功。」〔註 74〕對於青年女作者這樣一種寫作姿態與及其所展現的時代風采，早在 1930 年，沈從文毫不吝嗇的及時地給予了讚揚。她「在精神的雄強潑辣上，給讀者極大驚訝與歡喜。……這是一個

〔註 70〕馮沅君：《旅行》，載《春痕》（柯靈主編），上海：上海古籍出版社，1998 年，第 18 頁。

〔註 71〕劉思謙：《馮沅君：徘徊於家門內外》，載《『娜拉』言說中國現代女作家心路歷程》，鄭州：河南大學出版社，2007 年，第 31 頁。

〔註 72〕馮沅君：《旅行》，載《春痕》（柯靈主編），上海：上海古籍出版社，1998 年，第 20 頁。

〔註 73〕馮沅君：《隔絕》，載《春痕》（柯靈主編），上海：上海古籍出版社，1998 年，第 1 頁。

〔註 74〕馮沅君：《旅行》，載《春痕》（柯靈主編），上海：上海古籍出版社，1998 年，第 11 頁。

傳奇，一個異聞，是當時青年人所要的作品。」〔註 75〕。二是女性主體欲望的大膽呈現及其對靈與肉關係的思考。當時，公然討論女性身體欲望這件事本身就是對傳統禮教的一個極大的挑戰。以馮沅君爲代表的五四初期的女作家大多止步於對婚戀自由權利的爭取與捍衛，而對於愛情本身，諸如靈與肉的關係、性愛中的性別權力、女性欲望等等甚少涉及。這種狀態直到丁玲的出現才被打破。在《莎菲女士的日記》中，丁玲就尖銳的表現了女性肉體欲望的覺醒。當女主人公莎菲第一次見到可漂亮的凌吉士時，便毫無顧忌的向他投去了充滿欲望的凝視。「他的頎長的身軀，白嫩的面龐，薄薄的小嘴唇，柔軟的頭髮，都足以閃耀人的眼睛」〔註 76〕。在凝視之中，俊美的男性魅力完全激活了莎菲潛在的欲望。她隨即便展開了既矜持又含蓄的進攻。當凌吉士故意不解風情時，莎菲內心害著熱烈的相思「我爲什麼不撲過去吻他的嘴唇，他的眉梢……」。〔註 77〕這就是女性欲望的覺醒，以及覺醒的主體所真切感受到的性衝動、性苦悶和性渴望。難能可貴的是，覺醒的莎菲不僅敢於正視自己的身體欲望，還能對欲望對象進行考查與審視。「在他最近的談話中，我懂得了他的可憐的思想；他需要的是什麼？是金錢，……做外交官，公使大臣，或繼承父親的職業，做橡樹生產，成資本家……這便是他的志趣」〔註 78〕！這就預示著一場欲望與靈魂的激戰。對於莎菲而言，她既渴望銷魂蕩魄的性滿足，但同時又從心底裏鄙夷沒有靈魂激蕩的肉體遊戲。無疑，女性的主體性在這樣的緊張對立中必然得到深化與拓展。在小說結尾處，莎菲終於迎來了最嚴峻的考驗。「他，凌吉士，這樣一個可鄙的人，吻了我！我靜靜地默默地承受著！……我張大著眼睛望他，我想：『我勝利了！我勝利了！』因爲他所使我迷戀的那東西，在吻我時，我已知道是如何的滋味——我同時鄙夷我自己了！於是我忽然傷心起來，我把他用力推開，我哭了」〔註 79〕。在一種近乎癲狂的情緒中，莎菲既接受了凌吉士又拒絕了凌吉士。她肯定的是女性主體也存在難以抑制的鮮活的情慾，她拒絕的是一種靈肉分離的情愛狀態。這也清晰的傳達了現代女性靈肉一致的性愛主張。

〔註 75〕沈從文：《論中國現代創作小說》，載《文藝月刊》，1931 年 2 卷 4、5、6 號合刊。

〔註 76〕丁玲：《丁玲全集》，石家莊：河北人民出版社，2001 年，第 47 頁。

〔註 77〕丁玲：《丁玲全集》，石家莊：河北人民出版社，2001 年，第 71 頁。

〔註 78〕丁玲：《丁玲全集》，石家莊：河北人民出版社，2001 年，第 63 頁。

〔註 79〕丁玲：《丁玲全集》，石家莊：河北人民出版社，2001 年，第 77 頁。

二、抗爭之後的彷徨與反思

正如孟悅所言一代少年中國的叛逆之女「與弒父的兒子們一樣逃出了這鐵屋子，這狹的籠。外面的天空是高遠的，外面的地平線是遼闊的，但是出走的娜拉——女兒們卻驀然發現，她們正踏在一座心靈的斷橋之上」〔註 80〕的確，當五四新女性鼓起勇氣與父親的家庭抗爭不久，剛剛觸摸到自我主體性的時候，她們竟絕望的發現自己已處於左右都是死胡同的尷尬境地。

首先，她們發現神聖的自由戀愛被演繹成了自由亂愛、隨性戀愛。毋庸置疑，在血淚中爭取到的自由戀愛的權利本是女性解放史可圈可點的大事。「新女性」也將「自由戀愛」「婚姻自主」作爲體現自我存在的標識。她們懷著人生夢想，背井離鄉來到城市讀書、謀求發展，尋求人生的變量。然而當她們勇敢的爲了愛情犧牲了一切的時候，卻發現自己如夢珂一樣，她們自己及自己純潔的感情只不過是紈絝子弟們情場角逐遊戲中的一個籌碼。她們視爲重生的「自由戀愛」也不過是一場鬧劇。自由戀愛並沒有如預期那樣給女性帶來自由與幸福，露莎們等知識女性反而覺得進入了另一個圈套。她們不得不追究到底什麼是自由戀愛呢？最終，男性揭露了謎底，讓女性情智迷亂的自由戀愛就是弔膀子，紮姘頭。蘇雪林也曾這樣去評說五四的「自由戀愛」：「男女同學隨意亂來，班上女同學，多大肚羅漢現身，也無人以爲恥」〔註 81〕。當洞察到這一切的時候，「新女性」昔日的夢想變成了的今日絕望哭泣，馮沅君在《春痕》中叫喊到「一次痛苦已經夠受了，何堪二次」。廬隱不僅在自傳中袒露大學時代的心迹「悲哀成了我思想的骨子，無論什麼東西，到了我這灰色的眼裏，便都染上了悲哀的色調了」，而且還在《海濱故人》中將知識女性夢想跌進現實後的分裂細膩地敘述了出來。露莎們一方面振振有詞地說道「婚姻本是兩方同意的結合，豈容第三者出來勉強」；一方面又感到有說不出的困窘，心裏常常盤踞著莫名其妙的悲傷「露莎滿腔煩悶悲涼，經她一語道破，更禁不住，爽性伏在桌上嗚咽起來，玲玉、宗瑩和雲青都急忙圍攏來，安慰她，玲玉再三問她爲什麼難受，她只是搖頭，她實在說不出具體的事情來，這一下午她們四個人都沉悶無言，各人歎息各人的，這種的情形，絕不

〔註 80〕孟悅、戴錦華：《浮出歷史地表——現代婦女文學研究》，北京：中國人民大學出版社，2010 年，第 28 頁。

〔註 81〕蘇雪林：《浮生九四：雪林回憶錄》，臺北：臺北三民書局，1991 年，第 45 頁。

是頭一次了」〔註 82〕。即便如莎菲般張揚狂放、冷蔑一切的新女性，也終將絕望地面臨死亡。可以說廬隱們將五四新女性的欣悅、焦慮、掙扎、痛楚和潛抑都細膩地展現了出來。新女性掙扎的情緒使我們不得不想起廬隱在《海濱故人》中曾反覆強調的「知識誤我」的臺詞。謝冰瑩也曾有這樣的回憶「正在沉思間，忽然又聽到父親的咒罵了：學校不知是什么魔窟，凡是進去的人，都像著了魔一股，回來都鬧著退婚；只要是父母代定的婚姻，不論好歹，都不承認。」〔註 83〕離家求學不僅有助於吸收新文化、新觀念，而且，「脫離了舊有的社區和人際網絡，原有社群中對於個人不合宜行爲的懲罰力也不存在了。相反的，在新的環境中有不同的社交文化需要履行，婚姻問題的變量就更多了。」〔註 84〕然而，新女性們以她們血淚般的親身經歷意識到了這種以「戀愛自由」與「婚姻自主」爲核心的新知識、新話語的冷酷。自由戀愛演變成了自由亂愛、隨性戀愛，「新女性」僅僅獲得了身體解放，而遠遠沒有實現人格獨立的自我解放。

其次，她們發現現代婚姻與傳統婚姻殊途同歸。回顧歷史，無論是《詩經》還是《西廂記》、《牡丹亭》、《紅樓夢》等等優秀作品中的婚戀思想都對封建的「媒妁之言、父母之命」的婚姻觀念提出了挑戰。但是這種挑戰最終都沒有超出婚姻是爲婦女尋找人身依附的觀念範疇。他們衝突的焦點是「按照封建家長從門第、宗族關係、仕途前程等等方面來選擇，還是更多的從外貌、性情修養、興趣志向等等方面來設計自己的情侶。無論前者還是後者都是以爲婦女尋找人身依附作爲共同的目標」〔註 85〕。返觀五四，這種以人身依附爲婚姻最終目標的情況是否得到了改善了呢？梅娘《魚》中談到「我叛逆了我的家，自以爲是獲得了新生」，換來的卻是「女人，眞也難怪被人輕視，什麼自命不凡的新女性，結果仍是嫁人完事，什麼解放，什麼奮鬥，好像戀愛自由，便是唯一目的，結婚以後，便什麼理想也沒有了。單就我們的同學來論吧，不就叫人無話可說嗎？」〔註 86〕在廬隱的《海濱故人》中，婚姻也

〔註 82〕廬隱：《海濱故人》，載《中國現代文學作品選》（朱棟霖主編），北京：高等教育出版社，2002 年，第 119 頁。

〔註 83〕謝冰瑩：《女兵自傳》，北京：北京燕山出版社，1998 年，第 78 頁。

〔註 84〕周敘黎：《民國初年新舊衝突下的婚姻難題》，載《百年女權思想研究》，上海：復旦大學出版社，2005 年，第 88 頁。

〔註 85〕孫紹先：《文學創作中婦女地位問題的反思》，載《女性文學研究教學參考資料》（謝玉娥編），鄭州：河南大學出版社，1990 年，第 207 頁。

〔註 86〕沈櫻：《舊雨》，上海：上海古籍出版社，1998 年，第 154 頁。

成了新女性的畏途。露沙小時候的夥伴結婚之後很不得志，還得了肺病；學生時代嬌豔無比的宗瑩婚後不久不但身體孱弱，精神更加萎靡和消沉，她對露沙傾訴道「我病若好了，一定極力行樂，人壽幾何？並且像我這場大病，不死也是僥倖，還有什麼心和世奮鬥呢」。更讓新女性意想不到的是，由自由戀愛而結婚的男性，婚後不久又開始追求別的女性，再次享受自由戀愛的無窮樂趣，而讓新式妻子獨守空房。難怪沈櫻在《喜宴之後》中叫嚷到「就是舊式的丈夫對待也不過這樣了吧」。新女性繼而不免再次歷史性的淪爲怨婦。在凌叔華的《花之寺》中，妻子燕倩爲了給夫妻的情感保鮮，假裝妙齡女子給自己的丈夫寫信，並邀約一同踏春賞花。令燕倩失望的是，丈夫不僅對自己隱瞞了此事，還撒謊說他精神枯悶得荒，明天要到城外去看看山光草色。第二天便帶著雀躍的心情一路飛奔去赴約。最後，小說在燕倩的幽怨聲中嘎然而止「我就不明白你們男人的思想，爲什麼同外邊女子講戀愛，就覺得有意思，對自己的夫人講，便沒意思了？」當然，新女性也不可避免再次淪爲棄婦，深深感受到了解放的「虛僞」與荊棘人生的悲涼。並且還不得不漸漸退出社會舞臺重回家庭繼續亙古不變辛苦的家務操持，重新回到依附的角色之中。在廬隱的《勝利以後》中，沁芝們傾盡心血所追求到的不就是重複一個舊女子所走過的路嗎？——找尋能供養她的丈夫，然後就只是辛勞持家。難怪事過境遷之後，沁芝感歎到「料理家務，也是一件事，且是結婚後的女子唯一的責任」。不僅如此，廬隱在《麗石的日記》中，還揭示了新女性夢幻破滅之後，甚至墜入比傳統女子更蒼涼的境地，「我吐血的病，三年以來，時好時壞，但我不怕死，死了就完了」。所以梅娘在《蟹》中不得不質疑，所謂現代自由婚戀與傳統相比只不過多了張「新派的外殼」。

最後，她們發現自己無路可走的困境。「女性解放」是五四新文化運動另一大收穫。五四新文化運動尤其是婦女解放運動確實催生了「新女性」自我意識的覺醒。尤其是經由自然交往建立友誼或愛情，繼而以愛情爲基礎而締結婚姻的觀念，逐漸爲知識青年所熟知。此外，無論是具體的法律條文地修訂還是具體的司法實踐，也在爲自主的婚戀、婦女解放保駕護航。時代的理想也是將女性塑造成一個獨立自主的人，能與男性平等社交。男性在接受新的戀愛婚姻的觀念後，也盼望與一位學識程度相當的新女性共結連理。「弔詭的是他們在實踐過程中，遇到婚姻問題的時候，又期望以自己的想法和觀點改變對方，而改變的方式則透過上對下的威權方式來行使，這種威權方式和他們宣稱要成就的兩性平等的知己關係的婚姻情感的建立之間恰是互相矛盾的。」〔註 87〕因此，表面的宣稱和眞實的實踐懸殊過大，從廬隱們的敘述中，我們看到的是傳統家父的權威體制在兩性關係中依然存在，丈夫對於妻子的威權從未瓦解。這些頑固的因素潛入時代的新標準中仍然爲新式的戀愛結婚的理想繼續服務，從而與新時代的思想潮流結合在一起，構成新的性別壓迫關係。婚姻內的新女性只能背著丈夫暗自思量，追悔莫及。「這是怎麼一回事呢？結婚，生子，作母親，……一切平淡的收束了，事業志趣都成了生命史上的陳迹……女人，……這原來就是女人的天職。……唉，眞慚愧對今天遠道的歸客！——別四年的玲素呵！她現在學成歸國，正好施展她平生的抱負。她彷彿是光芒閃爍的北辰，可以爲黑暗沉沉的夜景放一線的光明，爲一切迷路者指引前程。哦，這是怎樣的偉大和有意義！唉，我眞太怯弱，爲什麼要結婚？妹妹一向抱獨身主義，她的見識要比我高超呢！現在只有看人家奮飛，我已是時代的落伍者。十餘年來所求知識，現在只好分付波臣，把一切都深埋海底吧。希望的花，隨流光而枯萎，永永成爲我靈宮裏的一個殘影呵！……」〔註 88〕事實上，讓沙侶意想不到的是，在婚姻之外，也並沒有給新女性留下多少可以選擇的路。且不說「除了教育以外，可作的事業更少了，——簡直說吧，現在的中國，一切都是提不起來了，用不著說女子沒事作，那閒著的男子——也曾受過高等教育的，還不知有多少呢？」〔註 89〕即使像沙侶抱著獨身主義的姑姑，有機會參與社會事業，並且也願意爲社會解放事業勞碌奔波，她也因此成爲新女性的偶像。但是結果呢？錯過了最美的青春年華。「姑姑近來憔悴得多了，據我的觀察，她或者正悔不曾及時的結婚呢！」而且，在社會上做事不僅受人誤解還孤掌難鳴。不是被人譏笑爲「準政客」，就是被人誤認爲輕佻的女人，以致於姑姑灰心喪氣，心生死念。「三妹，你知道正是爲了希望我的人多，我要早死了。只有死才能得最大的同情。」〔註 90〕在小說的結尾處，敘述人也禁不住替姊妹們痛喊到「到底何處是歸程呵？」

〔註 87〕周敍黎：《民國初年新舊衝突下的婚姻難題》，載《百年女權思想研究》，北京：復旦大學出版社，2005 年，第 88 頁。

〔註 88〕廬隱：《何處是歸程》，載《民國女作家小說經典》（柯靈主編），上海：上海古籍出版社，1999 年版，第 112 頁。

〔註 89〕廬隱：《勝利之後》，載《民國女作家小說經典》（柯靈主編），上海：上海古籍出版社，1999 年版，第 92 頁。

〔註 90〕廬隱：《何處是歸程》，載《民國女作家小說經典》（柯靈主編），上海：上海古籍出版社，1999 年版，第 118 頁。

廬隱們「擁有的特殊歷史位置，使她們擁有對既定的一切進行質疑與解構的敏感天賦」，「她們用自己身體講述生活中的那曾隱於光明與美之下的黑暗的醜的眞實」〔註91〕

三、身處困境中的應對

承上所述，廬隱們作品中的女主人公大都徘徊於前途未卜，且沒有實現方案的通路的困境中。她們高叫著前進，卻似乎永遠處於一個返回原地的怪圈之中。面對斷橋式的人生處境，新女性如何應對呢？

首先，移情於同性情誼。在女作家筆下的同性情誼主要有兩種表現形式。一種是準同性戀。爲什麼叫做準同性戀呢？女作家並不是要書寫「性倒錯意義上的同性戀，而是存在於女兒們心中的理想國，一個剔除了男人與對男人的欲望（性威脅與性焦慮）的女兒國，一個建立在烏有之鄉上的姐妹之邦。」〔註92〕在廬隱《麗石的日記中》，主人公麗石被好姐妹們紛紛受挫的婚戀所震動，她們其中的一個雯薇來信提到「我吐血的病，三年來以來，時好時壞，但我不怕死，死了就完了。」另一個海蘭在異性的追求下，不僅沒有花前月下的纏綿，反而陷入情智的激戰中，似迎還拒，左右爲難。有鑒於此，麗石對異性世界產生了強烈的排斥與疏離。即便在病中，麗石也感到與異性交接不自由而不願意從異性哪裏獲得安慰。她心中憧憬的生活狀態是和相戀的姐妹沅青在與世隔絕的桃花源中生活。「在一道小溪的旁邊，有一所很清雅的草屋，屋的前面，種著兩顆大柳樹，柳枝飄拂在草房的頂上，柳樹根下，栓著一隻小船。那時正是斜日橫窗，白雲封洞，我和沅青坐在這小船裏，御著清波，漸漸馳進那蘆葦叢裏去……我們被蘆葦嚴嚴遮住，看不見雨形，只聽見淅淅瀝瀝的雨聲。」無獨有偶，在《海濱故人》中，男人們時隱時現，匆匆過往，帶來的只是愛情的幻滅與理智上的失望。對異性戀已成驚弓之鳥的露沙們的理想也是「攜隱西子湖畔」，「我們所說的理想生活——海邊修一座精緻的房子，我和宗瑩開了對海的窗戶，寫偉大的作品；你和玉玲到臨海的村裏，教那天眞的孩子念書，晚上回來，便在海邊的草地上吃飯，談故事，多少快樂」。很顯然，這是弱者對於生存困境的一種想像性撫慰，她們渴望從同

〔註91〕林丹婭：《當代中國女性文學史論》，廈門：廈門大學出版社，1995年，第241頁。

〔註92〕孟悅、戴錦華：《浮出歷史地表——現代婦女文學研究》，北京：中國人民大學出版社，2010年，第41頁。

性情誼哪裏得到平等、安慰與信任來慰藉異性戀帶來的傷痕。當然，對人生困境的相同理解是她們產生同性戀的心理基礎。露沙們並不是眞的反對異性戀，只是反對自由結婚的副產品。如果說以上文本表現的是同性之間惺惺相惜的精神之戀，那麼，凌淑華的《說有這麼一回事》則突破了精神之戀的尺度，表達了同性之間肉體上的相互吸引。「影曼含笑說著到雲羅身旁，望著她敞開前胸露出粉玉似的胸口，順著那大領窩望去，隱約看見那酥軟微凸的乳房的曲線。……帳子裏時時透出一種不知是粉香，髮香或肉香的甜支支醉人的味氣。……（影曼）把臉伏在雲羅胸口，嗅個不迭。」從文字表層上看，正如一些學者所言，這確實已接近於通常意義上同性戀文本所敘述的性親昵、性吸引。但是，我們仔細閱讀文本，發現這個文本蘊含著兩條敘述線索，一是反對包辦婚姻，二是同性之間的性吸引。因此，文本中的性描寫不僅僅如當下同性戀文本一樣展示肉體躁動，更多的是呈現在當時性壓抑環境下女性反壓抑的欲望宣泄。另一種是受傷女性之間的相互安慰與同情。在廬隱《蘭田的懺悔錄》中，蘭田的未婚夫何仁以自由戀愛的名義狡兔三窟式的談戀愛。一方面他以眼淚和誓言騙了蘭田的情感，並詐騙她的錢財；另一方面他又用著蘭田的錢財追求著丰韻的新對象，並與之結婚，他新婚的頭兩天還住在蘭田的家裏。蘭田備受打擊，身心交困，一蹶不振。新婚的夫人得知此事後，趕來看蘭田，並哀痛地說道「姐姐，我和你雖只是兩面之交，然而，我今天來看你，卻抱著極深切的同情。何仁與你的交情是我最近才知道是遠過於我的，——然而在他向我求婚的時候，並沒對我說，終至姐姐顚頓如此！姐姐，我不知將對你說什麼，……只有一句話，我知道是足以使你相信的，……唉！姐姐，我們同作了犧牲品了呵！」。這讓蘭田倍感安慰，在心力交瘁之中升出了「與世界全女性握手，使婦女們開個新紀元，那麼我懺悔以前的，同時我將要奮鬥未來」的想法。在《時代的犧牲者》中，李秀貞與海外留學的丈夫闊別九年，在這九年中獨自承受孤寂與勞苦將孩子養大。誰知最後卻遭到榮歸故里的丈夫地設計拋棄，事情曝光之後，丈夫的新歡林雅瑜前來看望李秀貞，痛訴衷腸「李先生！我並不爲不能和張道懷結婚傷心，我只恨我自認錯人了。我本來是醉心自由戀愛的，——想不到差一點被自由戀愛斷送了我！……張道懷他和先生十餘年的夫妻，居然能下這樣欺詐的狠心，那麼他一向和我說什麼高尚的志趣，和神聖的愛情，更是假的了。唉！李先生，我們是一樣的不幸呵！」。林雅瑜的安慰與同情讓李秀貞倍感安慰。雖然這種情感慰藉對改變女性眞實困境起不到絲毫的作用，甚至自身還會受到社會的白眼與唾棄。但是，與古代妒婦的行爲相比，現代女性間的這種情誼反映出其精神世界的質地改變。正如李玲所言「妻妾相安，共同服侍一個男子是女性的徹底奴化；妻對丈夫其他配偶的妒忌是女性作爲人的自我意識未曾泯滅的自然反映，妒忌者憑直覺只是知道自己受到了傷害，卻難以眞正明白傷害自己的力量是什麼，反可能縱容元兇、傷害無辜；而受害女性之間想到同情則是女性人的意識完全覺醒之後的自覺行爲，其中包含著對女性受男權奴役處境的明晰觀照、包含著對女性作爲人的尊嚴的共同維護。」〔註93〕

其次，備受打擊之後遊戲人生。《象牙戒指》是廬隱以好友石評梅的情感經歷爲原型寫成。主要敘述了北京的一個女大學生張沁珠的戀愛經歷以及由戀愛引發的對待人生的態度。對於張沁珠短暫的一生而言，可以這樣說，戀愛就是人生，人生就是戀愛，戀愛與人生是無間隙的裹在一起。她將自己主要精力與心血用在嚴肅對待戀愛、人生這件事上。受五四的影響，張沁珠信仰自由戀愛。但是沒有想到的是，與她相戀整整三年的愛人伍念秋早已有妻有子。事情暴露之後，伍的妻子主動寫信給沁珠，請求她放棄伍念秋。張沁珠萬般委屈與傷心，最終忍痛放棄這份愛情。同時，也因爲這份初戀讓她備受打擊，消沉一段時間之後，沁珠一反常態，開始以遊戲的態度對待戀愛、人生。「你大約要爲我陡然的變更而驚訝了吧！我告訴你，親愛的朋友，現在我已經戰勝苦悶之魔了。從前的一切，譬如一場噩夢。雖然在我的生命史上曾刻上一道很深的印痕。但我要把它深深藏起來，不再使那個回憶浮上我的心頭。——尤其在表面上我要辛辣的生活」。自此之後，沁珠與朋友們縱情於唱歌跳舞、飲酒吟詩、滑冰逛公園。她談鋒爽利，風姿動人，任意發揮，迷倒一眾男性，卻又不願再將眞心交付，抱著愛而獨身的主義生活。不難想像，這種辛辣而矛盾的遊戲人間的生活背後藏著主人無盡的辛酸，沁珠臥病在床時也曾袒露心迹道「說起這些玩藝來，又由不得我要傷心！子卿你知道，一個人弄到非熱鬧不能生活，她的內心是怎樣的可慘！這幾個月以來，我差不多無時無刻不是用這種辛辣的刺激來麻木我的靈魂。……可是一般人還以爲我是個毫無心腸的浪漫女子，那裡知道，在我的笑容的背後，是藏著不可告人的損傷呢？……」有學者也一針見血地指出了知識女性這種遊戲人間的生活

〔註93〕李玲：《中國現代文學的性別意識》，北京：人民文學出版社，2002年，第195頁。

態度的實質，「這是一種以自虐的方式完成的施虐行爲，女兒們以否定自身的方式將男人置於一種無所適從的性焦慮之中，從而成了一種對男性的閹割形式。『遊戲人生』的規則是順從、甚至鼓勵異性間的相互吸收，同時卻不給它以任何得以實現的可能」〔註 94〕。基於此，在潛意識中，沁珠後來遲遲不願意接受曹子卿、梁自雲以及小葉的愛。這不僅僅讓曹子卿如火花之光的生命像彗星一樣消逝，也使自己也過早地香消玉殞。似乎「在這歷史的斷橋之上，死亡成了一種最爲相宜的『收束』，幾乎不可思議的是，這些青春韶華的女兒們總有著那樣一種生死無常的慨歎，有著那樣一種自求死亡的強烈的願望。死，成了肯定生命、肯定愛情的一種方式，成了一種超常的、痛楚的詩情。」〔註 95〕在文本中，沁珠們也反反覆覆地表達了這種自我確定的生命意義。「來到世界的舞臺上，命定了要演悲劇的角色，那也是無可如何的！但如能操縱這悲劇的戲文如自己的意思，也就聊可自慰了！」「我這糾紛的生活，就這樣收束了——至少我是爲扮演一齣哀豔悲涼的劇景，而成功一個不凡的片斷，我是這樣忠實的體驗了我這短短的人生！……」「只要我不僅是這悲劇中表演的傀儡，而是這悲劇的靈魂，我的生便有了意義！……」在自覺通向死亡的路上，新女性憑藉這種方式完成了時代賦予她們的也是她們自身所渴望的「立人」的使命。

最後，在左右爲難的情形下選擇投身於事業。冰心《西風》、袁昌英《玫君》、凌叔華《綺霞》和陳衡哲《洛綺思的問題》等等小說都對這一主題進行了書寫。不同的是，《西風》與《綺霞》側重表現的是知識女性在情感與理智衝突中的掙扎與糾結，以及功成名就之後的落寞。在《西風》中，爲了事業而選擇放棄愛情的秋風，十年之後巧遇了昔日的愛人遠。如今的遠家庭幸福，而自己依舊空寂落寞。兩相對比之下，秋風對自己的選擇發生了強烈的置疑。「什麼是光明之路？……昨天看去是走向遠大快樂的光明之路，今天也許是引你走向幻滅與黑暗。」冰心將「女強人」內心的隱痛眞切地表達了出來。凌叔華的《綺霞》著重書寫了音樂天才綺霞抉擇之前的掙扎與糾結。一方面友人勸她「綺霞，你實在把家庭看得太重了。……你結婚後分了心管家，我早就料到的，不過我以爲你總不會放下你的音樂。」朋友的提醒讓她忽覺性靈的墮落。另一方面她感覺拋下家務有些不安分，對不起愛人卓群。在多次

〔註 94〕孟悅、戴錦華：《浮出歷史地表——現代婦女文學研究》，北京：中國人民大學出版社，2010 年，第 41～42 頁。

〔註 95〕孟悅、戴錦華：《浮出歷史地表——現代婦女文學研究》，北京：中國人民大學出版社，2010 年，第 42 頁。

的苦思與焦慮中，綺霞幾乎瀕臨分裂的境地。如果說冰心與凌淑華只是停留在探取受困知識女性的內在心態的話，那麼陳衡哲在《洛綺思的問題》中，則對爲事業而獨身的問題進行了深入的思考。「結婚的一件事，實是女子的一個大問題。……家務的主持，兒童的保護及教育，那一樣是別人能夠代勞的？」顯然，主人公洛綺思拒絕戀人瓦德不選擇婚姻的原因，既不是爲情所傷，也不是抱有無政府主義的「廢婚毀家」的主張，而是有著於家庭之外的更大的野心。而瑣碎的家庭事務必然會將女性陷入生兒育女的「物」的境地，從而阻礙她自我價值的實現。十多年後，洛綺思得償所願，成了某知名大學的教授，且已蜚聲國際。當她回首往事的時候固然感到遺憾，但是她很快在已然缺憾的世界中尋找到了精神的完滿。「她記得她從前在離山數十里的地方，曾見過一個明麗的小湖，那時她曾深惜這兩個湖山，不能同在一處，去相成一個美麗的風景，以致安於山的，便得不著水的和樂同安閒，安於水的，便須失卻山的巍峨同秀峻。她想到這裡，更覺慨然有感於中，以爲這眞是天公有意給她的一個暗示了。」這種境界是十分美麗動人的。洛綺思在反思自己人生的矛盾之中肯定了自己的選擇，並且獲得了心靈的愉悅與寧靜。雖然筆者也不贊成爲事業而獨身的觀點，但是考慮到 20 世紀初中國女性面臨的社會環境，在家庭之外多出一條可選擇的道路，未嘗不是一件好事。這正如瑟廬所言「我們常看見中國許多青年的女子——男子卻不多見——口中每喜歡說自己要抱獨身主義。雖然未必全部實行，但我們卻因此可以看出我國女子對於她們地位的不滿足。這種舉動，可說是對於社會的一種反抗，確係促社會改革的動機。我對於獨身的本身雖然反對，但對由這種動機而來的獨身，我以爲即是一種可以樂觀的現象」〔註 96〕

綜上所述，五四時期，新女性以情愛爲最初的反叛手段，果敢地參與了現代中國的構建。由於初期新女性自我意識的不充分，使得她們僅僅把自己想像爲封建禮教的叛徒而有意迴避自身複雜體驗的表達。當女性自我意識漸漸增強之後，她們開始立體地傳達女性特有的婚戀體驗：新女性如何面對婚戀理想與新舊混雜的婚戀現實之間的落差、如何陷入家庭與事業不可兼得的困境、如何或質疑或挑戰或順從男性的權威話語、以及如何應對她們自身所感到的「無路可走」的生存困境。

〔註 96〕瑟廬：《文明與獨身》，載《中國婦女問題討論集》續集第五冊（梅生主編），上海：上海新文化書社，1935 年，第 76 頁。

第三節　「婚戀自由與個性解放」啓蒙下的果敢與彷徨

與對待女性文本不同，女權主義批評對男性文本的經典解讀思路是抗拒地閱讀。因爲她們認爲在「男性作家那兒，女性形象變成了體現男性精神和審美理想的介質，……她們總是被她們的男性創造者按照自己的意志進行削足適履的扭曲變形。」〔註 97〕出於對這種女性書寫的抗拒，女權主義者要求女性讀者變革閱讀方式，從以前的贊同性閱讀轉換成抗拒性閱讀，以此來反叛自己受支配的地位。這種觀點的歷史洞見性是毋庸置疑的，但它將古代男作家與現代男作家混爲一談的做法又是有失公允的。正如第一編所論述的那樣，男性文本裏的女性形象已大體完成了從古代到現代的轉換。現代男作家，由於他們所處的令人憂患的生存環境以及身兼數職的狀況，如大學教授、媒體人、公共知識分子、革命者等等，決定了他們不得不跳出傳統的性別秩序範疇、站在大寫的「人」的立場上思考與言說性別問題。此外，女作家此時已異軍突起，出發自己的聲音。在「民國機制」〔註 98〕的場域下，男、女作家在文本內外的對話已然開啓。事實上，就文學創作實績而言，與剛剛起步的女作家相比，像胡適、魯迅、曹禺這類的男性作家就同一主題的書寫顯示出更爲成熟的思想境界和藝術境界。

一、田亞梅：個性解放維度上的先鋒女性

胡適的《終身大事》首開「娜拉型」女性的書寫先河，文本中女主人公田亞梅也因其第一的地標位置而獲得了大於形象自身的文化革命意義。《終身大事》主要講述了田亞梅與陳先生的婚姻受到家庭阻擾的故事。面對家庭的阻擾，田亞梅據理力爭。其母是宗教神道的信奉者。她反對女兒婚姻的理由是算命先生據命直言「蛇配虎，男克女。豬配猴，不到頭」合婚最忌的八字合不攏，而這又剛好與觀音娘娘簽詩上說的「夫妻前生定，因緣莫強求。逆天終有禍，婚姻不到頭」不匹配的核心要義不謀而合。在得知母親請算命先生排八字合婚這一消息後，田亞梅在第一時間趕回家斥責母親的迷信行爲。並

〔註 97〕張岩冰：《女權主義文論》，濟南：山東教育出版社，2002 年版，第 57 頁。

〔註 98〕李怡在《『五四』與現代文學『民國機制』的形成》中談到：「『民國機制』至少有三個方面的具體體現：作爲知識分子的一種生存空間的基本保障，作爲現代知識文化傳播渠道的基本保障以及作爲精神創造、精神對話的基本文化氛圍。」

讓家僕李媽將母親反對的消息及時告知在外等候的李先生。其父看似開明，實際上是宗族倫理的捍衛者，即孔教的代言人。他反對女兒婚姻的理由不是相信迷信而是因爲祠規不准同姓結婚，而田姓與陳姓在幾百年前是同一個姓。面對父親的阻擾，田亞梅痛斥道「爸爸！你一生要打破迷信的風俗，到底還打不破迷信的祠規！這是我做夢也想不到的！」並且告知父母「情願把我的姓當中一直也拉長了改作『申』字」。也就是說，爲了能獲得自由擇偶的權力，及時改變姓氏也在所不惜。在田亞梅與父母僵持的關鍵時刻，陳先生通過李媽帶來了寶貴的意見，他提醒田亞梅自己的事情要自己做主。在獲知戀人與自己同樣堅決的心思之後，田亞梅果斷的給父母留了離家出走的紙條，與陳先生一道離開了。有學者認爲胡適塑造的田亞梅這一女性形象看似新穎，實則是陳先生的觀念傀儡。其證據在於眞正促使她作出「出走」這一決定的不是別物，而是陳先生給她的字條。「田亞梅正是在男友字條的鼓勵和暗示下才出走的，連反叛話語都來自於陳先生的教導。」〔註 99〕的確，在田亞梅「出走」這一決定中，陳先生的紙條是一個十分關鍵的因素。但是，我們必須要明白一個古老的道理，外因通過內因才能起作用。啓蒙的力量再大，如果當事人無動於衷的話，也無濟於事。田亞梅這一人物形象全部的藝術魅力就在於她是中國第一位自身行動起來、摔門而出的新女性。她才是「出走」這一行爲的主體。如果將她與五四女作家筆下的女性形象進行對比的話，更能顯示出其意義所在。「在廬隱的本文中除了情智衝突的困境，幾乎沒有傳統敘事所必需的動作與行動。她的主人公的行動（相愛、結合、組織新式家庭）永遠屬於外本文敘事範疇，而在本文中她們則永恒地處在前途未卜的幽冥地帶。」〔註 100〕也就是說廬隱們的作品總是傾向於表現女人們自身疼徹心扉的喃喃自語，而故意規避時代的動蕩與矛盾激烈鬥爭的過程。因此，讀者就無法知曉才華橫溢的沁珠如何發表了她第一首新詩，又是如何創辦了詩刊。即使反覆閱讀以石評梅爲原型的《象牙戒指》，也無從瞭解她與時代交火而成的短暫而滾燙的一生。可以這樣說，女作家書寫出了新女性眞實而痛切的感受，但是缺乏對婚戀問題背後的權力運作進行邏輯的思考和把握。在這一層面上講，儘管田亞梅這一形象還塑造得不夠立體與飽滿，但是文本清楚地展示了婚戀自由受阻背後的文化與權力邏輯，並用充滿張

〔註 99〕張春田：《『娜拉型』話劇中的『出走』及性別焦慮》，載《南京師範大學文學院學報》，2009 年第 2 期，第 134 頁。

〔註 100〕孟悅、戴錦華：《浮出歷史地表——現代婦女文學研究》，北京：中國人民大學出版社，2010 年，第 35 頁。

力的「出走」行爲彌補了這一不足。作者在易卜生《玩偶之家》的啓發下，能在散漫無邊的生活中，處理與延宕好這有質感有力量的精彩出走瞬間也是難能可貴的。自胡適推出了田亞梅這一先鋒女性之後，引發了新文學作家書寫娜拉型的女性形象的熱潮。比如魯迅《傷逝》中的子君、郭沫若《卓文君》中的卓文君、熊佛西《新人的生活》中的曾玉英、歐陽予倩《潑婦》中的素心、李劼人《死水微瀾》中的蔡大嫂、巴金愛情三部曲中的眾多新女性形象等等不勝枚舉。不僅如此，在實現生活中，出現了爲了自由意志據理力爭的眞人版娜拉型的新女性。比如轟動一時的李超、趙五貞、李欣淑等等。這些女性都直接或間接的從田亞梅身上獲得力量。這都充分說明了田亞梅這一形象的有效性，她在很大程度上回答了人們的困惑並用自身的行動作出了示範。

田亞梅這一人物形象的精髓與先鋒性主要體現在「出走」這一行爲形式上，「出走」行爲不僅僅具有文化革命意義，更爲重要的是與個體「覺醒」發生了緊密的關係。在古代的文學作品中，「出走」的敘事已經存在，不過，那個時候不叫「出走」而被稱爲「私奔」。《史記・司馬相如列傳第五十七》是最早記載「私奔」敘事的：「是時卓王孫有女文君新寡，好音，故相如繆與令相重，而以琴心挑之。相如之臨邛，從車騎，雍容閒雅甚都；及飲卓氏，弄琴，文君竊從戶窺之，心悅而好之，恐不得當也。既罷，相如乃使人重賜文君侍者通殷勤。文君夜亡奔相如，相如乃與馳歸成都。」〔註101〕據有的學者考察，古代的私奔分爲兩種情況。「一是爲『情』而『奔』，主要是源自於《史記・司馬相如列傳》，此類作品以卓文君爲範本，……二是爲『欲』而『奔』，主要是源自於《蔣興哥重會珍珠衫》，此類作品以王三巧爲範本」。〔註102〕無論是情奔還是欲奔，雖然都對封建婚姻觀念進行了劇烈衝擊，但是保守性在於，其行爲意義始終沒有超出婦女人身依附的範圍。子女私奔的原因在很大程度上是與父母的擇偶標準不一樣。「問題的焦點是按照封建家長從門第、宗族關係、仕途前程等等方面來選擇，還是更多的從外貌、性情修養、興趣志向等等方面來設計自己的情侶。無論前者還是後者都是以爲婦女尋找人身依附作爲共同的目標。」〔註103〕但是，田亞梅的行爲將私奔這一傳統舉動賦予了現代性的含義。因爲她不再僅僅是爲

〔註101〕司馬遷：《史記》，北京：中華書局，2006年，第672頁。

〔註102〕宋劍華：《錯位的對話：論『娜拉』現象的中國言說》，載《文學評論》，2011年第1期，第122頁。

〔註103〕孫紹先：《文學創作中婦女地位問題的反思》，載《女性文學研究教學參考資料》（謝玉娥編），鄭州：河南大學出版社，1990年，第207頁。

情而奔、或者爲欲而奔，其最爲主要的訴求是「人」作爲個體的獨立性。胡適首次在現當代文學裏，將愛情婚姻作爲一個極其嚴肅的人生問題提出來討論。通過婚戀不自由的問題，不止於暴露封建倫理文化吃人的罪惡，更爲重要的是要提醒人們，將自己從禁錮的家庭中救出來，從而找到自我的主體性。

因此，從卓文君的「私奔」到田亞梅的「出走」，其間不只是術語的變換，更是現代知識分子將「個人主義」的思想期待注入到田亞梅們離家「出走」這一極具現代價值意味的行爲中。五四是將個人主義視爲基本價值的黃金時期。胡適就是宣揚「個人主義」思想的旗手。他著文抨擊吃人的封建禮教，提倡個性解放，爲當時價值觀與信仰處於迷茫之中的國人提供了一個新選擇。胡適自由思想的核心就是健全的個人主義的人生觀，他在《易卜生主義》一文集中闡釋了這一思想。

具體而言，胡適在田亞梅這一人物形象上所傾注的「個人主義」式的關照主要體現在「反抗」與「出走」這兩個方面。「反抗」的主要意義在於爭取到個性的自由發展。在文本中，田母反覆強調「只生了你一個女兒」、「我的女兒嫁人，總得我肯。……我們總是替你打算，總想你好」、「但是，你年紀還輕，又沒有閱歷，你的眼力也許會錯的。就是我們活了五六十歲的人，也還不敢相信自己的眼力。因爲我不敢相信自己，所以我去問菩薩又去問算命的。菩薩說對不得，算命的也說對不得，這還會錯嗎？」田母的邏輯是以愛的名義阻止女兒的自由意志，而事實上，只有奴隸才沒有自由選擇的權力。如果人的個性不能自由發展，也就無法能促使個人形成一種成熟的人格和能力。就會像田母一樣，「活了五六十歲的人，也還不敢相信自己的眼力。因爲我不敢相信自己，所以我去問菩薩又去問算命的」。因此，田亞梅的據理力爭，才使她獲得了最起碼的自由意志，才爲她的個性自由發展覓得可能的空間。而「出走」的主要目的在於直接救出自己。面對母親的迷信與無知，田亞梅本來還寄希望於父親的理解與支持。當父親亮出底牌「你出洋長久了，竟把中國的風俗規矩全都忘了。你連祖宗定下的祠規都不記得了」的時候，田亞梅只能離開「蔽護」她多久的家，置於死地而後生了。正如胡適所言「你要想有益於社會，最好的法子莫如把你自己這塊材料鑄造成器」。田亞梅將自己從專制家庭中救出，正是將自己鑄造成材的第一步。「社會是個人組成的，多救出一個人便是多備下一個再造新社會的分子。」〔註 104〕因此，中國娜拉田

〔註 104〕胡適：《易卜生主義》，載《新青年》，1918 年第 4 卷第 6 號，第 7 頁。

亞梅極具個性的「出走」在當時是有典範意義的。她不僅是青年女性的偶像，也是青年男子的偶像。他們結伴出走，反抗家庭的壓制，並將這視爲獲得個性自由、再造社會的標誌。

胡適的田亞梅是戲仿易卜生的娜拉的，仔細比較這兩者之間的差異，又頗耐人尋味。娜拉離家出走，是因爲她看透了父權社會的專制與虛僞。的確，他的父親和他的丈夫都十分愛她。但是這種愛不是建立在一個生命個體對另一個生命個體的尊重基礎之上的，而是以剝奪女性的自由、權利與義務爲代價的。當娜拉意識到這種廉價的、不對等的寵物般的愛的眞相之後，激發起了她對「自我」存在的確認與找尋。而田亞梅的出走不是因爲性別衝突，而主要突出的是個人與家庭、青年與父母、新文化與舊文化之間的不可調和。隱含作者強調的是青年女性，包括青年人，對反抗家庭專制式個性解放的訴求。與古代男性作家相比，現代男性作家以這樣的角度來想像女性，這不得不說是一個巨大的進步。但是，我們也要看到，如果缺少性別的維度，「個性主義」也難以深入探討，這也是胡適的田亞梅總給人感覺在平面上滑行，終難與易卜生的娜拉媲美的原因之一。

二、子君：性別維度下緘默的新女性

如果說田亞梅是胡適在個人主義維度上書寫的先鋒女性，她更多的承載著作者對新女性的鼓動與召喚，那麼，魯迅則通過《傷逝》中子君這一人物形象的書寫，在景深鏡頭中透析了新女性層層疊加的生存困境。按照當代敘事學的觀點，對人物形象的書寫主要有三個層次，一是人物本身，這屬於故事層次；二是人物之間的關係，這也屬於故事層次；三是塑造人物的手法，這屬於話語層次。很顯然，魯迅對子君這一人物形象的著力與寄予的深意主要通過後兩個層次折射出來，隱含作者很少對子君進行正面的可靠敘述，主要是將她放在人物之間的關係中通過敘述修辭來書寫。也就是說，魯迅對子君的塑造不是由內而外的顯示法，而是由外而內的透視法。〔註 105〕具體說來，主要從以下三層關係中塑造子君。

一是子君與以胞叔爲代表的一批次要人物的關係。在《傷逝》中，除了男女主人公外，還存在著一批時顯時隱的次要人物。比如：子君的胞叔和父

〔註 105〕王富仁：《中國反封建思想革命的一面鏡子——〈吶喊〉〈彷徨〉綜論》，北京：中國人民大學出版社，2010 年，第 258 頁。

親、局長、房東太太、「替我膽怯，或者竟是嫉妒的朋友」、「搽雪花膏的小東西」、「鮎魚須的老東西」、路人等等。在文本中，這些人物沒有自己的名字，更沒有個性化的特徵，他們共同承擔著相同的敘事功能，即傳統社會的代言人。當子君與涓生見面後，涓生送子君一前一後，相距十多步，離開處所走進大院時，「照例是那鮎魚須的老東西的臉又緊貼在髒的窗玻璃上了，連鼻尖都擠成一個小平面；到外院，照例又是明晃晃的玻璃窗裏的那小東西的臉，加厚的雪花膏」。對於子君與涓生的自由交往，我們不難想像老東西與小東西在背後無中生有的指指點點；當子君與涓生確定了戀愛關係，終於在路上同行時，常常「遇到探索，譏笑，猥褻和輕蔑的眼光」；當他們想覓一安身之地，到處尋住所時，大半被託辭拒絕；當他們冒天下之大不韙，同居在一起時，子君的叔子「氣憤到不再認她做侄女」；當子君終於抵擋不住傳統勢力的無物之陣，香消玉殞之後，世人冷冷地告訴涓生說，「你的朋友罷，子君，你可知道，她死了」，當涓生追問死因時，那人極不耐煩地敷衍道：「誰知道呢。總之是死了就是了。」很顯然，無論是思想觀念還是價值立場上，這些人是站在子君與涓生的對立面的。然而，面對傳統社會布下的天羅地網，子君從來沒有退縮過。面對胞父的阻撓，她大膽的宣佈「我是我自己的，他們誰也沒有干涉我的權利」，以至於涓生都感歎到「中國女性，並不如厭世家所說那樣的無法可施，在不遠的將來，便要看見輝煌的曙色的」；面對世人的冷眼，子君「卻是大無畏的，對於這些全不關心，只是鎮靜地緩緩前行，坦然如入無人之境」；面對不被社會承認的婚姻生活，「子君也逐日活潑起來」、「竟胖了起來，臉色也紅活了」。王富仁先生曾說「假若沒有外界的更大壓力的話，涓生原來是可以依靠這種人道主義的同情和理智的道義觀念將二人的表面和睦關係支持下去的。」〔註106〕然而，在新青年與舊傳統這對極不平等、實力懸殊巨大的二元對立關係中，注定了「社會對涓生和子君婚戀悲劇的作用也不只是觸發式的，從某種意義上講，也是決定性的。」〔註107〕事實上，子君與涓生也時刻感到無孔不入的巨大社會壓力。作者在新女性與舊勢力這對傾斜的結構關係中書寫子君，其用意是十分明顯的。除了肯定老生常談的追求自由戀愛，個性解放等等要義之外，作者是想讓更多的子君們看清飛蛾撲火的現

〔註106〕王富仁：《中國反封建思想革命的一面鏡子——〈吶喊〉〈徬徨〉綜論》，北京：中國人民大學出版社，2010年，第101頁。

〔註107〕曹禧修：《論〈傷逝〉的結構層次及其敘事策略》，載《學術月刊》2005年第1期，第76頁。

實，不要在殘酷的現實生活中輕易扮演的娜拉，作出無謂的犧牲。「尤其是中國的，——永遠是戲劇的看客。……北京的羊肉鋪前常有幾個人張著嘴看剝羊，彷彿頗愉快，人的犧牲能給與他們的益處，也不過如此。而況事後走不幾步，他們並這一點愉快也就忘卻了。對於這樣的群眾沒有法，只好使他們無戲可看倒是療救，正無需乎震駭一時的犧牲，不如深沉的韌性的戰鬥」。〔註108〕

二是子君與涓生的性別關係。在上一個層次中，子君與涓生結成了婚戀共同體，他們的反抗姿態在某種意義上說就是現代中國的象徵。很多五四啓蒙敘事文本也以新青年經由「出走」組成家庭作爲他們敘事的終點。然而，恰如上文所說，沒有性別維度關照的個人主義是沒有深度的個人主義。與眾不同的是，魯迅只是將知識青年組成家庭作爲敘事的起點，在此基礎上，深入探討了新式夫妻內部微妙的性別關係。讓人吃驚的是，組建新家庭之後的子君，迅速地滑向了她的對立面，在上一層對立關係中追求獨立、勇敢無畏的子君不見了。在日常家居生活內景中，我們看到「做菜雖不是子君的特長，然而她於此卻傾注著全力；……還要飼阿隨，飼油雞，……都是非她不可的工作」。可見，子君自覺的將自己定位在傳統家庭內部女性職能的分工裏。甚至於瑣碎到「不一月，我們的眷屬便驟然加得很多，四隻小油雞，在小院子裏和房主人的十多隻在一同走。但她們卻認識雞的相貌，各知道那一隻是自家的」。更讓人大跌眼鏡的是子君居然「和那小官太太的暗鬥，導火線便是兩家的小油雞」。子君甚至爲了不被那小官太太嘲笑，連平時難得吃的羊肉也喂了阿隨。跌進日常生活空間的子君不僅沒有一點新女性的風塵，甚至比不過一個豁達的農村婦女，更不用說有涵養的大家閨秀了。爲此，涓生也勸過子君不要太操勞。子君先是沉默，繼而仍舊如故。可見，「子君的功業，彷彿就完全建立在這吃飯中。」她不僅忘記了先前的追求，還遁向了麻木。所以，子君將自己從廟會買來的叭兒狗取名爲阿隨，這名字可能就是她組織家庭之後價值取向的象徵。顯然，子君不再讀書，唯一動人的精神生活就是不斷溫習涓生向她求愛的一幕。「夜闌人靜，是相對溫習的時候了，我常是被質問，被考驗，並且被命復述當時的言語，然而常須由她補足，由她糾正，像一個丁等的學生」。子君在組建家庭之後，主動承擔起家庭日常生活經營的這一行爲本身是無可厚非的。然而，敘述人「我」在講述的時候，卻將子君固守的生

〔註108〕魯迅：《娜拉走後怎樣》，載《婦女雜誌》，1924年第10卷第8期，第1218頁。

活空間與涓生堅守的知識空間對立起來。她「早已什麼書也不看」、「似乎將先前所知道的全都忘掉了，也不想到我的構思就常常為了這催促吃飯而打斷」、「可惜的是我沒有一間靜室」、「子君的識見卻似乎只是淺薄起來，竟至于連這一點也想不到了」。以至於涓生最終不能忍受這種淺薄的去知識化的生活空間，憤而出走，終於在通俗圖書館裏覓得了安放精神世界的天堂。不僅如此，涓生還在這裡進行了對生活形而上的思考。「那裡雖然沒有書給我看，卻還有安閒容得我想。……人必生活著，愛才有所附麗。」可見，敘述人「我」在講述時自覺不自覺的遵守著「男性－啓蒙者－知識空間——新生」、「女性——被啓蒙者——生活空間——反啓蒙——死亡」這樣的邏輯。這樣敘述的邏輯自然使前者合法化，而將後者推向了審判臺。這樣敘述的邏輯也同時在暗示讀者，子君的死亡是不可避免的，甚至是咎由自取的，而涓生需要承擔的最多只是坦誠相告無愛事實的無錯之錯。眾所周知，《傷逝》是魯迅在北京女子高等師範學校演講稿《娜拉走後怎樣》的姐妹篇。因此，這篇小說的隱含讀者也是女性。作者讓啓蒙者涓生作為敘述人可謂用心良苦。他讓涓生現身說法、將現代愛情的真諦呈現在「兩眼裏彌漫著稚氣的好奇的光澤」年輕的知識女性讀者面前，以達到讓新女性「睜了眼看」清世界的目的。此外，不得不說明的是，子君在組建家庭之後，主動承擔起家庭日常生活經營的這一行為本身確實是無可厚非的。但是，進入日常生活空間並不意味著完全遁入市井生活、甚至於完全採用良莠不齊、面目模糊的市井價值觀。作者讓涓生本人對子君前後的變化細緻刻畫、寫出當事人的感受與評價。其目的除了讓新女性「睜了眼看」清世界之外，還要時刻反思自身、找到自我。在子君與涓生這層傾斜的性別關係的探討中，讓我們感到「女性解放」這個命題任重而道遠。

三是作為「鬼魂」的子君與涓生的關係。有的學者已經注意到了魯迅文學世界的「鬼」氣以及魯迅對鬼域世界的癡迷。在《傷逝》中，作為死去的鬼魂的子君與活著的涓生也構成了一對潛在的緊張關係。如果忽略了作為鬼魂而存在子君，那《傷逝》的文本意蘊將大打折扣。雖然子君的死亡已在「我」的意料之中，但是當確知子君的死訊，涓生仍悲不自禁、對子君的魂魄進行了長歌當哭式的召喚。「我願意真有所謂鬼魂，真有所謂地獄，那麼，即使在孽風怒吼之中，我也將尋覓子君，當面說出我的悔恨和悲哀，祈求她的饒恕……」。因此，整個文本我們也可以視為涓生與子君魂魄在進行潛在的對話。對於子君的死，涓生自知有不可推卸的責任。「我」用了近三分之二的筆墨講述子君死亡的前因後果。具體而言，在講述過程中，敘述人「我」對死亡的想像出現了五次：「新的路的開闢，新的生活的再造，爲的是免得一同滅亡」、「我覺得新的希望就只在我們的分離；她應該決然捨去，——我也突然想到她的死，然而立刻自責，懺悔了」、「連墓碑也沒有的墳墓，……我想到她的死」等等。與死亡相對的是生，文本多次出現了對生的想像。「屋子和讀者漸漸消失了，我看見怒濤中的漁夫，戰壕中的兵士，摩托車中的貴人，洋場上的投機家，深山密林中的豪傑，講臺上的教授……」、「在通俗圖書館裏往往瞥見一閃的光明，新的生路橫在前面」、「我的心也沉靜下來，覺得在沉重的迫壓中，漸漸隱約地現出脫走的路徑」等等。爲什麼會出現人物反覆講述的行爲模式呢？不難想像，面對冤屈的子君魂魄的質疑與追問，涓生不得不反覆的告白、解釋與懺悔，以期得到子君的諒解與良心上的安慰。那麼，什麼是懺悔呢？「懺悔是以眞理的名義克服罪孽和羞恥」。〔註 109〕然而，我們分明感覺到涓生在事實面前坦誠的詭辯。爲什麼是詭辯呢？因爲「我」將子君的死亡放在了一個非死不生的邏輯上來展開。即子君不死，涓生不會生，與其兩個人都滅亡，不如保存實力更強的一個。爲什麼是坦誠呢？因爲我們分明感受到了那種長歌當哭的濃烈的悲哀。那麼，涓生究竟在糾結什麼呢？痛苦什麼呢？悲哀什麼呢？筆者認爲這既眞實地反映了五四啓蒙者面對「棄婦」時，個人主義與人道主義此消彼長的矛盾心態，也說明了五四精英知識分子所提倡的個性解放在現實生活中全面潰敗，這無論在子君人生的結局（死亡）還是在涓生人生的結局（用遺忘和說謊做我的前導）上都得到了淋漓盡致的表現，正是這一結果將知識分子的「我」擊得粉碎。回到性別的立場，我們既看到了男性的在改變世界過程中的曲折與無奈，更體會到了女性濃重的悲哀，因爲即便是死亡，即便是魂魄不罷休的追問也難以撼動傾斜了的性別秩序。而當這深切的理解與濃重的悲哀出自一個男性作家之手，我們可以由此認爲《傷逝》是對「『對兩性不平等歷史中直接的男性責任』進行『反思與自責』」〔註 110〕。只是這樣一種懇切的姿態，對這一問題的認識，魯迅遠遠超出同時代男女作家的認識水準。無論是文本敘述修辭上的良苦用心，還是作者對女性焦慮式的愛，都不得不讓人感到魯迅的可敬！

〔註 109〕（美）保羅·德曼：《解構之圖》，李自修等譯，北京：中國社會科學出版社，1998 年，第 264 頁。

〔註 110〕楊聯芬《敘述的修辭性與魯迅的女性觀——以〈傷逝〉爲例》，載《魯迅研究月刊》2005 年第 3 期，第 22 頁。

三、陳白露：知識女性個性解放道路的終結

有學者這樣總結道：田亞梅是出走的娜拉，子君是回到家庭中的娜拉，而陳白露是墮落的娜拉。學界對田亞梅和子君這兩個經典人物形象的評價基本達成共識，這裡無用多說。但是，在現代女性解放歷程這個大背景下，用「墮落的娜拉」、「金絲雀」之類的話來評價陳白露這一人物形象，筆者認爲是有待商榷的。首先，回到問題的原點。我們如何看待現代社會知識女性的生存空間這一問題。

具體而言，陳白露的前夫，一個未露面的「詩人」與涓生一樣，當家庭遭遇到瑣碎、無聊、厭煩、平淡、喪子等等瓶頸時，他一個人追逐他的希望去了。然而，剩下這在提倡女性解放初期就走上反抗道路的知識女性應該何去何從呢？如果她不像子君那樣選擇再次回到家庭，在惶恐中遭遇人格凌辱與死亡的降臨，那麼，她如何解決自己的生計呢？怎樣才能獲得經濟上的獨立權呢？在那個「損不足以奉有餘」的社會，我們看到點頭哈腰、勤勤懇懇的黃省三最終因走投無路，親手殺死了自己的孩子。早在他步入絕境之前，李石清曾向他剖析過這個無情的社會：「怎麼你連偷的膽量都沒有，那你叫我怎麼辦？你既沒有好親戚，又沒有好朋友，又沒有了不得的本領。好啦，叫你要飯，你要顧臉，你不肯做；叫你拉洋車，你沒有力氣，你不能做；叫你偷，你又膽小，你不敢做。你滿肚子的天地良心，仁義道德，你只想憑著老實安分，養活你的妻兒老小，可是你連自己一個老婆都養不住，你簡直就是個大廢物，你還配養一大堆孩子！我告訴你，這個世界不是替你這樣的人預備的。你看見窗戶外面那所高樓麼？那是新華百貨公司，十三層高樓，我看你走這一條路是最穩當的」。出人意料的是，連最會鑽營的李石清最後也慘淡收場。不僅丟了工作，連自己的孩子因缺錢沒有得到及時的搶救而斃命。在社會上，連男性的生存空間都十分逼仄，又會留多少餘地給才踏入社會的知識女性呢？坦娜希爾曾這樣犀利地指出：「19 世紀淪爲妓女的姑娘們通常是因爲需要錢才去賣淫的。一方面某些有自立意識的職業婦女她們知道除了身體以外，沒有任何資本……；另一方面對年青寡母和未婚母親而言，……其微薄所得幾乎總是使她們家破人亡。」〔註 111〕這種情況也適用於 20 世紀的中國。同樣，現代社會的知識女性想要追求基本的人格尊嚴與獲得起碼的自由

〔註 111〕（美）坦娜希爾：《歷史中的性》，童仁譯，北京：光明日報出版社，1989 年版，第 384 頁。

生存空間，要面臨的困境比我們想像中的還要沉重與複雜更多。文本中的敘述人這樣臨摹陳白露內心世界：「這些年的飄泊教聰明了她，世上並沒有她在女孩時代所幻夢的愛情。生活是鐵一般的眞實，有它自來的殘忍。」所以當方達生質疑她不明來路的收入時，陳白露輕蔑地回道：「你以爲這些名譽的人物弄來的錢就名譽麼？我這裡很有幾個場面上的人物，你可以瞧瞧，種種色色：銀行家，實業家，做小官的都有。假若你認爲他們的職業是名譽的，那我這樣弄來的錢要比他們還名譽得多。」我們並不贊成陳白露的生活方式。但是，我們也需要意識到，對於無法也不願意再回到家庭怪圈中的知識女性，在尋求探索人格獨立與經濟獨立道路上的艱辛。也正因爲有她們的探索，才讓後來者懂得朝著更加廣闊的目標奮鬥。

事實上，陳白露也爲她在無路可走之下的選擇付出了沉重的代價。這主要體現在以下幾個方面。一是心靈的分裂。隱含作者著力表現了陳白露心靈的分裂以及由分裂帶來的疼痛。一方面她玩世不恭。「她的眼明媚動人，舉動機警，一種嘲諷的笑總掛在嘴角。……她不再想眞實的感情的慰藉」。陳白露一出場就將無所謂的、玩世不恭的氣場帶了出來。但是，另一方面她又保持著內心的童貞。她興高采烈地向方達生說道：「你看霜多美，多好看！……（急切地指指點點）我說的是這窗戶上的霜，這一塊，（男人偏看錯了地方）不，這一塊，你看，這不是一對眼睛！這高的是鼻子，凹的是嘴，這一片是頭髮。（拍著手）你看，這頭髮，這頭髮簡直就是我！」一方面她沉溺於奢侈的物質化的生活。當方達生表示要帶她離開並娶她時，陳白露置疑道：「我問你養得活我麼？……我出門要坐汽車，應酬要穿些好衣服，我要玩，我要跳舞。」另一方面又在尋找精神突圍的可能。文本中多次出現的日出的意象和窗外砸夯的工人們高亢而洪壯地合唱聲都象徵著白露內心深處的那個遙遠的希望。即使在陳白露吞下大量的安眠藥之後，她還不忘「拿起沙發上那一本《日出》，躺在沙發上，正要安靜地讀下去」。一方面她深陷魔窟，爲了生活，不得不與潘月亭、張喬治、顧八奶奶等等這樣一群「魑魅魍魎」周旋到底。但是，另一方面她卻能出淤泥而不染，保持精神上的貞節，照亮他人。她不僅鄙視財神爺金八、調侃顧八奶奶、蔑視張喬治的求婚，還能不計得失的營救小東西。最可貴的是，原本抱著拯救陳白露而來的方達生最終卻讓陳白露所拯救。最終書呆子方達生認同了陳白露的生活哲理、扔掉了自己那副古板的眼鏡，並打算身體力行「我們要一齊做點事，跟金八拼一拼」，於是，我們看到方達生最終的定格是「轉過頭去聽窗外的夯歌，迎著陽光由中門昂首走出去」。

二是無家可歸的隱痛。在《日出》的第四幕，陳白露與茶房阿根展開了關於「家」及其衍生物的一段饒有意味的對話。

> 陳白露：那他們為什麼不走？
>
> 阿根：小姐，您說……呃……呃……那自然是因為他們沒有玩夠。
>
> ……
>
> 陳白露：（忽然走到阿根面前迸發）我問你，他們為什麼沒有玩夠！（高聲）他們為什麼不玩夠？（更高聲）他們為什麼不玩夠了走，回自己的家裏去。滾！滾！滾！（憤怨）他們為什麼不——
>
> ……
>
> 陳白露：（接下杯子）不，不。（搖搖頭低聲）我大概是眞玩夠了。（坐下）玩夠了（沉思）我想回家去，回到我的老家去。
>
> 阿根：（驚奇）小姐，您這兒也有家？
>
> 陳白露：嗯，你的話對的。（歎一口氣）各人有各人的家，誰還一輩子住旅館？〔註112〕

很顯然，在這段對話中，我們可以看出阿根與陳白露對「家」、「旅店」、「玩」等概念的理解並不在同一個層面上。對於阿根而言，這些概念是實指的，停留在日常生活的層面，因此他認為陳白露的話是酒後的胡言亂語。而對陳白露來說，這些概念已經躍出日常生活層面，是她在生活中掙扎、騰挪與痛楚的根源，是她對生存境況的反思與審視、是她對生命存在的終極追問。然而，陳白露的「回家」之路早已被堵死，五四以來的子君們早已以死相告。對此，陳白露是十分清楚的。在《日出》的開頭，她就直接地反問了方達生：「（睜著大眼睛）回去？回到哪兒去？……愛情？什麼是愛情？嫁人……在任何情形之下，我是不會嫁給你的……我不能嫁給你」。我們也不難想像，即便陳白露跟隨方達生去了，等待她仍然是男尊女卑的家庭怪圈。在兩人感情處於疲軟期的時候，方達生難免不會舊事重提。雖然，陳白露對「家」也念茲在茲，「各人有各人的家，誰還一輩子住旅館？」然而，她留戀的是親人之間的脈脈溫情，對於家庭中壓抑人性、束縛人性、妨礙人身自由的倫理秩序是抵制的。因此，一個物質上的「家」是解決不了陳白露的人生問題的，作為

〔註112〕曹禺：《日出》，北京：華夏出版社，2011年，第252頁。

現代倫理道德的捍衛者，她注定無家可歸。

三是必死無疑的結局。在《日出》中，陳白露自殺之前的那一場臨鏡自白的戲最讓人唏噓感歎。

> 陳白露：一片，兩片，三片，四片，五片，六片，七片，八片，九片，十片。（她緊緊地握著那十片東西，剩下的空瓶噹啷一聲丟在痰盂裏。她把胳膊平放桌面，長長伸出去，望著前面，微微點著頭，哀傷地）這——麼——年——青，這——麼——美，這——麼——（眼淚悄然流下來。她振起精神，立起來，拿起茶杯，背過臉，一口，兩口，把藥很爽快地咽下去）。〔註113〕

一個年輕的女性如此清醒地面對死亡，甚至在死亡面前仔細品味。這需要多麼大的勇氣，這又顯示出多麼決絕的意志。她似乎絕望而清晰的認識到即便是走出家庭，逃出「父親」與「丈夫」的專制，也難以逃出整個男權社會所設置的性別秩序。獨立與自由，只是一個遙不可及的夢。尤其是當女性從家庭私人空間進入到社會公共空間去尋找正當的工作機會時，勢必會引發強大的傳統習俗地絞殺，最終只能落得死路一條。曹禺在談到陳白露所表現的悲劇精神時說：「……許多演出都把她處理成是因債逼死的，這樣是不對的，這個理解是錯誤的。她是清清楚楚死去的，也可以說她代表著知識婦女的道路，她墮落了又不甘於墮落，恰恰又是個女人，複雜極了，又有個婦女問題，她惟一的道路沒有了，混不下去了。我是同情她的，同情她混不下去就不混了，這點是很重要的。」〔註114〕可以這樣說，陳白露獨自一個人承受著內心的分裂和層層疊疊的內外衝突，企圖跨越知識女性追求自由路上的障礙物。並且，她不惜以死亡來抗議這個不公平的社會，也以死亡來保證自己追求一生的自由意志。雖然，她的失敗昭示著知識女性孤身奮戰式的個性解放道路的終結。然而，她的探索在女性追求解放這條道路上卻有著無比重大的歷史意義。曹禺不僅關注婦女解放這個抽象的大問題，還將筆觸具體落實到歷史中的婦女們在具體的生活中如何面對她們的遭遇。

綜上所述，通過對比，我們發現女作家重在從內部體驗的角度傾訴女性在遭遇「解放」之後的應對與困境。這種內部體驗主要來自自己現實生活中

〔註113〕曹禺：《日出》，北京：華夏出版社，2011年，第285頁。

〔註114〕田本相、劉一軍：《苦悶的靈魂——曹禺訪談錄》，南京：江蘇教育出版社，2001年，第22～23頁。

瑣碎的、狹隘的直感經驗。女作家主要運用記錄的方式將之敘寫出來。男作家則將新女性層層疊加的生存困境在外部世界如何生成的過程運用景深鏡頭進行了細緻而藝術地表現和深度挖掘。他們既寫出了新女性在「婚戀自由與個性解放」啓蒙下的果敢，又表現了知識女性在尋求探索人格獨立與經濟獨立道路上的艱辛。更爲難得的是，他們不僅對「對兩性不平等歷史中直接的男性責任」進行了反思與自責，而且對由「婚戀自由與個性解放」啓蒙所引出的「個人主義與人道主義」之間的難以彌合的矛盾進行了思考。

第三章　「革命」召喚下的激情與困頓

在大革命前後，尤其是國民黨建立政權之後，爲鞏固其權力主體的地位，國民黨採取了一系列的措施。在軍事上，對共產黨先後進行了多次圍剿；在文化上，實行了種種文化控制策略和文藝政策來壓制不同權力客體的聲音，比如限制出版、查禁書刊、刪改書稿、瓦解進步文化團體，甚至抓捕迫害進步的文化人士等等；在教育上，推行所謂的「黨化教育」和「三民主義教育」，先後頒佈了《黨化教育委員會章程》、《學校實行黨化教育辦法草案》和《私立學校規程》等等，企圖將「一個黨」和「一個主義」的教育政策貫徹到學校具體的教育行爲中。但是，這些措施不僅沒有達到規訓權力客體的效果，反而激發起權力客體進行種種激烈地反彈，尤其是激起了中國共產黨及其領導的左翼陣營地反對。比如在書刊、文藝等宣傳領域，面對國民黨的文化封鎖，左翼文化、文藝界就進行了歷時最長、過程曲折而慘烈的爭奪。因此，在這權力與反權力的你死我活的政治化語境中，中國婦女解放思想及文學作品中的女性書寫在整體上呈現出不同於上一階段的重要特徵。

第一節　政治化的語境及婦女解放新導向

一、革命與性別的合力：婦女解放的新導向

如果說「五四」時期的婦女解放思想，由於「人的發現」而呈現出個性解放特質的話，那麼，在大革命前後，隨著國共兩黨的合作與分裂，革命成爲了時代的主旋律，婦女解放思想和運動出現了新的導向。

最爲顯著的變化是國民革命婦女觀應運而生。1925 年，何香凝在《國民革命是婦女唯一的生路》一文中尖銳地提出：「只知道謀振興女權，謀女子獨

立，殊不知國權已經失去，女權更何由振興？現在民窮財盡，國亡種滅，將在目前，不克救國，還想自救，這豈不是緣木求魚麼？」因爲目前的處境是「我們受帝國主義及不平等條約的壓迫，已經失去自由平等的地位。若果不竭力從事革命工作，我民族將要永遠沉淪，做人奴隸、做人牛馬，聽人宰割了」。有鑒於此，她提出婦女要想解放，「惟一方法就是國民革命，我們要想中國變爲健全的國家，非全數國民共同努力於革命工作不可」。所以，「我們婦女現在要去生路，不必向別的路程走去，只要努力國民革命工作，這是我們婦女唯一的生路呵！」〔註 1〕1927 年，宋慶齡在《婦女應當參加國民革命》一文中談到：「從前女子教育的目的，在造成賢妻良母。現在我們知道，女子在社會上的責任，不僅是在家庭裏面做一個賢母良妻，他同時要爲國家做一個良好的國民革命的婦女」〔註 2〕。因此，她認爲雖然婦女在過去受到了二千多年的專制壓迫，但是，對於目前的國民革命工作卻不能置身事外。因爲婦女也是國民的一份子，中國婦女解放運動也是中國國民革命的重要組成部分。1927 年，在湖南醴陵民眾運動訓練所講義中的一個專題《中國婦女問題》中，作者同樣認爲：「中國二萬萬的女同胞，實在是國民革命的中堅分子。她們若不起來參加國民革命，國民革命不會成功的。故欲完成國民革命，必須使二萬萬女同胞整個的趕急起來參加」。在這個專題中，作者還介紹了當時婦女參加國民革命的部分情況。「到最近一年中，婦女運動的發展眞是一日千里。在革命策源地的廣東，『婦女解放協會』成了起來，廣東的婦女運動已跑上革命的軌道，並且很勇敢地叫起『打到帝國主義』來了。從前不問政治而想要求女權的『女權運動同盟會』也出來參加政治運動了。又有聯合女子各團體共同組織一個『婦女救國會』，救濟受傷工人、援助罷工工人，並且自粵港罷工工人中，有兩百餘女工——沙面女工罷工。……北伐軍出發後，湖南的女子革命團體，一時如雨後春筍，鼎芽怒放，如女界聯合會；勞動婦女大會各縣成立的至五十餘處」。〔註 3〕

〔註 1〕何香凝：《國民革命是婦女惟一的生路》，載《中國婦女運動歷史資料》（1921～1927）（中華全國婦女聯合會婦女運動歷史研究室編），北京：人民出版社，1986 年，第 286 頁。

〔註 2〕宋慶齡：《婦女應當參加國民革命》，載《中國婦女運動歷史資料》（1921～1927）（中華全國婦女聯合會婦女運動歷史研究室編），北京：人民出版社，1986 年，第 721 頁。

〔註 3〕《中國婦女問題》，載《中國婦女運動歷史資料》（1921～1927）（中華全國婦女聯合會婦女運動歷史研究室編），北京：人民出版社，1986 年，第 717 頁。

當然，這種國民革命婦女觀，不僅爲國民黨左派婦女革命家所倡導，也爲中共女黨員所堅持。1924 年，向警予在《國民會議與婦女》一文談到：「中國的政制雖然名義上由專制改爲共和，而實際掌握全國政權的仍然是一班封建軍閥、前清餘孽，而眞正的人民反而被擯斥在政權之外，所以民國時代雖然經過十三年，……一般國民簡直可憐到一碗安樂茶飯都吃不成，一條賤命都保不住！至若婦女，在普通的被擄掠、被殺伐之外，還要加上一層慘毒的姦淫，那就更其可憐極了！」有鑒於此，作者認爲既然現在有召開國會與參加國會的機會，那麼處境最爲慘烈的婦女就應該組成代表團體設法參加國會並發出自己的聲音。因爲「如母性保護權、結婚離婚自由權、財產繼承權、職業平等權、教育平等權、參加政權以及社會一切地位上之男女平等的權利種種，可以學生會代表、工會代表、商會代表……的名義來提出嗎？」這顯然是不能的。「在這樣根本解決國是的國民會議裏，婦女團體如不列席，則將來關於婦女的本身要求，即令有人提出，而座中沒有要求的主體，即是沒有抗爭的實力，不能激起婦女群眾的擁護與奮鬥，別人雖代爲提出，力量微弱，也必終歸於打消」。此外，作者還認爲必須站在一個高度上來認識婦女參加國民會議的問題，即「這不是單獨的女性的要求，而是女性的國民的要求。這不是僅僅有利於女性，而且是有利於男性和國家」〔註 4〕。值得一提的是，在此次全國婦女國民會議促成運動中，各地婦女促成會所提出的要求體現出了高度的一致性，大都由民眾共同的要求與婦女特殊要求兩部分構成。這不僅表明各地方婦女團體的政治素養的普遍提高，還預示了當時婦女解放的新方向。比如，北京婦女國民會議促成會成立紀要上就提出了兩個方面的要求。第一個方面是「一般的要求」。其中內容有：「（一）廢除一切不等條約、收回海關租借地、改定稅則，廢止一切不合法的法令，如治安警察法、罷工刑律、報紙律等。……（三）取消一切苛捐雜稅。（四）沒收曹錕及一切禍首財產，救濟兵水災區。（五）規定教育基金不得移作別用，並極力恢復教育原狀。（六）改善工人生活，實行八小時工作。（七）市民自治、省長民選。」等等；第二個方面是「婦女特殊的要求」。其中內容有：「（二）女子與男子有同等襲產之權利。（三）保護婦女勞動。（四）婚姻絕對自由」

〔註 4〕向警予：《國民會議與婦女》，載《中國婦女運動歷史資料》（1921～1927）（中華全國婦女聯合會婦女運動歷史研究室編），北京：人民出版社，1986 年，第 210 頁。

等等。〔註 5〕可見，向警予以婦女應該參加國民會議爲例，同樣強調了應該婦女走出傳統性別角色所導致的向內轉的行爲與情緒，通過致力於社會革命來實現自身的解放。

爲了貫徹國民革命婦女觀，無論是國民黨還是共產黨都注意建設婦女組織。1924 年，國民党進行了改組，成立了農民、工人、青年、商民、婦女等部。自此開始有規劃的有組織的進行婦女工作。國民黨的婦女組織主要由三個部分組成。一是中央婦女部。中央婦女部部長何香凝在國民黨第二次全國代表大會上闡明了中央婦女部成立的主要目的。「第一、因爲婦女受了數千年的舊制度、舊禮教等壓迫，在特殊環境裏養成他們薄弱的心理，對政治社會完全隔離，未嘗加以注意，所以政治宣傳不易深入婦女群眾中，故欲使婦女瞭解政治，參加國民革命，必須用特殊的方法，給予政治的訓練的機會。所以本黨設立婦女部做一個負責的機關去宣傳。第二，在國際資本帝國主義與軍閥勾結鎖鏈之下的中華民族唯一解放的出路，只有集合各階級民眾於吾黨旗幟之下，實行國民革命，在各階級中自然占人口半數的婦女不能除外。」〔註 6〕由於外在的革命形勢與內在的黨務運作，中央婦女部歷經三次調整。但就總體趨勢來說，隊伍是越來越大，人員越來越多。二是地方各級黨部婦女部。國民黨第二次全國代表大會通過了《婦女運動決議案》，要求地方各級黨部都應設立婦女部，由專人負責，切實推動婦女工作有效開展。據統計，到 1927 年 3 月，江蘇、浙江、湖北、湖南、山東、廣西、山西、安徽、四川、廣東、福建、江西、上海、北京、上海、廣州等處都先後成立婦女部。〔註 7〕三是婦女外圍組織的成立。其中比較有影響的是廣東婦女解放協會、中華女界聯合會與女權運動大同盟。廣東婦女解放協會的成員多爲中共黨員和共青團員，實質上算是中共的外圍組織；中華女界聯合會與國民黨關係密切；女權運動大同盟旗幟鮮明地站在反共的一方。中央婦女部曾試圖建立各界婦女聯合會來獲得各省婦女運動的領導權。北伐成功之後，全國形式上統一，1928 年，

〔註 5〕《北京婦女國民會議促成會成立紀》，載《中國婦女運動歷史資料》（1921～1927）（中華全國婦女聯合會婦女運動歷史研究室編），北京：人民出版社，1986 年，第 429 頁。

〔註 6〕林養志主編：《中國國民黨黨務發展史料——婦女工作》，臺北市中國國民黨中央委會黨史委員會出版，1996 年，第 2 頁。

〔註 7〕《第二次全國代表大會前之各省婦女工作：湖北省婦女運動報告》，載《中國國民黨黨務發展史料——婦女工作》（林養志主編），臺北市中國國民黨中央委會黨史委員會出版，1996 年，第 11～12 頁。

國民黨宣佈進入訓政時期。這一時期，由於各種原因，國民黨對群眾運動趨於保守。中央婦女部廢除，婦女工作先後隸屬於中央民眾訓練委員會、中央訓練部、中央民眾運動指導委員會和中央民眾訓練部。由單獨的部變爲部下的一個科，婦女運動在無形中受到了阻止。地方婦女組織也遭到了改組，先後大致經歷了婦女協會、婦女救濟會和婦女會等三個改組階段。在組織系統方面，不允許有縱的婦女組織存在，只能依法成立橫的婦女團體。訓政前期的國民黨婦女工作主要靠這些法定的婦女團體來推動。共產黨的婦女組織主要有以下幾種形式。一是各級蘇維埃政府的婦女工作委員會。1930 年夏，贛西南黨團特委聯合發出第 2 號通告，決定黨與團及蘇維埃政府婦女工作機關合併爲一，成立各級婦女工作委員會。各級婦女工作委員會是中共婦女工作的指揮機關。1931 年 3 月江西省蘇維埃政府決定撤銷各級蘇維埃政府婦女工作委員會，恢復工會、雇農工會、貧農團等群眾團體婦女部、女工部。婦女群眾按其職業，分別加入上述群眾團體，參加各種實際鬥爭。二是各級改良婦女生活委員會。1932 年 4 月，中央執行委員會作出決議：各級政府組織婦女生活改善委員會。其主要職責是「接受蘇維埃對婦女工作的決議和各種法令等，拿到下層廣大勞動婦女中去完全實現，經常調查下層婦女一般生活狀況與廣大婦女要求，計劃經常的日常工作，怎樣去改良婦女的生活，怎樣去實現婦女的要求，特別是蘇維埃政府下的一種建議的組織。」〔註 8〕三是工農婦女代表大會。這是廣大婦女群眾性的組織，根據工作需要定期召開會議。「女工農婦代表會議是傳達共產黨及工會的影響到女工及農婦群眾中去的最好的組織方式，經過這些代表可以和整個女工農婦群眾發生密切聯繫。」〔註 9〕跟國民黨的婦女組織相比，這一時期，共產黨的婦女組織相對比較薄弱。

此外，在國民革命婦女觀的視野下，國共兩黨都開始注意到工農婦女在社會革命中所起的作用。在國民黨第二次全國代表大會上，何香凝就指出今後的婦女工作要注意組織的群眾化。在二大之後，中央婦女部就做出「深入

〔註 8〕《通知第三號——關於規定婦女各種組織的職權和關係（1932 年 5 月 27 日）》，載《中國婦女運動歷史資料》（1927～1937）（中華全國婦女聯合會婦女運動歷史研究室編），北京：中國婦女出版社，1991 年，第 239～240 頁。

〔註 9〕《蘇區中央局關於女工農婦代表會議的組織暨工作大綱》，載《中國婦女運動歷史資料》（1927～1937）（中華全國婦女聯合會婦女運動歷史研究室編），北京：中國婦女出版社，1991 年，第 302 頁。

下層階段的婦女群眾」的工作計劃，並成立工農運動委員會、女工工會、農婦運動委員會等機構來從事工農婦女運動。具體而言，國民黨中央婦女部組織與支持的農工運動主要體現在以下幾個方面。一是大力支持罷工運動。尤其是五卅之後的女工罷工運動，被視爲婦女也加入了反帝國主義的戰線，中央婦女部給予了大力的支持。二是開辦勞工婦女學校，推動工農婦女教育。三是推動立法，保障女工權益。1927 年，廣東省政府頒佈了《醫院工人待遇條例》，其中第 13 條明文規定「女工在產前二星期至產後四星期應各免除其工作，工資照給」；《上海調節勞資條例》第 13 條也明文規定「男女工人同工同酬，改良女工和童工待遇，女工在生產前後休息六星期，工資照給」。〔註10〕共產黨更是深刻認識到了工農婦女在革命中的戰鬥作用。1927 年 8 月，中共中央常委通過了《最近婦女運動的決議案》，在這個決議案中明確提出「我們對於婦女運動，必以女工和農婦爲中心，所以要集中力量去對付」。具體而言，就是「吸收女工農婦同志，並訓練她們的秘密工作的知識（行動技術態度及活動的方法），指導她們的鬥爭，領導她們（尤其是女同志）參加日常的政治經濟鬥爭，（在工農團體指導下）一直到參加暴動中的各種工作」。〔註11〕1928 年 6 月，中共「六大」通過了《中國共產黨第六次全國代表大會婦女運動決議案》。在這個決議案中，首先分析了「黨過去的婦女運動多偏重於小資產階級的運動」，而這種工作方針已不適應當下的反對環境。目前，「中國革命的階級分化反映到婦女運動的分裂」，鑒於這種形勢，「對於買辦資產階級的改良的反動思想的婦女運動，要努力反對」，因爲「這種改良主義的婦女運動，引誘和欺騙婦女群眾，甚至於無產階級婦女群眾亦有受其影響的可能。」因此，「黨的主要任務是爭取勞動婦女的群眾，同時也應當用各種方法去領導小資產階級婦女群眾的鬥爭。」〔註12〕

綜上所述，我們發現這一階段婦女解放呈現出革命的、民族的、階級的新方向。這也反映了中國婦女解放與社會革命同步發展的特點。

〔註10〕劉寧元主編：《中國女性史類編》，北京：北京師範大學出版社，1999 年，第 209 頁。

〔註11〕《最近婦女運動的決議案》，載《中國婦女運動歷史資料》（1927～1937）（中華全國婦女聯合會婦女運動歷史研究室編），北京：中國婦女出版社，1991 年，第 1 頁。

〔註12〕《中國共產黨第六次全國代表大會婦女運動決議案》，載《中國婦女運動歷史資料》（1927～1937）（中華全國婦女聯合會婦女運動歷史研究室編），北京：中國婦女出版社，1991 年，第 12～13 頁。

二、中國女界各階級分析及國共兩黨的婦女政策

1927 年「四一二」反革命政變後，爲政治形勢所逼迫，知識分子紛紛表明政治立場。由於男性政治世界的分裂，在男性指導下的婦女運動的階級化傾向逐漸清晰。中共在第四次全國代表大會對於婦女運動之議決案中就對中國婦女的階級問題進行了初步闡述，「在中國未解放的婦女，本無經濟地位可言，她們的階級觀念更不明了，但是我們在幼稚的中國婦女運動中也可找出她們因家庭經濟背景之不同而生出各異的傾向」。〔註 13〕

一是工農婦女從幼稚到成爲革命的中堅力量。隨著國內外政治形勢的變化，中國共產黨從政黨的角度，對工農婦女這個群體的革命力量的認識和培育有一個從模糊到清晰再至堅定的過程。早在 1924 年 7 月，中共在《中國代表在共產國際婦女部第三次大會上的報告》一文中談到：「在最近幾年，才漸漸覺悟到我們婦女運動的基礎，實當以勞動群眾爲主體，所以今後吾們的工作，惟一須注重與無產階級的聯合與組織！」〔註 14〕但同時又認爲勞動婦女運動固然重要，對於一般的婦女運動也應該重視。可見，這一時期對工農婦女的革命力量開始有了一定的認識，但還沒有將之作爲一支特殊的力量加以突出。直到五卅運動前後，隨著中國女工運動蓬勃發展，勞動階級巨大的革命力量逐漸顯現出來，國人才對之刮目相看。1925 年，向警予在《婦女運動的基礎》一文中就對女工的處境及其革命爆發力進行了中肯的分析，「女工們日處水深火熱之中，資本家把伊們剝來削去，剝削得伊們人不像人、鬼不像鬼。可憐伊們每日苦工，從天亮做到天黑，還是不能賺得一飽」。因此「伊們爲救伊們生命的危急，爲抵制資本家過分的剝削，常常自動作戰屢僕屢起，伊們的作戰能力反抗精神，以知識婦女自命的倒反遠不相如！」作者最後作結「事實告訴我們，只有女工要求解放最爲迫切，也只有女工們富有解放的精神與魄力，那怕資本家重重高壓，軍警威嚇，逮捕伊們，利用走狗，破壞伊們內部的團結，開除伊們的領袖，然而伊們仍是再接再厲不斷的反抗。絲廠工潮就是一個好例。」〔註 15〕跟女工運動相比，農婦運動的開展相對滯後。

〔註 13〕《中國共產黨第四次全國代表大會對於婦女運動之議決案》，載《中國婦女運動歷史資料》（1921～1927）（中華全國婦女聯合會婦女運動歷史研究室編），北京：人民出版社，1986 年，第 219 頁。

〔註 14〕《中國代表在共產國際婦女部第三次大會上的報告》，載《中國婦女運動歷史資料》（1921～1927）（中華全國婦女聯合會婦女運動歷史研究室編），北京：人民出版社，1986 年，第 187 頁。

〔註 15〕向警予：《婦女運動的基礎》，載《中國婦女運動歷史資料》（1921～1927）（中

直到 1926 年 9 月，中共才在《中國共產黨第三次中央擴大執行委員會關於婦女運動議決案》中談道，「農婦運動現時還只是開始，但當農民運動正在各地蓬蓬勃勃地往前發展的時候，將來的農婦運動在中國婦女運動上一定要占一個很重要的位置」。〔註 16〕基於這樣的認識，1926 年 11 月，中共中央婦委在《中共中央婦委報告》中，不僅果敢地提出了開展農婦運動的口號，而且製作了宣傳要點。如「農婦應加入農民協會、農婦如何幫助農民協會反對土豪劣紳地主剝削和壓迫的宣傳、農民農婦切身的要求，詳述他們痛苦的原因、農民農婦參加抗稅以及政治鬥爭的宣傳」等等。〔註 17〕隨後，湖南、湖北、江西等省份制定出了具體的「農村婦女問題決議案」。比如在《江西全省第一次農民代表大會關於農村婦女問題決議案》中，對如何宣傳動員、組織幫助農婦提出了切實可行的措施。如「竭力向農村婦女宣傳，使她們加入農民協會；各級農民協會，設立婦女部，領導她們參加鄉村中的政治的經濟的各種鬥爭，使她們引起解放自己的要求；在農民協會經營的學校中，應收容婦女」等等。〔註 18〕在 1927 年「四一二」反革命政變之前，中國共產黨對婦女運動的導向主要是參加國民革命、爭取民族解放。但是，在 1927 年「四一二」反革命政變之後，中共對婦女運動的策略導向急轉直下，堅決的把工農婦女運動、尤其是農婦運動放在最重要的戰略位置，對帝國主義與資產階級的政黨國民黨實施的進攻進行殊死地抵抗。1927 年 8 月，中共中央常委通過了《最近婦女運動的決議案》，在這個決議案中明確提出工作思路「我們對於婦女運動，必以女工和農婦爲中心，所以要集中力量去對付」。1929 年 12 月，在《中央通告第五十八號——關於女工農婦運動的工作路線》中進一步明確「黨六次大會已經很堅決的指出婦女運動的重要，二中全會更特別指出目前女工農婦運動之迫切」。並提出具體的農婦運動的路線和策略，「必須在農民鬥爭中，

華全國婦女聯合會婦女運動歷史研究室編），北京：人民出版社，1986 年，第 293 頁。

〔註 16〕《中國共產黨第三次中央擴大執行委員會關於婦女運動議決案》，載《中國婦女運動歷史資料》（1921～1927）（中華全國婦女聯合會婦女運動歷史研究室編），北京：人民出版社，1986 年，第 475 頁。

〔註 17〕《中共中央婦委報告》，載《中國婦女運動歷史資料》（1921～1927）（中華全國婦女聯合會婦女運動歷史研究室編），北京：人民出版社，1986 年，第 492 頁。

〔註 18〕《江西全省第一次農民代表大會關於農村婦女問題決議案》，載《中國婦女運動歷史資料》（1921～1927）（中華全國婦女聯合會婦女運動歷史研究室編），北京：人民出版社，1986 年，第 709 頁。

建立農婦的工作。在農民各種的組織之下設立農婦運動委員會，以團聚教育訓練農婦群眾；……在農村中，要分配農婦的工作，引進勇敢積極的農婦參加農民的組織，參加鬥爭的領導；在游擊戰爭和蘇維埃區域中，要注意組織農婦群眾參加農村中一切的工作，在政治上農婦應有選舉權和被選舉權，在軍事上農婦可單獨組織運輸隊，衛生隊，交通隊等，總之，要利用一切的可能發展農婦的能力，提高她們的政治認識」，目的使農婦的情緒更加堅決「成爲鬥爭的堅決的執行者，和蘇維埃政權的擁護者」。〔註 19〕

二是關於知識女性。中國共產黨對知識女性這個群體的革命優勢與缺點進行了清晰地剖析。在《中國共產黨第三次中央擴大執行委員會關於婦女運動議決案》中，對知識女性中的女學生運動給予了很高的評價。「女學生運動亦極重要，因爲女學生在現時一方面是女工運動之一種工具，另一方面在一般婦女運動上，又是打破宗法社會的思想習慣之唯一動力」。〔註 20〕的確如此，由女學生所引發的社會運動和女學生運動，其作用不可小覷。1924 年 3 月至 4 月間，河北保定直隸第二女子師範學校掀起了女子教育改革的學潮。此次學潮得到了北京、上海、天津等地學生的聲援，頗具影響力。向警予在《直隸第二女師學潮在女子教育革新運動上的價值》一文中高度肯定了這次女學生運動的意義。「直隸第二女師全體同學爲學問問題、人格問題，二百餘人一德同心誓死奮鬥，非將革新學校六條件完全達到決不罷休。此種反抗之精神，正義之主張，實爲女子自身團結革新女子教育的第一聲，在女子教育革新運動上具有偉大的價值」〔註 21〕。繼直隸第二女師學潮之後，又相繼發生了湖北省立女子師範學潮與北京女子師範大學風潮。前者因校長禁止學生參加追悼孫中山先生大會激成學潮。向警予認爲此次學潮不同尋常，「這次學潮的根程來得很長，就是校長的專制教育和學生的近代思想、自動解放的教育要求根本不能相容，這也是社會上新勢力與舊勢力的衝突激戰反映到學校

〔註 19〕《中央通告第五十八號——關於女工農婦運動的工作路線》，載《中國婦女運動歷史資料》（1927～1937）（中華全國婦女聯合會婦女運動歷史研究室編），北京：中國婦女出版社，1991 年，第 31 頁。

〔註 20〕《中國共產黨第三次中央擴大執行委員會關於婦女運動議決案》，載《中國婦女運動歷史資料》（1921～1927）（中華全國婦女聯合會婦女運動歷史研究室編），北京：人民出版社，1986 年，第 475 頁。

〔註 21〕向警予：《直隸第二女師學潮在女子教育革新運動上的價值》，載《中國婦女運動歷史資料》（1921～1927）（中華全國婦女聯合會婦女運動歷史研究室編），北京：人民出版社，1986 年，第 262 頁。

教育之內的一幕」。對此，她認爲學生在此次學潮中提出的五個條件不得不贊同，因爲「在近代教育原理上也該贊成湖北女師學生的主張，因爲近代教育主要的目的，是要養成兒童的自動力和責任心，尤其要培養學生自治、自由的精神」。〔註 22〕後者是以驅逐校長楊蔭榆爲中心形成的風潮。此次學潮歷時一年多，在社會各界的支持下取得了最後的勝利。魯迅、周作人、沈尹默、錢玄同等等知名學者對此次學潮的聲援尤其引人注目。他們共同發表了《對於北京女子師範大學風潮宣言》，直指楊蔭榆的卑劣行爲「學生勸校長行政先生退席後，楊先生乃於飯館召集校員若干燕飲，繼即以評議部名義，將學生自治會職員六人（文預科四人、理預科一人、國文系一人）揭示開除」。並以老師的身份力證「六人學業，俱非不良。至於品性一端，平素尤絕無懲戒記過之迹，以此與開除並論，而又若離若合，殊有混淆黑白之嫌」。〔註 23〕1926年 3 月 18 日，在天安門發生了震驚中外的「三一八」慘案。爲反對帝國主義在大沽口的武力威脅和軍閥政府的賣國妥協，北京各界各團體約十萬人聚集天安門遊行示威，不料遭致執政府衛隊開槍射擊，死亡 47 人，其中有 4 名女大學生。面對劉和珍等君的犧牲，魯迅發出了沉痛的悼念與追思，「中國的女性臨難竟能如是之從容。我目睹中國女子的辦事，是始於去年的，雖然是少數，但看那幹練堅決，百折不回的氣概，曾經屢次爲之感歎。至於這一回在彈雨中互相救助，雖殞身不恤的事實，則更足爲中國女子的勇毅，雖遭陰謀秘計，壓抑數千年，而終於沒有消亡的明證了。」〔註 24〕焦承志則從女學生殉難中激發起了繼續革命的鬥志，她們的犧牲「雖然給家庭、朋友、同學以無限的悲哀，卻給了中華民眾以無上的刺激。中國眞正的民眾運動，眞正的改造，眞正的幸福，將要因此來到了！」〔註 25〕

〔註 22〕向警予：《評鄂女師學潮並告懷抱改革女子教育思想的姊妹》，載《中國婦女運動歷史資料》（1921～1927）（中華全國婦女聯合會婦女運動歷史研究室編），北京：人民出版社，1986 年，第 458 頁。

〔註 23〕周作人、沈尹默、錢玄同等：《對於北京女子師範大學風潮宣言》，載《中國婦女運動歷史資料》（1921～1927）（中華全國婦女聯合會婦女運動歷史研究室編），北京：人民出版社，1986 年，第 461 頁。

〔註 24〕魯迅：《記念劉和珍君》，載《中國婦女運動歷史資料》（1921～1927）（中華全國婦女聯合會婦女運動歷史研究室編），北京：人民出版社，1986 年，第 605 頁。

〔註 25〕焦承志：《追悼魏士毅女士》，載《中國婦女運動歷史資料》（1921～1927）（中華全國婦女聯合會婦女運動歷史研究室編），北京：人民出版社，1986 年，第 600 頁。

當然，知識女性身上的軟弱性也是明晰可見的。區夏民在《女學生應有之覺悟》一文中談到，大多女學生「終日伏案，專事功課，任何事不聞不問。何爲社會政治，何爲學生運動固不知也，連自身組織之學生會亦置不理，誠可慨也！……終日研究服式如何漂亮，舉動如何浮滑，候至假日，則往外出風頭，爭妍鬥麗。比較思想清晰者亦多不願意加入革命團體與革命黨，甚至連婦女團體亦不願意加入，此乃由於少數反革命者常用『共產』、『赤化』以攻擊革命團體，於是令彼等遂起恐懼之心所致」。〔註26〕對此，楊之華對女學生提出建議，「凡是有智識的、有覺悟的、革命的青年女子都應站到平民裏面去爲他們服務，拿出自己的智識來幫助她」。而女學生自己要達到解放的目的，還應該學會「(1）觀察婦女在歷史上的地位，明白現在之所以被壓迫的緣故——是社會私有財產制度和封建社會的遺毒——舊禮教所使然的。(2）應該放大眼光，犧牲個人的地位，目前的利益，投身到平民婦女中服務，爲群眾謀利益。這是知識階級婦女應負的責任」。〔註27〕事實上，在五卅運動之後，知識女性以「國家興亡，匹夫有責」相號召，參加革命活動的人數漸漸增加起來。

三是關於貴族婦女。對於中國共產黨而言，貴族婦女運動的先鋒性與保守性是並存的。1924 年 7 月，中國代表在共產國際婦女部第三次大會上的報告中分析中國婦女運動起源時指出，「中國在最近二十年內，一部分資產階級、中產階級的婦女，才得受一點學校教育。這一部分智識階級的婦女，因能感覺到他們地位的黑暗，所以遂漸漸有了所謂婦女運動。」〔註 28〕對於早期中國婦女運動，中國共產黨一邊給予了解放的同情與贊助，另一方面從階級的角度覺察出其保守性。楊之華在《中國婦女運動罪言》一文中就談到，「雖然現在各地在基督教以及其他高級太太及知識分子等各方面產生了許多做婦女運動的人，並且也做了些相當的工作，然而實際上看來，總不免把各個人

〔註26〕區夏民：《女學生應有之覺悟》，載《中國婦女運動歷史資料》(1921～1927)（中華全國婦女聯合會婦女運動歷史研究室編），北京：人民出版社，1986 年，第 548 頁。

〔註27〕楊之華：《三八與中國婦女》，載《中國婦女運動歷史資料》(1921～1927)（中華全國婦女聯合會婦女運動歷史研究室編），北京：人民出版社，1986 年，第 572 頁。

〔註28〕《中國代表在共產國際婦女部第三次大會上的報告》，載《中國婦女運動歷史資料》(1921～1927)（中華全國婦女聯合會婦女運動歷史研究室編），北京：人民出版社，1986 年，第 187 頁。

及高等紳士階級的利益太看重了，不能以全力來應付實際的工作。所謂爭權奪利及女子所有的虛榮心，都一一表現出來了；並且遇有困難的事實發生，不肯耐勞去繼續奮鬥，很害怕的不肯犧牲個人紳士階級的尊榮」。〔註 29〕貴族婦女運動的保守性不僅體現在怕吃苦耐勞與個人的虛榮心，而且表現在脫離廣大勞動人民。1926 年 4 月，楊之華在回顧中國婦女運動的歷史時感歎，「以前的中國婦女運動大半是孤立的、偏見的、缺乏戰鬥力，而且沒有群眾的，不過有一種貴族的、教會的，以上層階級少數婦女利益爲目的而活動的。所以這種婦女運動，簡直沒有與一般婦女群眾有很大的關係」。〔註 30〕早在 1925 年 11 月，楊之華在《上海婦女運動》一文中對此問題就進行了深入地分析，一部分貴族婦女並不滿足於吃穿用度的闊綽與光鮮，在物質得到滿足之後，她們希望獲得政治上的權利。「伊們知道對於自身的要求不滿足的。但是伊們的希望怎樣更使其滿足？——就是自身的參政問題，自身的名譽問題，於是組織所謂婦女協會、女子參政協會。所要組織團體的目的，只限於貴族的資產階級的政治要求」；因此，她們是無暇也不願管一般婦女的解放要求，「不但一般勞動婦女的參政權伊們不管，便是女子們極粗淺的政治權利——結社、集會、罷工等的自由，伊們也決不幫助著來爭。因此伊們所活動的，也只限於很小範圍之內。至於一般婦女種種苦痛的切身問題好像覺得沒有解決的必要」；這樣的貴族婦女運動的負面性與保守性是顯而易見的，因此，作者進一步指出「第一，要知道如果把伊們的參政目的達到，伊們也和現在軍閥一樣的有勢有利，那麼一般婦女不但沒有利益得到，恐怕反而要多加一層壓迫！這樣的婦女運動，根本上差誤到了極點；第二，要知道不先去與一般平民婦女攜手，打倒軍閥帝國主義，解放中國民族，那裡能夠有這樣容易，不勞而獲的政權呢！」〔註 31〕

階級視角不僅成了中共分析中國女界的理論武器，也是中共制定婦女政

〔註 29〕楊之華：《中國婦女運動罪言》，載《中國婦女運動歷史資料》（1921～1927）（中華全國婦女聯合會婦女運動歷史研究室編），北京：人民出版社，1986 年，第 555 頁。

〔註 30〕楊之華：《中國婦女運動之過去與現及其將來》，載《中國婦女運動歷史資料》（1921～1927）（中華全國婦女聯合會婦女運動歷史研究室編），北京：人民出版社，1986 年，第 527 頁。

〔註 31〕楊之華：《上海婦女運動》，載《中國婦女運動歷史資料》（1921～1927）（中華全國婦女聯合會婦女運動歷史研究室編），北京：人民出版社，1986 年，第 309 頁。

策重要依據。共產黨對待女界各階級的政策因其革命動力的強弱是有差異的。1927年8月，中央常委通過《最近婦女運動的決議案》，指示各級婦女部對知識婦女群體採取如下策略，即「一般婦女運動的團體，必以女學生及其他知識分子爲中心，所以也要多注意知識分子方面去努力的」、「與左派的革命的國民黨共同組織各種獨立的知識婦女的小團體，如研究社，俱樂部，進化社，慈善團體以及同學會等。經過這些團體，宣傳並贊助黨的政策。要使她們對於農工運動實力的贊助，秘密與工會中的女工發生關係，並可公開的組織婦女勞動之調查，救濟罷工失業等之募捐，宣傳農民革命之意義等。對於這些知識分子，在她們的營壘中必須根據我們的政策和理論，建築一種革命輿論的中心！這樣才能使她們的力量鞏固，可以對抗反革命者的進攻」〔註32〕在蘇維埃政府成立之後，立刻公佈了解放保護婦女的法令，切實保護了婦女，尤其是工農婦女，在土地權、選舉權、被選舉權、婚姻自由權等等方面的權力。比如：《中華蘇維埃共和國婚姻條例》、《臨時中央政府文告 人民委員會訓令（第六號）》、《中華蘇維埃共和國勞動法》等等法令與制度。比如在土地法方面，明確規定「在蘇維埃政府之下農村婦女與男子享有同等土地權，並且婦女亦與男子一樣有獨立支配自己所分配得來的土地的自由」〔註33〕。蘇維埃政府希望通過這些具體的辦法落實共產黨對於婦女問題的政綱。比如女工的勞動法上的保護、農婦與男子同等的有分配土地之權、勞動婦女和男子平等的享有選舉權和被選舉權以及一切政治自由和權利、婚姻的自由和母性嬰兒的保護等等。然而，即使有明確的婦女政策，由於政治的、經濟的、文化的等等方面的原因，要將之全面貫徹到日常的生活中也是十分困難的。

國民黨的婦女政策以1928年爲界，前後的導向略有不同。1924年，國民黨第一次全國代表大會通過了「於法律上、經濟上、教育上、社會上確認男女平等之原則，助進女權之發展」〔註34〕的議案。這條議案也成爲了國民黨婦女工作的基本原則。在此基礎上，1926年1月，國民黨召開的第二次全國

〔註32〕《最近婦女運動的決議案》，載《中國婦女運動歷史資料》（1927～1937）（中華全國婦女聯合會婦女運動歷史研究室編），北京：中國婦女出版社，1991年，第1頁。

〔註33〕《中央關於勞動婦女鬥爭的綱領》，載《中國婦女運動歷史資料》（1927～1937）（中華全國婦女聯合會婦女運動歷史研究室編），北京：中國婦女出版社，1991年，第77頁。

〔註34〕《中國國民黨第一次全國代表大會宣言》，載《中國國民黨宣言彙編》（林養志主編），臺北市中國國民黨中央委會黨史委員會出版，1994年，第114頁。

代表大會通過了《婦女運動決議案》。這個決議案在法律與行政兩個方面具體制定出了改善婦女地位的政策和方法，以保障婦女在人身自由、財產、婚姻、教育、就業等方面的權益。比如，在法律方面，明確制定了男女平等、婚姻自由、同工同酬、女子有財產繼承權等等方面的法律條文；在行政方面，也採取了加強婦女教育、增加女子就業機會和實施兒童公共保育等等相關具體措施。1928 年，國民黨宣佈進入訓政時期，其婦女工作的基本原則仍然遵循一大的決議，但側重點與之前有所不同。訓政前期沒有通過具體的婦女運動決議案，但是在相關的決議案中，能窺測到國民黨婦女工作的新動向。1928 年 2 月，國民黨在二屆四中全會宣言中提出，「女子教育尤須確認培養博大慈祥之健全的母性，實爲救國救民之要圖，優生強種之基礎」。〔註 35〕1929 年，國民黨第三次全國代表大會通過了《對於政治報告之決議案》，其中在教育方面提出，「教育乃國家建設永久之任務，其功能應始於胎教，……吾人必須從優生學之基礎上，建設父母教育。」〔註 36〕可見，與北伐時期不同的是，訓政前期的婦女政策的新導向在於強調母性的培養以及婦女對於家庭的責任。這也可以在中央訓練部制定的《婦女訓練暫行綱領》中的相關規定得到印證。婦女訓練的原則，一是要認識婦女在民族生存中的重要地位，二是要使婦女明白對於國家社會所擔任的使命，三是婦女須知改良家庭生活以使之適應社會的重要性。〔註 37〕可見，訓政前期國民黨理想的婦女特質既是賢妻良母又能服務社會。

綜上所述，無論是國民黨還是共產黨都希望從改善婦女地位與利益的過程中，引起婦女對他們所從事的革命事業的同情，進而給予他們最大的支持。

第二節　女性革命、性別體驗與女性意識

毫無疑問，新女性在大革命前後的表現是十分出色的。但是，女作家處理這一題材的手法是以逐步犧牲新女性剛剛在五四時期建立起來的主體性爲

〔註 35〕林養志主編：《中國國民黨宣言彙編》，臺北市中國國民黨中央委會黨史委員會出版，1994 年，第 226 頁。

〔註 36〕秦孝儀主編：《中國國民黨歷次全國代表大會重要決議案彙編（上）》，臺北市中國國民黨中央委會黨史委員會出版，1978 年，第 95 頁。

〔註 37〕《中國國民黨第四次全國代表大會第三屆中央執行委員會訓練部報告》，載《中國國民黨黨務發展史料——婦女工作》（林養志主編），臺北市中國國民黨中央委會黨史委員會出版，1996 年，第 148 頁。

代價來烘托她們所謂的革命激情的。因此，與五四女作家高揚女性主體性不同的是，這一時期的女作家在左翼意識形態的推動與控制下，當遇到革命話語與女性立場發生矛盾衝突時，她們逐漸倒向前者。有的甚至不惜以抹殺女性的性別特點爲代價來廁身於恢宏政治領域和歷史主流的話語之中。

一、女性革命與性別體驗

廬隱是五四時代傑出的女作家，不過，廬隱並未像茅盾在《廬隱論》一文所指出的那樣，終究是五四的產兒，其創作也未跨出五四。事實上，在上世紀 20 年代末 30 年代初，廬隱的寫作也涉及到女性與革命這一話題。其中最受關注的莫過於《象牙戒指》，這篇小說是根據革命情侶石評梅與高君宇的愛情故事寫成。在現實生活中，按照官方的說法，高君宇是中共早期著名的政治活動家，也是中共北方黨團組織的主要負責人，由於積勞成疾，死於 1925 年。他的愛人石評梅有「北京著名女詩人」之譽，生前創作過許多進步文學作品，1928 年去世後與高君宇合葬在北京陶然亭公園。他們的經歷成爲革命與愛情和諧共生在現實中的典範。所以，《象牙戒指》出爐之後，一些學者認爲它扭曲了原型人物的眞實性和遮蔽了事件的重大意義。「石評梅決不是沉溺在痛苦中無力自拔的悲劇人物，而是努力從失去戀人的打擊下振作起來，不斷追求不斷進步的知識女性。……廬隱把一個原本光彩照人的動人故事改造得黯然失色。她無視石評梅思想中積極的因素，而只把她作爲一個愛情悲劇的扮演者來刻畫。」〔註 38〕然而，石評梅本人在給廬隱的信中卻這樣寫道，「《靈海潮汐致梅姊》和《寄燕北諸故人》我都讀過了，讀過後感覺到你就是我自己，多少難以描畫筆述的心境你都替我說了，我不能再說什麼了。」〔註 39〕一個認爲把一個原本光彩照人的動人故事改造得黯然失色；一個卻認爲廬隱就是自己，能表達自己難以言說的心境。爲什麼會有如此大的認識差異呢？問題在於廬隱的《象牙戒指》不僅僅是一個愛情文本，在愛情悲劇的外衣下，書寫的是上世紀 20 年代知識女性對風起雲湧革命的疏離感。這種疏離感既表現在文本的敘事策略上，也表現在對「革命加戀愛」公式的偏離上。在文本中，曹長空（高君宇）的革命背景並不是敘述的焦點，讀者模糊地知道他從事著某種革命事業。隱含作者重點敘述的是他爲愛情生與死的情感經歷。以

〔註 38〕鄒午蓉：《兩部描寫早期共產黨人愛情生活的小說——〈韋護〉與〈象牙戒指〉比較》，載《江淮月刊》1994 年第 2 期，第 180 頁。

〔註 39〕楊楊編：《石評梅作品集》，北京：北京書目文獻出版社，1983 年，第 41 頁。

至於沁珠（石評梅）替他深深的懊惱，「哎，長空你爲什麼不流血沙場而死，而偏要含笑陳屍在玫瑰叢中，使站在你屍前哀悼的，不是全國的民眾，卻是一個別有懷抱負你深愛的人？」〔註 40〕曹長空不是積勞成疾爲偉大的革命事業而死，他的生死都是爲了愛情。對於革命者曹（高君宇）拋出的愛情橄欖枝，沁珠（石評梅）卻始終拒絕。這一方面是由於沁珠爲初戀所傷，然而更重要的是沁珠（石評梅）認爲她身處的知識女性的困境不是革命者曹長空（高君宇）所能理解與解決的。「不幸，天辛死了，他死了成全了我，我可以有了永遠的愛來安慰我佔領我，同時可以自然貫徹我孤獨一生的主張，……我從前不敢說這樣大話，我怕感情有時不聽我支配，自從辛死後我才認識了自己，我知道我是可以達到我素志的。」〔註 41〕這裡的「素志」、「一貫的主張」是何含義呢？「在 1920 年代末和 1930 年代初新的政治環境下，愛情看來已成爲奢侈而不負責任的昔日的殘餘痕迹了。」〔註 42〕廬隱的「革命加愛情」敘述卻要逆時代而動，這只能說明女性價値立場暫時壓制住了革命意識形態，表達出作者，還包括沁珠（石評梅）、蘇文（陸晶清）等等知識女性對革命召喚的疏離，對女性通過革命來獲得自身解放道路的質疑，她們不惜以孤老終身乃至死亡來堅定個人的信念。

但是，在政治化的語境中，這份疏離是難以爲繼的。以尖銳而聞名的白薇也不得不讓自己與她筆下的女主人公投入到火熱的革命鬥爭中。長篇小說《炸彈與征鳥》寫了一對姐妹花，余玥和余彬，她們都渴望自由與革命，並先後投奔革命陣營的故事。妹妹彬先在漢口婦女協會交際部找到了工作。但是她的女性意識很快讓她察覺到男權社會徵召女性革命的目的，「我也是想到南方來革命，想做戰場上的秘密偵探，有時爲振作軍心，爲慰勞戰士，或登臺唱幾曲清歌，或當眾跳跳舞：可是不進步的黨化中，支配我做了一塊交際的招牌，痛心不？」〔註 43〕也就是說，除非上戰場打仗，社會爲女性預備的新角色就是交際花的功能。於是，彬內心感到很不安，她「感到自己底一點靈光，將在陰霾的黑夜會被暴雨打滅，她驚懼，她懷疑了。她懷疑革命是如

〔註 40〕廬隱：《象牙戒指》，北京：人民文學出版社，2009 年，第 140 頁。

〔註 41〕楊楊編：《石評梅作品集》，北京：北京書目文獻出版社，1983 年，第 273～275 頁。

〔註 42〕李歐梵：《中國現代作家的浪漫一代》，王志宏等譯，北京：新星出版社，2005 年，第 275 頁。

〔註 43〕白薇：《白薇作品選》，長沙：湖南人民出版社，1985 年，第 46 頁。

此的不進步嗎？革命時婦女底工作領域，是如此狹小而卑下嗎？革命時婦女在社會的地位，如此不自由，如此盡做男子的傀儡嗎？哼！革命！……把女權安放在馬蹄血踐下的革命！……女權是這樣渺小麼？我彬是這樣渺小麼？哦，我知道了，我彬簡直是極渺小的動物！要闊步闊步而只在蠕行蠕行的笨蟲！……她無聊地越想越歎息：啊，這樣的革命！這樣的革命！把我底奮鬥去點綴男子犧牲得街心！我炸彈一般的力和心呦，這樣將澌滅殆盡。」〔註 44〕這種虛無的想法漸漸讓彬滑向了另一個極端的生活。她開始喜歡與男人周旋，也依靠男人生活，沉溺於激情、安逸和輕佻無聊的生活中。她借助革命擺脫了家庭的專制，獲得了性的自由，但卻沒有走向眞正的獨立自由，最後彬在頹廢的生活中感到精疲力竭。相對而言，姐姐玥是一個對自身角色更有反思、更有行動力的女性。當她困於家長包辦的可怕婚姻的時候，她自身有一種衝破家庭束縛的勇氣；當她遭遇到愛情與革命不可兼得的艱難選擇的時候，她必須選擇革命，因爲當愛情失去反傳統的能力，甚至漸漸爲社會所詬病的時候，革命才是女性反抗社會化角色的可選擇的主要途徑；當余玥置身於遊街的長隊裏的時候，她頓生困惑，「啊，這是民眾底精神？！這所謂革命的表現麼？……看他們拖拖拉拉的不是提不起腳勁，便是喘息的樣子，頭低低而垂下，無神的眼皮。……中華民族的革命是什麼？我不知道！」〔註 45〕而革命到底是什麼？在文本中，隱含作者已經借吳詩茀的心理活動道出，「從軍六個月，戰爭給他看破了，那是新興軍閥的地盤主義的戰爭；……身體毀壞了，目前唯有忍著痛呻吟，看這殘酷的人心世道；老父死亡於戰亂，兄妹飲了流彈。」〔註 46〕即便疑竇從生，玥並沒有像妹妹彬那樣輕言放棄最初的目標，她依然孜孜不倦的在革命話語中找尋可以安身立命的位置，直至捲入黨派的政治鬥爭。當革命同志馬騰游說她以身體爲革命的工具色誘 G 部長獲取情報時，她雖神色突變慘淡，但也接受了這點。小說的上半部就在「她將開始過異常刺激的生活」提示中結束。由於小說的下半部丟失，我們也無法看到人物的最終結局。但是，白薇想要警示的問題已表達得十分清楚，即當一個公民投身於革命，革命以怎樣的面目在他面前展開呢？當女性選擇投身革命，革命又會給女性解放帶來怎樣的前景呢？顯然，無論彬和玥以何種方

〔註 44〕白薇：《白薇作品選》，長沙：湖南人民出版社，1985 年，第 38～39 頁。
〔註 45〕白薇：《白薇作品選》，長沙：湖南人民出版社，1985 年，第 118 頁。
〔註 46〕白薇：《白薇作品選》，長沙：湖南人民出版社，1985 年，第 181 頁。

式掙扎，在男性化社會框架中她們很難跳出預先設置好的位置。女作家白薇對革命的疑懼不言而喻。

二、女性自我不斷妥協〔註47〕

隨著革命形勢的推進，女作家剛剛顯露的種種疏離與質疑很快被碾平。丁玲的《韋護》就是一個絕佳的信號。《韋護》是以其好友王劍虹和中共領導人瞿秋白的愛情故事爲原型創作的。在現實生活中，王劍虹與瞿秋白先是朋友，後成爲師生，兩人由相知到深深地相愛，很快就住在一起。但是，不久之後，王劍虹死於瞿秋白傳染給她的肺結核，而在王劍虹死前瞿秋白卻因爲革命的原因離開了她。好友的死一直讓丁玲耿耿於懷，無法原諒瞿秋白。更讓丁玲無法接受的是，她後來發現瞿秋白離開王劍虹還有一個更爲重要的原因，那就是他還有一個跟他志同道合的共產黨員妻子楊之華。這樣一個有著豐富細節的情感故事被丁玲加工成「革命加戀愛」機械公式的準範本。在《韋護》中，麗嘉是一個不瞭解革命也未加入革命更不會妨礙革命的人，與韋護在一起後，她並不願意韋護因爲愛情而棄置工作，反而提醒韋護不要無事請假曠工。但是同志陣營並不會因此而容納他們的愛情。在同志們看來，韋護有禮貌的風度是令人反感的，他們的愛情是資本主義腐化生活方式的表現，是應該受到輕蔑與侮辱的，而麗嘉也被看作是資產階級的風騷女人。因此，革命者韋護和城市自由女性麗嘉不能長久在一起的原因是很簡單清晰的，那就是作爲小資產階級代表的麗嘉與大眾的格格不入。他們不理解這種自由的都市生活方式是五四進步青年用血和淚拼命換來的。在小說《一九三 O 年春上海》中，男主人公革命者望微甚至想，他的愛人瑪麗不是都市自由女性，而是女工、女學生、或者鄉下女人該多好！他也因此羨慕他的同志有一個公共汽車售票員職業的女朋友。可見，在隱含作者看來，愛情與革命的矛盾不是男女主人公之間一個要革命與一個不革命的矛盾，而是城市自由女性與革命大眾之間的矛盾。階級成爲愛情最大的阻力。麗嘉對於同志們這種機械的狹隘的態度也表示了自己的不滿，「我固然有過一點莫名其妙的反感，那只是我那時受了一點別的影響。還有，也因爲你們那些同志太不使人愛了。你不知道，他們彷彿懂了一點社會的學問，能說幾個異樣的名詞，他們就越變成

〔註47〕本點寫作受到孟悦、戴錦華：《浮出歷史地表——現代婦女文學研究》一書的啓發，在此謹向作者表示感謝。

只有名詞了；而且那麼糊塗的自大著。」〔註 48〕這種對自大而膚淺的共產黨員的批評遍及整部小說，這是在強大的意識形態規訓下丁玲的女性視角在文本中殘存的痕迹。也就是說，對於革命者韋護與城市自由女性麗嘉的戀愛衝突，丁玲至少用了兩種視點來看待這個問題。從革命理性的角度上看，在意識形態上，作爲資產階級代表的麗嘉與無產階級大眾是水火不容的，韋護和麗嘉的戀愛悲劇在階級衝突劇烈的時代注定是一個悲劇。從五四奮戰過來的城市自由女性視角來看，同志們的敵意與怨憎多半出於小農意識常有的帶有封建色彩的偏狹陰暗的嫉妒心理。丁玲並沒有沿著後一種思維深挖下去，從而揭示出大眾崇拜這種新的意識形態的弱點，而是讓革命理性生硬地將從女性視角生發出來的洞見壓制下去。在這種構思邏輯下，小說被迫倉促收尾，還深愛著麗嘉的韋護痛苦地不告而別，僅僅留下一封蒼白無力的信。而還癡戀著韋護的麗嘉也突然頓悟，「哎，什麼愛情！一切都過去了！好，我現在一切都聽憑你。我們好好做點事業出來吧！」〔註 49〕隱含作者彷彿在暗示，麗嘉似乎也要追隨韋護的道路而去，好好幹一番革命事業。這樣的結尾說明，丁玲掙扎之後，最終選擇順應時代大潮，她對意識形態的認同以及由此生發出來的革命理想明顯的壓過了她對女性立場的認同。

如果說在《韋護》中，我們還能聽到微弱的女性聲音，還能看到一個知識女性在女性與大眾、個人與革命之間的掙扎，到《一九三〇年春上海》（之一、之二）、《一天》、《田家沖》、《水》等作品中，這些猶豫與徘徊都銷聲匿迹了。《一九三〇年春上海》（之一、之二）是由兩個獨立的故事構成，每一個故事都是以從五四成長起來的城市自由女性爲女主人公。在《一九三〇年春上海》（之一）中，美琳喜歡讀子彬的小說，因崇拜而產生愛情，子彬也喜歡美琳，兩人便住在一起。同居之後，美琳漸漸卻感到「她不能只關在一間房子裏，爲一個人工作後之娛樂，雖然他們是相愛的！……他不准有一點自由，比一箇舊式的家庭還厲害。」〔註 50〕最後，美琳在革命者若泉的鼓勵幫助下，走出了小資產階級家庭，加入了無產階級的革命陣營。《一九三〇年春上海》（之二）有著與《韋護》相似的情節模式，革命者望微與小資產階級女性瑪麗的愛情與革命事業水火不容。與麗嘉不同的是，瑪麗是一個典型的物

〔註 48〕丁玲：《韋護》，北京：人民文學出版社，2009 年，第 154 頁。
〔註 49〕丁玲：《韋護》，北京：人民文學出版社，2009 年，第 162 頁。
〔註 50〕丁玲：《丁玲全集》（第 3 卷），石家莊：河北人民出版社，2001 年，第 281 頁。

質女，對革命缺乏興趣，拒絕追隨革命潮流，並要求望微在革命與愛情中只能選擇其一，最後兩人因爲信念不同只能分道揚鑣。很顯然，在這兩個姊妹篇中，丁玲是肯定美琳而否定瑪麗的。美琳通過對大眾的擁抱完成了對帶有資產階級色彩的知識女性的自我改造，而瑪麗對大眾的拒絕則代表與美琳相反的一套話語。但是，需要指出的是，丁玲對瑪麗從五四承襲而來的女性主體性是肯定的。在小說的結尾，望微看見了選擇離開大眾離開他的瑪麗，「他忽然看見大百貨商店門口出現了一個嬌豔的女性。唉，那是瑪麗！她還是那樣耀目，那樣聘婷，恍如皇后。她還顯得那麼歡樂，然而卻不輕浮的容儀。」〔註 51〕需要進一步指出的是，如果說，在《韋護》中，丁玲對麗嘉是同情的，在革命理性與女性主義立場之間猶豫之後選擇了前者；那麼，在《一九三〇年春上海》（之二）中，她雖然肯定了女性自我的主體性，但是其革命立場是十分堅定的，以至於不惜將掙脫家庭束縛的瑪麗朝著頹廢的貴婦方向上塑造。《田家沖》是丁玲左轉後，成功擺脫革命加戀愛公式窠臼的一部作品。小說通過麼妹等下層人物的眼睛敘述了一位背叛自己地主階級出身，與下層農民打成一片，並喚起他們覺醒的知識女性。在麼妹等人的眼中，這位三小姐沒有一點小姐的架子和嬌弱的氣質。她留著短發、「穿著男人的衣服」、跟佃農們一起幹活，在鄉間發動革命。她告訴麼妹地主階級都是虎狼，「他們不僅搶走了你們的糧食，替我們家種田的多著呢。別人還是大塊大塊的包著呢。他們四處都搶米，我們兩排倉屋都塞滿了，後來又大批的賣出去，那是米價漲到三倍了呢」。〔註 52〕在三小姐看來，這些底層農民並沒有魯迅致力於批判的國民劣根性，他們實在是「太好了」、「太馴良了」與「太善良了」，只要曉之以理，他們的醒悟是指日可待的。如果說從《韋護》與《一九三〇年春上海》（之一、之二）等文本中，我們看到了丁玲作爲知識女性視點的逐漸撤退，那麼，在《田家沖》中，通過敘述權從知識分子向底層大眾的下移，我們又看到了一個知識自我有意識地撤退。在文本中，底層勞動者與知識女性的摩擦天然地消失了，我們再也聽不到異己者批判的聲音，不管是來自性別的批判，還是來自知識分子的批評。《水》就是丁玲左轉後的第一個創作高峰，這個代表作就是性別敘述與個性敘述消失的結果。在小說中，丁玲大筆甩落出

〔註 51〕丁玲：《丁玲全集》（第 3 卷），石家莊：河北人民出版社，2001 年，第 338 頁。

〔註 52〕丁玲：《丁玲全集》（第 3 卷），石家莊：河北人民出版社，2001 年，第 387 頁。

一個勞動大眾的群像，他們在洪水的威脅下擰成一股繩與天災進行殊死搏鬥，爆發出驚人的力量。「隔壁家裏又跟著跑去一些人，隔壁的隔壁家裏也跑去許多……於是堤上響著男人們的喊叫和命令，鋤鍬在碎石上碰著，鑼不住的敲著。曠野裏那些田埂邊，全是女人的影子在動，一些無人管的小孩在後面拖著。她們都向堤邊奔去，有的帶上短耙和短鋤，吼叫著，歇斯底里的向堤邊滾去。」〔註 53〕當得知統治者不僅不開倉放糧救濟，反而調兵鎮壓時，他們怒不可遏，自發地團結在一起形成一股強大的反抗力量，「蠢東西！眞是孬種！你們要搶些什麼！老子是不搶的，老子們不是叫化，不是流氓，是老老實實安分的農民。現在被水沖了，留在這裡挨餓，等了他媽的這末久的救濟，一批一批的死去了，明兒我們都會死去，比狗不如！告訴你，起來是要起來的，可是不是搶，是拿回我們的心血。告訴你，只要是穀子，都是我們的血汗換來的。我們只要我們自己的東西，那是我們自己的呀！……於是天將朦朦亮的時候，這隊人，這隊飢餓的奴隸，男人走在前面，女人也跟著跑，咆哮著，比水還兇猛的，朝鎮上撲過去。」〔註 54〕這篇小說得到了馮雪峰、茅盾等人的盛讚，彷彿這在生死面前團結在一起的「大的群」就是革命的希望，民族的拯救者。過於強烈的大眾崇拜意識讓作者失去了反思這「大的群」的局限，比如團結的臨時性、鬆散性，潛在的封建意識、小農意識等等。因此，從《韋護》始，經過《一九三〇年春上海》（之一、之二）、再到《田家沖》，最後至《水》，「丁玲的創作通過壓抑或拋棄女性自我，進而拋棄知識分子自我而終於稱臣於那個在想像中無比高大的群體，我們歷史的一貫勝利者群」。〔註 55〕

特別要提的是，在大革命時期前後，在文壇上引起相當反響的莫過於幾位以女兵、女戰士姿態嶄露頭角的女作家。從北伐戰士謝冰瑩的《從軍日記》、左聯五烈士之一馮鏗的《紅的日記》到職業革命家葛琴的《總退卻》，她們以自己的經歷與文字讓女性形象在中國文學史和中國歷史上第一次與非常男性化的革命、槍炮、戰地等等聯繫在一起。從歷史與女性的角度來講，一方面

〔註 53〕丁玲：《丁玲全集》（第 3 卷），石家莊：河北人民出版社，2001 年，第 411 頁。

〔註 54〕丁玲：《丁玲全集》（第 3 卷），石家莊：河北人民出版社，2001 年，第 433～434 頁。

〔註 55〕孟悅、戴錦華：《浮出歷史地表——現代婦女文學研究》，北京：人民大學出版社，2010 年，第 126 頁。

確實是歷史變革時代的社會鬆動給女性提供了一個千載難遇的可以參與到自古以來都是男性獨佔的軍事領域來證明自己的機會。女性第一次從客體變成了主體，第一次有了參與對歷史抉擇的權利，第一次有了引以爲傲的大事業。謝冰瑩不止一次的感歎到，「『兵』這一個多麼有力的字！眞想不到數千年來，處在舊禮教壓迫之下的中國婦女，也有來當兵的一天，我們要怎樣努力，才能負擔起改造社會的責任，才能根本剷除封建勢力呢？」〔註 56〕另一方面，也是自五四新女性走出家門之後，歷史給予要求繼續完成自身解放的女性所能提供的新角色。對此，謝冰瑩也有十分清楚的認識「我想這次如果當兵不成，眞找不到第二條出路了！學校縱然不開除我，母親也會逼著我出嫁的，不但求學的前途從此斷絕，生命也許會被封建社會的惡魔吞噬了」〔註 57〕因此，「我們想要做『人』，就有拼命地自己起來奮鬥，打到壓迫我們的敵人，推翻一切束縛我們陷害我們的一切制度，所以我們此去第二個責任便是做解放農工及婦女的工作！」〔註 58〕我們必須要追問的是，現代女兵與古代的花木蘭的有何異同呢？她們是以何種姿態參與到這個大事業中去的呢？雖然都是女子從軍，但是花木蘭從軍的目的是爲父盡孝，爲國盡忠，她的性別身份是不能說的秘密，只能通過女扮男裝來隱藏眞實的性別身份，其結果是鞏固了男權社會的秩序；而現代的「花木蘭」們是以新國民的身份進入到戰場的，她們的目的不是爲了盡孝，更不是盡忠，而是要與男性一樣承擔同等的國民責任，完成國民革命，建立富強的中國。歷史雖然給了女性莫大的際遇，但是，在那個還沒有給女性參加革命提供相應保障條件的時代，女性無法以獨立的性別群體進入戰場，廁身歷史，她們只能以顯示出自身性別優勢的男性作爲立身處世的標準，通過模仿男性抹殺自身性別特點來達到也能跟男人一樣的目的。因此，不管是在現實生活中還是在文本中，女兵自己表現出強烈的去女子性的傾向。謝冰瑩在《從軍日記》中告誡女兵們一定要「去女子性，……我們所受的教育，所受的待遇與男生平等，我們的工作也應該與他們平等，我們自己千萬不要表示我自己是一個女子，……我們要做和男生一樣多的工作，我們要忍苦耐勞，要除去男女界限」。〔註 59〕馮鏗在《紅的日記》中借女戰士馬英的口說道，「我簡直忘掉了我自己是個女人，我跟同志們一道

〔註 56〕謝冰瑩：《從軍日記》，南京：江蘇文藝出版社，2010 年，第 57、44 頁。
〔註 57〕謝冰瑩：《從軍日記》，南京：江蘇文藝出版社，2010 年，第 51 頁。
〔註 58〕謝冰瑩：《從軍日記》，南京：江蘇文藝出版社，2010 年，第 168 頁。
〔註 59〕謝冰瑩：《從軍日記》，南京：江蘇文藝出版社，2010 年，第 173 頁。

過著這項有意義的紅軍生活已經快一年零五個月了！我是一個完完全全的頂天立地的紅軍兵士！」〔註 60〕可以這樣說，在女兵系列的文本中，隱含作者與作者無縫銜接在一起。她們共同要求通過抹殺性別意味來想像女性、表現女性。如果說草明們是忽略了性別意識，自覺站在工農大眾的立場上創作，那麼謝冰瑩們則是有意識的去除女性意識，模仿男性意識，以期將追求與男性有著同樣能力的女性嵌入歷史與文學史中。

第三節　「革命」召喚下的激情與困頓

同樣面對「革命與女性」的話題，與女作家處處維護女性革命熱情的處理策略不同的是，像茅盾、葉紫、柔石這樣的男作家選擇了直面女性在革命中的激情與困頓。

一、孫舞陽：在革命亂流中奮力搏擊的女性姿態

茅盾的小說《蝕》剛剛誕生時，以慧女士、孫舞陽、章秋柳等等爲代表的革命女性形象飽受非議。當時的反對者主要站在革命功利的立場認爲這些革命女性開放而放蕩的性行爲極具破壞力，影響到了革命的純粹性。當時，以錢杏邨爲代表的新銳批評家們討論的重點也並不在女性人物形象書寫上。上世紀八十年代以後，出現了茅盾作品中女性形象的研究高峰。總的來說，這一時期的研究主要有兩種思路，一是站在客觀的立場上繼續討論人物形象與政治的關係；二是站在性別的視角籠統地認爲男性作家在描寫女性時大多犯了「男性臆想」的毛病，尤其是《蝕》中那些引人關注的身體描寫更是如此，且不說這種論調中肯與否，至少這種不加區別的評價會抹煞那些眞正爲女性代言的男性寫作。筆者認爲這些評論沒有觸及到問題的實質，要解讀茅盾早期作品中的女性形象，至少應該理清三個問題。一是作者塑造以孫舞陽爲代表的革命女性的原因；二是作者怎樣看待革命女性的身體；三是她們的文學意義在哪裏。下面以《動搖》中的孫舞陽這個人物形象爲例，結合歷史材料進行分析。

茅盾在《幾句舊話》裏提到，1926 年，「有幾個女性的思想意識引起了我的注意。那時正是『大革命』的『前夜』，小資產階級出身的女學生或女性知

〔註 60〕馮鏗：《紅的日記》，北京：中國社會出版社，1998 年，第 15 頁。

識分子頗以爲不進革命黨便枉讀了幾句書。並且她們對於革命又抱著異常濃烈的幻想。」〔註 61〕茅盾爲什麼對小資產階級出身的女學生或女性知識分子印象深刻、始終戀戀不忘呢？因爲他認爲「她們不須優生活，有機會可以受教育，嬌貴的習氣不曾染到，勤勞的本能不曾汩沒，……婦女運動必須這等婦女作了中堅，那方能有個實在的效果來。」〔註 62〕這篇文章寫於上世紀 20 年代，在那個時期，茅盾認爲在中國婦女的三個階層中，即貴婦人、中等家庭的太太小姐和底層貧困婦女，只有中等家庭的女性既能體會到底層婦女的苦處，又有機會、精力、熱情接受教育與從事婦女解放及其社會革命事業，因此是婦女運動的中堅力量。這種觀點很容易招致非議，有學者對此批評道，「由於缺乏政治觀念與階級分析，他對婦女運動之動力作出了錯誤的論斷。……他認爲貧苦勞動婦女是『落伍者』，……反而「把中等『詩禮人家』的太太小姐當作『中堅』」。〔註 63〕顯然，批評者沒有充分考慮到上世紀 20 年代的婦女運動的實際情況，事實上，無論是國民黨還是共產黨都將中等家庭的知識女性視爲早期婦女運動的骨幹力量。國共合作分裂之後，1927 年 8 月，在中共中央常委通過《最近婦女運動的決議案》中，依然把知識女性視爲一般婦女運動團體的中心。何況茅盾的本義是，在婦女運動初期要靠有知識、有經濟的中等家庭裏的知識女性作爲革命的中堅力量。言下之意是，這就爲工農婦女在婦運的其他階段成爲骨幹力量打下了基礎。因此，在這樣一種思想的指導下，茅盾在他的早期小說中，塑造了一系列從中等家庭走出來參加革命的知識女性形象。

她們積極參與社會活動，雖然有的幻滅了，有的動搖了，有的正在矢志不渝的追求著。跟祥林嫂、愛姑、春寶娘相比，她們卻催進了一種新的格局產生。孫舞陽便是其中之一。女作家丁玲《一九三〇年春上海》（之二）、謝冰瑩《從軍日記》、馮鏗《紅的日記》等等小說也都展示了新女性在社會革命中蓬勃向上的一面。但是，這只是問題的一個方面，女作家因急於得到居於主流的革命意識形態的認可往往忽略了問題的另一方面，而這也爲優秀的男

〔註 61〕唐金海、孔海珠、周春東、李玉珍編：《茅盾專集》（第 1 卷），福州：福建人民出版社，1983 年，第 364～365 頁。

〔註 62〕雁冰：《怎樣方能使婦女運動有實力》，載《婦女雜誌》，1920 年第 6 卷第 6 期，第 5 頁。

〔註 63〕丁爾剛：《茅盾：翰墨人生八十秋》，武漢：長江文藝山版社，2000 年，第 53 頁。

作家深切的表現革命女性留下了空間。回到文本《動搖》中，如果要把捉作者怎樣理解在革命中的革命女性的身體，我們首先從南鄉解放婢妾的醜聞談起。南鄉解放婢妾運動是《動搖》中繼店員風波之後的又一重大事件。自從縣城近郊南鄉的農民協會成立之後，當地土豪劣紳對它的攻擊就接連不斷。最初的謠言是要共產了，隨後又變了「男的抽去當兵，女的拿出來公」。這讓南鄉的農民人惶恐不安，還發生了搗毀農協的事情。縣農協特派員王卓凡負責下來處理此事。但是他不僅沒有向當地農民闡釋清楚農民運動的政策與共產主義的含義，反而在農民熟悉的口號「耕者有其田」之後，加上了「多者分其妻」。南鄉的「分妻」大會就在這樣一種左傾思想下展開。被分總共有五人：黃老虎的小老婆、一名近三十的寡婦、一名十七八歲的婢女、兩個尼姑。由於男多女少，叫罵不絕於耳，場面混亂不堪，最後由抽籤決定。女人們睜大了眼睛，驚恐不已，不知道「公」與強姦有何區別？此次分妻大會遭到了宋莊夫權會的干擾，在將破壞分子抓住並進行遊街示眾的時候，許多婦女也加入了遊行隊伍，她們喊出的口號卻是「擁護野男人！打到封建老公！」。而孫舞陽在隨後開展的三八婦女節的演講中，認爲南鄉的事是婦女覺醒的春蕾和婢妾解放的先驅。投機分子胡國光渾水摸魚，借助此事的影響催成縣黨部成立了「解放婦女保管所」。結果這個保管所不僅沒有起到解放婢妾尼姑的作用，反而成了滿足胡國光之流私欲的淫窩，每晚都有男子到哪裏去睡覺。這一場婦女解放運動既是一場胡鬧又是對婦女尊嚴的踐踏。其中，不僅革命者王卓凡對婦女解放的認識是左傾的，封建意識色彩是十分濃重的，而且作爲從省裏來的婦女協會的負責人孫舞陽的對婦女解放的認識也是激進而左傾的。可見，隱含作者並不是想再次佐證女性參加革命的行爲正確性，而是客觀的反映當時革命女性在大革命的眞實狀態。由身份合法性的焦灼而引發的激進是當時革命女性典型的狀態之一。1924 年，自國民党進行了改組之後，便成立了中央婦女部。到 1927 年 3 月，江蘇、浙江、湖北、湖南、山東、廣西、山西、安徽、四川、廣東、福建、江西、上海、北京、上海、廣州等處都先後成立婦女部並開展婦女運動。這些婦女運動致力於男女平等、婦女人身自由、婚姻自由、嚴禁纏足、政治權力等等多方面關注婦女切身利益的改善。許多文學作品對於國民革命時期蓬勃發展的婦女解放運動都持肯定的態度。顯然，擔任過大型日報《漢口民國日報》主編的茅盾有機會獲得來自基層實踐中的與官方聲音不一樣的第一手材料，這就如南鄉的婦女解放情況那樣。他沒有人云亦云，而是讓我們看到了婦女運動的另一面。

可以這樣說，在上世紀 20、30 年代，歷史為小資產階級的知識女性提供了施展才能的歷史機遇。「晚清以來有關女性解放的提倡，在大革命時期，以政黨領導的社會政治運動方式，獲得了空前的推進」，因此，「在中國這個禮教道統深厚、性別等級森嚴的父權制社會中，圍繞民族主義而展開的 20 世紀諸多革命，以其無可置疑的正當性，成為女性獨立、爭取自由的捷徑。」〔註 64〕但是女性參加革命的相應保障條件卻沒有具備。這些知識女性看到了歷史投在女性這個群體上的一瞥，便拼命使出渾身解數來抓住歷史的際遇，這無疑將把自己置於革命的荊棘之上。回到歷史的革命的場域之中，女人的渾身解數是什麼呢？茅盾用藝術的手法告訴了我們：身體！叛逆的身體！最具衝擊力的身體！茅盾在小說《一個女人》中已展示了他那精湛的諳熟的描摹女人心理的功力。在《追求》中，他卻饒有意味的使用了「距離化」的描寫手法，來讓讀者感知新女性想要「出人頭地」的姿態和熱力。在胡國光來說，孫舞陽就像一大堆白銀子似的耀得他眼花繚亂；對於將要回省城的特派員史俊來說，雖然天天見著孫舞陽，上午整理行裝時她也在，但是對於下午遲遲未來送行的她依然存在千絲萬縷的牽掛。在最後一刻，史俊「才看見孫舞陽姍姍地來了，後面跟著朱民生。大概跑急了，孫舞陽面紅氣喘，而淡藍的衣裙頗有些皺紋。當她掣出手帕來對慢慢開動的列車裏的史俊搖揮時，手帕上飄落了幾片雛菊的花瓣，黏在她的頭髮上。」〔註 65〕想必，這最後的定格，在史俊心裏烙成了最美麗的畫。對於方羅蘭而言，孫舞陽更是變幻莫測，時而清新如雨後春筍「和他面對面的，已不是南天竹，而是女子的墨綠色的長外衣，全身灑滿了小小的紅星，正和南天竹一般大小。而這又生動了。墨綠色上的紅星現在是全體在動搖了，它們馳逐迸跳了！像花炮放出來的火星，它們競爭的往上竄，終於在墨綠色女袍領口的上端聚積成為較大的絳紅的一點；然而這絳紅點也就即刻破裂，露出可愛的細白米似的兩排。呵！這是一個笑，女性的迷人的笑」；時而熱辣得難以令人陶醉，「這狹長的小室內就只有三分之一是光線明亮的。現在方羅蘭正背著明亮而坐，看到站在光線較暗處的孫舞陽，

〔註 64〕楊聯芬《女性與革命——以 1927 年國民革命及其文學為背景》，載《貴州社會科學》2007 年第 10 期，第 92 頁。

〔註 65〕茅盾：《蝕》，北京：人民文學出版社，1981 年，第 176 頁。

穿了一身淺色的衣裙，凝眸而立，飄飄然猶如夢中神女，令人起一種超肉感的陶醉，除了她的半袒露的雪白的頸胸，和微微震動的胸前的乳房，可以說是誘惑的。」〔註66〕然而，美好的孫舞陽卻無法愛上任何一個人。「你不要傷心。我不能愛你，並不是我另有愛人。……沒有人被我愛過，只是被我玩過。」〔註67〕所謂的玩是指孫舞陽不得不利用自己耀眼的身體與方羅蘭、史俊、李可、朱民生等等若即若離，極盡周旋之能事，她試圖利用自己的「色力」讓自己在社會革命中處於主動的地位，讓自己的歷史命運緊緊的附在革命之上。但是暴力革命遠遠超出了她們瑰麗的幻想，當解放不久的縣城遭到反革命的屠城時，這些引入注目的身體首先遭到了殘忍的迫害。縣黨部婦女部部長張小姐不但衣服被扒光，而且乳房被割去了一隻。在婦協被捉住的三個剪髮女子不但被輪奸，還被扒光了衣服，用鐵絲貫穿乳房，從婦協一直被拖到縣黨部前，然後用木棒搗陰部致死。這些憑藉自己「最有價値」的資本廁身於社會革命的新女性遭到了最具毀滅性的打擊。這些引人注目的身體描寫實際上十分有力的反映了新女性們尋求再生的焦灼情緒。

陳幼石認爲茅盾是對婦女解放在生活層次上的意義瞭解得最透徹、刻畫得最有深度的作家之一，筆者認爲這一評價是公允的。作者通過書寫憑藉個人肉身在革命亂流中奮力搏擊的女性形象，說明革命女性不僅僅是展示革命意識的工具，更是她們自身力圖在舉足輕重的政治公共領域開闢生存空間意圖的鮮活體現。而這也正是孫舞陽這類新女性穿越時代的魅力所在。

二、春梅姐：女性「解放」與「囚禁」的悖論〔註68〕

關於革命與女性的話題，在丁玲的文本中我們看到的是女性視點掙扎之後的逐漸撤退；在謝冰瑩的文本中，更多的展示了一個懵懂少女對革命的簡單認識；在馮鏗的文本中，我們看到了革命女性在革命浪潮中一味的勇往直前的身影。浮出歷史地表不久的女作家由於過於焦灼自己革命身份的合法性，而忽略對革命洪流中革命女性複雜的生存狀況的書寫，尤其是農村婦女。

〔註66〕茅盾：《蝕》，北京：人民文學出版社，1981年，第134、197頁。

〔註67〕茅盾：《蝕》，北京：人民文學出版社，1981年，第134、214～215頁。

〔註68〕本點寫作受到楊聯芬《女性與革命——以1927年國民革命及其文學爲背景》一文的啓發，載《貴州社會科學》，2007年第10期，在此謹向作者表示感謝。

而這卻被一些男作家注意到了。葉紫的《星》就關注了在農村中女性與革命的眞實關係。《星》寫於 1936 年，這完全是計劃之外的收穫。葉紫出生於湖南益陽，1927 年，在叔叔的鼓動下，葉紫的父親和兩個姐姐都參加了大革命，並將葉紫送往武漢中央軍事政治學校讀書。不久，馬日事變，葉紫的叔叔很快做了轉移，不久後在戰爭中壯烈犧牲，爸爸和姐姐當時被處決，母親因此精神失常。葉紫自此顚沛流離，做各種苦工，常年貧病交加，29 歲就與世長辭。這種特殊的家族遭遇讓葉紫一直在搜集材料，準備以家族的血與淚寫一部反映大革命的紀念碑式的長篇小說。然而英年早逝，長篇沒有完成，倒是成全了從這多年的材料積累裏抽取出來的一點無關大局的東西而寫就的偏離政治主敘述的中篇小說《星》。因此，在《星》裏很少感覺到蔣光慈們在上海亭子間裏借助想像在文字中預演革命的乾癟與抽象，他較爲眞實而藝術地表現了農村婦女走向革命的感性經驗和情感結構，以及在革命失敗前後革命女性生存際遇所昭示出的女性解放與囚禁的悖論。

與王曼英、章淑君、李佩珠等等神奇「突變」的革命者不同的是，《星》的隱含作者比較細緻地書寫了春梅姐走向革命的內在動力與外部因素。春梅姐本是一個賢惠而美麗的少婦，她一直恪守著父親臨死時「在家從父、出嫁要從夫」的叮囑，然而換來的卻是丈夫深夜無情的有計劃的毆打和獨守空房的冷寂。這不僅讓春梅的身體和心理備受摧殘與壓抑，更讓春梅姐在社會上擡不起頭，讓已經處於最底層被凌辱的社會地位和社會形象更加受到損害。當她出現在公共視線裏的時候，農人們都對她指手畫腳。男人們用各種各樣貪婪的神色和最粗俗的調戲去包圍、襲擊她，女人也對她的美貌和處境冷嘲熱諷。春梅姐常常像逃難似的穿過與躲避這些下流的視線和無情的嘲笑。唯一能讓她感到安慰的是，「當她聽到了那雪白鬍子的四公公和爛眼睛的李六伯伯敲著旱煙管兒，背地裏讚揚她——『好一個賢德的女人啊！』……『好一朵鮮花插在牛糞上啊』」的時候。〔註 69〕然而這種阿 Q 式的想法常常被無盡的暗夜擊散。「一到夜間，當她孤零零地，躺在黑暗的、冷清清的被窩中反覆難安的時候，她的靈魂便空虛與落寞得像那窗外秋收過後的荒原一般。哀愁著不是，不哀愁著也不是。她常因此而終宵不能成夢。她對著這無涯的黑暗的長夜深深地悲歎起來……有時候，她也會爲著一種難解的理由的驅使從床上

〔註 69〕葉紫：《星》，載《葉紫代表作——豐收》，北京：華夏出版社，2011 年，第 155 頁。

爬起來，推開窗子，去仰望那高處，那不可及的雲片和閃爍著星光的夜天；去傾聽那曠野的，浮蕩兒的調情的歌曲，和向人悲訴的蟲聲……」〔註 70〕在黑夜中，痛苦、悲哀、孤獨、空虛是如此的逼眞，悄然中，春梅姐的肉體與內在情感在內憂外困之下暗暗的起著變化。當革命的剪刀要剪去村裏女人的頭髮時，黃瓜媽渾身發抖、麻子嬸不停地叫嚷哀求、連平日裏膽大的柳大娘也早早地躲了起來，只有春梅姐挺身迎了上來。她對拿剪刀的姑娘們說，「剪掉它吧，剪吧！反正我有這東西和沒有這東西是一樣的。我是永遠也看不見太陽的人！我要它有什麼用呢？……」同時，心裏也暗自忖度道，「變啊！你這鬼世界啊，你就快些變吧！反正我是一個沒有用的人，我的日子一半已經埋到土中去了！……」〔註 71〕斷髮之後身體的變化也引來了心裏的躁動。深夜裏，當春梅姐本分地讓丈夫陳燈籠蹂躪了身子之後，她的心裏忽然生出了一種從來不曾有過的、稀奇的反響來，「『爲什麼呢？我要這樣永遠受著他的折磨呢？我，我……』這種反響愈來愈嚴厲，愈來愈把她的心弄得不安起來！……」〔註 72〕因此，革命對於春梅姐來說，首先是來自人性的蘇醒與情慾的解放。「那一個的白白的、微紅的、豐潤的面龐上，閃動著一雙長著長長的，星一般的眼睛！」這星一般的眼睛著實的讓春梅姐吃了一驚，並在深夜裏再次浮時讓她頭兒更低、心兒跳得更加劇烈。雖然春梅姐還是想保住平日裏的聲譽，不讓這無聊的漆一般的念頭毀了自己的身名，但是當黃向她表白時，她的腦子漸漸糊塗起來，素日裏下的決心也漸漸地煙消雲散。終於她焦慮而猶豫，她的腳茫然的、又像著魔般地踏著那茅草叢園中小路，發瘋般地高高低低地奔向那林子邊前。正如張愛玲說的那樣，「眞的革命與革命的戰爭，在情調上我想應當和戀愛是近親，和戀愛一樣是放恣的滲透於人生的全面，而對於自己是和諧。」〔註 73〕東窗事發之後，春梅姐遭到了意料之中的毒打與非議。黃用革命的力量將春梅姐解救了出來，將她安排在縣婦女會裏養傷與學習，從此之後，春梅姐的命運與革命就捆綁在一起。以革命的正義，春梅姐的情慾得到了解放，人身自由有了保障，重要的是也給她帶來了社會角色與社會地位的變化。再次回到村裏，春梅姐不再是哪個任人嘲笑的婦人

〔註 70〕葉紫：《星》，第 155 頁。

〔註 71〕葉紫：《星》，第 159 頁。

〔註 72〕葉紫：《星》，第 164 頁。

〔註 73〕張愛玲：《自己的文章》，載《新東方雜誌》，1944 年，第 9 卷第 4～5 期，第 23 頁。

了，新的社會角色和社會形象讓她成了婦女解放的權威。儘管她或許還是不太明白革命到底是什麼？但是她的革命的勇氣是足夠的。「她非常高興，她從鎮上的漂亮的女會長那裡，學到了很多東西。她沒再住從前的那所舊房子了。她是和黃同住在大廟旁邊的另一個新房子裏的。她不曾再回來看過她的老家，她也不再懸念她家中的用品、雞、牛和農具！……她不再怕人們的謠言了，她也不再躲在家中不敢出來了。她似乎完全變成了另外一個人。她整天都在村子裏奔波著，她學著說著一些時髦的、開通的話語，她學著講一些新奇的、好聽的故事」。春梅姐不僅獲得了新的社會身份，還擁有黃給予她的靈魂與肉體合一的愛情。「當她疲倦地從外面奔回家來的時候，她的黃也同時回來了。她便像一頭溫柔的、春天的小鳥般的，沉醉在被黃煽起來的熾熱的情火裏；無憂愁、無恐懼地飲著她自己青春的幸福！他們能互相親愛、提攜；互相規勉、嘉慰！」〔註 74〕如果說，在女性與革命中，戀愛是一種必須的修辭，在《星》中，隱含作者在一定程度上將春梅姐從一個保守的農村婦人到參加革命的內心起伏與歷史印迹比較清楚地呈現了出來。

值得注意的是，葉紫《星》不僅較爲眞實而藝術地表現了農村婦女走向革命的感性經驗和情感結構，還揭示了在革命成敗前後革命女性身體解放與囚禁的悖論，以及千百年來男尊女卑觀念參透在日常生活方方面面中的性別操練以及由這種性別操練反過來帶來的男尊女卑觀念在人們心中的固化。在革命未到來之前，陳燈籠理所當然地認爲春梅姐只是他管理家務與發泄性欲的器具；儘管生活十分不如意，春梅姐也忘不了提醒自己要固守禮教對女性身體的規約。革命強制來臨後，儘管隱含作者一再暗示我們春梅姐與黃是一見鍾情、兩廂情願。但是在用語言表述的時候，隱含作者卻使用「貓」與「耗子」的捉與被捉的關係來比喻黃與春梅姐之間主體與客體的情感關係。隱含作者在這裡不是自覺地批評男權社會對女性的暴力征服，而是由性別操練所固化男尊女卑的傳統觀念在文本中無意泄露。因此，當春梅姐委身於黃之後，她並沒有一直被壓抑的情慾釋放之後的快感，反而感到無限的恐慌。「爲著那痛苦的悔恨而哭泣，梅春姐整整地好些天不曾出頭門。黃已經有三夜不來了，來時他也不曾和她說過多些話。就好像她已經陷入到一個深沉的、污穢的泥坑裏了似的，她身子，洗都洗不乾淨了。她知道全村的人都怎樣地在議論她；她也知道自家的痛苦，陷入了如何的不能解脫的境地；她更知道丈夫的那雙

〔註 74〕葉紫：《星》，載《豐收》，北京：華夏出版社，2011 年，第 179～180 頁。

圓睜的眼睛和磨得好亮了的梭鏢，是絕對不會饒她的！」〔註 75〕她決定衝破禮教跟黃在一起時，也這樣對黃述說衷腸，「我初見你時，你那雙鬼眼睛……你看：就像那星一般地照到我的心裏。現在，唉！……我假如不同你走……總之，隨你吧！橫直我的命交了你的！」這說明第二性的觀念在春梅姐根深蒂固，她的革命只是將自己的歸屬權從一個男性主體移交給了另一個男性主體。革命失敗之後，春梅姐被陳燈籠贖回，她出自本能的向丈夫發出懺悔，「德隆哥！……現在，我的錯……統統……請你打我吧！……請你看在孩子的面上——請你……」〔註 76〕有些學者對春梅姐的歸來的表現感到十分不解，他們認爲春梅姐的表現完全不像一個受過革命啓蒙的人。事實上，作者忠實於現實的態度，不僅寫出了革命的來去匆匆，風過樹搖，風止樹靜的狀況，還無意中用一個縝密的故事呈現出了在人物、隱含作者、作者、甚至假想讀者各個層面表現出來的男尊女卑觀念在意識與潛意識裏的性別操練以及由這種性別操練反過來帶來的男尊女卑觀念的固化。

所以，在春梅姐從囚禁到解放，再從解放到再次囚禁這個荒誕的循環中，無論女性革命還是不革命，我們看到她不變的客體位置，她歸屬權的變遷只是政治權力轉移的象徵。當然，葉紫是一個革命者，他最終忘不了給春梅姐命運一個看似光明的尾巴。

三、春寶娘：對母性的深沉體悟及其對革命效能的質疑

與中國古代小說相比，中國現代小說中出現了一批典型的農村婦女形象。如果說五四時期在《祝福》中的祥林嫂、《貞婦》中的何姑娘、《拜堂》中的汪嫂子等等女性人物形象主要體現的是作家對國民劣根性的批評，那麼大革命時期前後作家通過對底層受難婦女的書寫則主要是證明革命的正義性與合法性。柔石的《爲奴隸的母親》就是其中的代表作之一，不僅如此，這個文本還涉及到了對革命的效能邊界的思考。

柔石的《爲奴隸的母親》以簡練的語言冷靜地講述了一個發生在浙東農村裏關於「典妻」的悲慘故事。小說中的「黃胖」本是一個精明能幹的皮販和生產技能超群的自耕農。農閒時收集販賣皮革，農耕季節務農。但是，由於社會動蕩與混亂讓這些小生產者與自耕農的處境每況愈下，不僅債務逐年

〔註 75〕葉紫：《星》，載《豐收》，北京：華夏出版社，2011 年，第 169 頁。
〔註 76〕葉紫：《星》，載《豐收》，北京：華夏出版社，2011 年，第 197 頁。

被累計起來，以至無處借貸，而且脾性也變得兇狠而暴躁。「三天前，王狼來坐討了半天的債回去以後，我也跟著他去，走到九畝潭邊，我很不想要做人了。但是坐在那株爬上去一縱身就可落在潭裏的樹下，想來想去，總沒有力氣跳了。」〔註 77〕在走投無路，萬般無奈的情況下他將自己的妻子春寶娘以一百元的價格典給三十里外的李秀才為臨時妻子，時間是三年，養不出兒子是五年，典期不能回家探視。春寶娘聽到這個消息之後幾乎昏過去，但在男人漸漸發怒的神色下只能作罷。儘管臨時前一夜痛苦輾轉無法安眠，但是第二天，她只能不捨的別了五歲的春寶，如典約所規定的來到李家。在鄰居的冷眼中，在李秀才大妻的監視與嘲諷中終於如約生下一個兒子，取名秋寶。縱然李秀才還有一絲夫妻情誼，但是在大妻的挑撥、怒罵與堅持中，三年期滿之後，春寶娘也是秋寶娘不得不帶著對秋寶的掛念，以及對生病春寶的擔心中回到了先前丈夫黃胖的身邊。但是，迎接她的卻是家庭的貧困、丈夫的冷嘲與春寶的生疏。

在這個悲劇故事中，至少有兩點是值得我們注意的。一是合理的婚姻系統與不合理的女性處境之間的張力。在浙東一帶，典妻風俗作為當地婚姻系統的一個組成部分是合理的。支撐這個風俗存在的最強大的理由之一就是「不孝有三，無後為大」的封建子嗣承襲觀念。其次就是千年百年來，女人作為「第二性」的物的處境。也就是說，為了生育，作為物而存在的婦女進入買賣的流通領域既是合法又是合理的。但是，讓人不能忽略的是，被交換的畢竟是一個活生生的人，這個活生生的人還會生育一個活生生的孩子，這不僅是一個歸屬權的問題，還涉及到人間最難割捨的骨肉之情。因此，典妻的風俗與流通於其中的女人就構成了最大的悲劇，它直指貧富懸殊的階級對立以及社會對個人情感的漠視，同時也說明「典妻」這種惡俗已經貫穿到生活的內裏，根本沒法改變，這恰恰給革命提供了合法性。二是作為母親與妻子身份的分裂。一個流通過程完結之後，事情並沒有因此而結束，它留下了一個情感的黑洞讓一個女人獨自承擔。對於這個被典的女人來說，她既是黃胖的妻子也是李秀才的典妻。黃胖因為經濟困難把妻子典給李秀才，得到了一百元，而李秀才花了一百元得到了一個會生育的女人，事畢之後，女人又物歸原主。對於男人而言，這是公平的。但是，在人與錢交換之間所產生的屈辱，

〔註 77〕柔石：《為奴隸的母親》，載《二月》，北京：人民文學出版社，2009 年，第 140 頁。

卻主要由這個無名的女人來承擔。更爲揪心的是，這個女人既是春寶的母親，也是秋寶的母親。這個恒定的血緣關係不會因爲契約的結束而結束，不管是誰的妻子，母親的身份始終不變。但是，不管是誰的妻子，母親的身份無法兩全。這必然導致妻子與母親身份的分裂，進而造成當事人難言的痛苦。在這種撕裂中，雖然秀才家不愁吃穿，女人卻一天天黃瘦下去。精神也開始恍惚起來，「她的思想似乎浮漂在極遠，可是她自己捉摸不定遠在哪裏」。經過這一圈流通輪迴的她很快變成「一個臉色枯萎如同張癟的黃菜葉那麼的中年婦人，兩眼朦朧地頹唐地閉著」。連敘述人也不禁感到她早已心如死灰，卻又不得不繼續在這種未完成的撕裂中生活下去。「當她走到一條河邊的時候，她很想停止她的那麼無力的腳步，嚮明澈可以照見她自己底身子的水底跳下去了。但在水坐了一會之後，她還得依前去的方向，移動她自己的影子」。〔註78〕這種吃人的分裂處境再次昭告了女性在社會結構與家庭關係中非人的奴隸地位，隱含作者通過這個無言卻又慘烈的講述自然地完成了革命正義性與合法性的證明。

革命的合法性充分了，但是革命的效能邊界又在哪裏？換句話說，革命能解救受難的母親以及與母親一樣的弱勢群體嗎？這應該是一直困擾柔石的問題。1924 年到 1927 年的國民革命，曾經激勵一大批青年人走出家門、參軍入伍、拋頭顱灑熱血般的忘情地投身於革命。但是 1928 年大革命失敗，讓很多青年感到心灰意冷。他們心灰意冷的原因不僅僅是由於革命的失敗，更多的是來源於他們的革命體驗以及由此而來的對革命的反思。在白薇的《炸彈與征鳥》中就對革命的新軍閥與新官僚的不恥行爲有過白描，他們當眾喊革命，一背了眾人就暗算金錢、地盤、暴力與軍隊。茅盾《追求》中也對武漢國民革命政府的基層政權組織中的各方代表的勾心鬥角有精彩地講述，他本人在 1928 年脫黨之後長期不歸隊，1940 年代到了延安又離開。種種文化迹象至少說明了兩個問題，一是在大革命前後，革命成了青年人一種類似於宗教的律令。在他們的理念中，革命因其道義上不可辯駁的地位而始終處於思想的主導位置。由於主客觀的種種原因，他們願意極力維護自身革命的信念。就文學作品中而言，無論是女作家丁玲的《韋護》、《一九三〇年春上海》（之一、之二）、還是男作家中的革命功利派蔣光慈的《衝出重圍的月亮》、以及

〔註78〕柔石：《爲奴隸的母親》，載《二月》，北京：人民文學出版社，2009 年，第 160 頁。

革命啓蒙派的葉紫《星》等等作品都表現出強烈的革命理性和革命型的情感範式。他們也不管筆下的人物經歷了怎樣劇烈的內心掙扎與情感起伏以及文本內部事態發展的邏輯，在文本的結尾總要加上一個自然或者不自然的革命尾巴以證明作者自身的革命性。有論者就指出丁玲《韋護》的結尾讓人感到十分突兀，韋護的決意離開的態度與他和麗嘉情感的和諧性、濃烈度反差太大，讓人難以相信。如上分析，柔石《爲奴隸的母親》也在表層結構極力證明革命的正義性。二是大革命失敗之後，社會的革命心理有一定的變化。就文學創作而言，作家常常在文本表現出對革命的反思。也就是說，北伐之後青年人的革命心理是比較複雜的。茅盾在《從枯嶺到東京》一文中就曾談到他寫《幻滅》的初衷，他說「眞實地去生活，經驗了動亂中國的最複雜的人生的一幕」，「我只寫一九二七年夏秋之交一般人對於革命的幻滅。」〔註 79〕在《寫在『蝕』的新版的後面》一文中他又補充道，「一九二七年上半年我在武漢又經歷了較前更深更廣的生活，不但看到更多的革命與反革命的矛盾，也看到了革命陣營內部的矛盾。」〔註 80〕柔石在寫作《爲奴隸的母親》之前，還有一篇有影響力的作品《二月》。這個文本寫於 1929 年，比較明顯地反映了柔石對暴力革命的反思。很多論者困惑於蕭澗秋爲什麼要婉拒新女性陶嵐的愛情？因爲陶嵐不僅年輕漂亮而且思想進步，又與蕭澗秋年歲相仿，按照革命加戀愛的邏輯很容易產生情愫。問題恰恰在於，對於剛剛經歷過革命的蕭澗秋來說，革命的暴力在消滅敵人的同時也深深地震懾了這些青年人。革命者李先生犧牲之後，採蓮一家的破敗就是暴力旋風過後的遺留。即使是階級話語說服了暴力的合法性，但蕭澗秋們仍然心有餘悸。雖然他們在顯意識中無法公開說服自己放棄革命，對它進行暫時迴避卻是一種潛意識的反應。這樣我們就不難理解爲什麼蕭澗秋要逃避陶嵐，因爲陶嵐代表著革命和活力，而這些革命和活力給參加過大革命的青年帶來意料之外的傷害。蕭澗秋來到這個小鎭，就是要在暴力旋風過後尋找一種安慰，而小蓮及其她母親的出現滿足了他這種心理需求。小女孩和她母親所代表普通人的生活及其田園感給蕭劍秋以心靈的安慰。

〔註 79〕茅盾：《從牯嶺到東京》，載《茅盾全集》第 19 卷，北京：人民文學出版社，1991 年，第 179 頁。

〔註 80〕茅盾：《寫在『蝕』的新版的後面》，載《蝕》，北京：人民文學出版社，1981 年，第 432 頁。

柔石 1930 年寫作的《爲奴隸的母親》與《二月》在思路上有內在的一致性。與大多數左翼文學不同的是，《爲奴隸的母親》的隱含作者對革命暴力不再有某種快感式的迷戀。暴風雨之後，母性的出現非常關鍵。《爲奴隸的母親》一文中就處處彌漫著這種柔和的調子，一種詩意的平靜調子。這就與同類題材的典妻故事拉開了距離。羅淑的《生人妻》主要想表達女主角強烈的反抗行爲，而柔石《爲奴隸的母親》則在潛在結構中處處傳達出母性給人的安慰。當春寶娘離開秋寶時，她連綿不絕的掛念十分動人，「她離開他的大門時，聽見她的秋寶的哭聲。可是慢慢地遠遠地走了三里路了，還聽見她的秋寶的哭聲」。當她得知春寶生病了，「婦人是一天天地黃瘦了……她是時常記念著她底春寶的病的，探聽著有沒有從她底本鄉來的朋友，也探聽著有沒有向她底本鄉去的便客，……她不時地抱著秋寶在門首過去一些的大路邊，眼睛望著來和去的路。」這種升騰的母性，是最能給漂泊的浪子以情感上的安慰。小說的結尾更是絕妙的一筆，春寶娘回到舊家，夜晚來臨，「春寶陌生似地睡在她底身邊。在她底已經麻木的胸內，彷彿秋寶肥白可愛地在她身邊掙動著，她伸出兩手去抱，可是身邊是春寶。這時，春寶睡著了，轉了一個身，他底母親緊緊地將他抱住，而孩子卻從微弱的鼻聲中，臉伏在她底胸膛上，兩手撫摩著她底乳。沉靜而寒冷的死一般的長夜，似無限地拖延著，拖延著……」〔註 81〕隱含作者的潛臺詞似乎在告訴讀者，在沒有希望的長夜裏，母親的牽掛與疼愛是唯一的安慰。

回到剛剛的問題，革命的效能邊界又在哪裏？革命能解救受難的母親？這個文本顯然很難回答這個問題。令人感到弔詭的是，在左翼文本中，我們很難看到革命對受難母親的解救，反而是母親偉大的愛和犧牲精神支持了革命，撫慰著在革命血與火的鬥爭中一顆顆脆弱的心靈。《爲奴隸的母親》處處彌漫著母性氣息所帶來的安全溫暖的感覺，筆者認爲這篇小說內在的詩性魅力就在這裡。

四、蔡大嫂：立於民間的天然「革命者」

在上世紀革命氣氛濃烈的 30 年代，李劼人《死水微瀾》中蔡大嫂這個非左非右的女性人物形象出現不得不說是一個奇葩。筆者認爲如果沒有關於女

〔註 81〕柔石：《爲奴隸的母親》，載《二月》，北京：人民文學出版社，2009 年，第 161～162 頁。

性意識凸顯的歷史文化機遇，沒有作家對這種歷史機遇的職業感知和藝術敏感，作家不可能敏銳地寫出中國傳統女性慣性中的異數。也許作者李劼人在創作的時候未必有意識地考慮過性別問題，但是這個人物形象卻呈現出有關於性別思考的客觀效果。可以這樣說，作家一方面在變與不變的時代感知中寫出了蔡大嫂的新與大氣；另一方面，由於隱含作者的局限，也客觀的讓讀者感知到了她難脫的舊貌與庸俗。

蔡大嫂的新與大氣，讓過去的讀者常常把她作爲新女性形象來接受。具體而言，這種讀者眼裏的新與大氣就是四川妹子身上酣暢淋漓的「辣」勁。這股辣勁既是故事情節的動力之一，又隨著故事情節的發展逐步豐滿。具體而言，這股「辣」勁至少包含了三個層次。一是執著於生存的韌勁。對於蔡大嫂而言，首先是生存願景上的不服輸。她本爲農家女，卻一心想著到省城去生活，在她十二歲的時候，就有意識要纏得一雙可以跟城裏太太小姐媲美的小腳。每當半夜疼得直呻吟的時候，她母親勸她把裹腳布鬆一鬆，「她總是一個字的回答：『不！』勸很了，她會生氣說：『媽也是呀！你管得我的！爲啥子鄉下人的腳，就不該纏小？我偏要纏，偏要纏！痛死了是我嘛！』」〔註82〕但是，當理想的生活願景不能實現，甚至生活出現重大變故的時候，蔡大嫂也善於調整自己的狀態以承受來自環境的變故。當她意識到以自己的身份難以嫁到成都的大戶人家的時候，她也樂意到天回鎮上做個掌櫃娘，並且能將家裏內外的事情安排妥當。在鋪面上的時候，她能或用一杯便茶，或用一筒水煙恰如其分地與人應酬；在內院整理家務時候也一絲不苟，「床鋪已打疊得整整齊齊，家具都已抹得放光，地板也掃得乾乾淨淨。就是櫃桌上的那只錫燈盞，也放得頗爲適宜」。〔註83〕當情人羅歪嘴成了在逃要犯，丈夫被人抓進大牢，自己被打成重傷，家裏被洗劫一空的時候，對頭顧天成上門提親，還是蔡大嫂的鄧麼姑阻攔著驚詫的父母爽快地答應了這門親事。對此，學者李怡進行了精彩地辨析，「過去我們曾試圖從許多方面來闡釋鄧麼姑這多變的婚戀，有人認爲這是對封建禮教的叛逆，有人認爲是對帝國主義洋教勢力的妥協，也有人認爲是先叛逆後妥協。我認爲，這些闡釋都可以在一個更深的性格內核上統一起來，這個內核就是鄧麼姑的生存願望，或許她本來與我們所概括的那些現代術語無干，但的的確確，她是格外地渴望『活著』，排開一

〔註82〕李劼人：《死水微瀾》，北京：人民文學出版社，1995年，第24頁。
〔註83〕李劼人：《死水微瀾》，北京：人民文學出版社，1995年，第107頁。

切障礙地『活著』，所以至少在客觀上就有了叛逆，也有了妥協。需要明白的是，叛逆和妥協其實都是一個普通人求取生存的基本方式。」〔註 84〕二是對禮教蔑視。四川本處於封建文化的邊緣地帶，其宗族文化與道德文化遠不及北方地區濃厚。再加之蔡大嫂的丈夫蔡興順上無父母，下無兄弟姐妹，旁無諸姑伯叔，親戚很少。這意味著在這個以夫妻爲軸心的家庭中，蔡大嫂擁有比較自由的生存環境，客觀上也讓她本來就有點叛逆的個性有了繼續發揮的空間。最明顯的是，婚後的蔡大嫂面對包辦婚姻的沉悶敢於另外追求靈肉合一的感情生活。對於前來拉皮條的劉三金，蔡大嫂毫不隱瞞自己對她情愛自由狀態的羨慕之情。隱含作者也借劉三金之口，吐露了川妹子淡漠的貞操觀念，「大家常說：一鞍一馬，是頂好的。依我們做過生意的看來，那也沒有啥子好處。人還不是跟東西一樣，單是一件，用久了，總不免要生厭的，再好，也沒多大趣味……嫂子，你還不曉得，就拿城裏許多大戶人家來說，有好多太太、奶奶、小姐、姑娘們，是當眞那麼貞節的麼？說老實話，有多少還趕不上我們！我們只管說是逢人配，到底要同我們睡覺的，也要我們有幾分願意才行。有些貞節太太、小姐們，豈但不擇人，管他是人是鬼，只要是男的，有那東西，只要拉得到身邊，貼錢都幹。嫂子，你莫笑她們，她們也是換口味呀！……男人女人實在都想常常換個新鮮口味，這倒是眞的。」〔註 85〕當蔡大嫂和羅歪嘴好上之後，她在公眾場合也懶得迴避，一點也不畏懼她的男人。「事情是萬萬掩不住的。羅歪嘴倒有意思隱密一點，偏蔡大嫂好像著了魔似的，一定要在人跟前格外表示出來。於是他們兩個的勾扯，在不久之間，已是盡人皆知。蔡大嫂自然更無顧忌，她竟敢於當著張占魁等人而與羅歪嘴打情罵俏，甚至坐在他的懷中」。〔註 86〕甚至公開對丈夫說，「你看，羅哥、張哥這般人，眞行！刀子殺過來，眉毛都不動。是你，怕不早駭得倒在地下了！女人家沒有這般人一路，眞要到處受欺了，還敢出去嗎？你也不要怪我偏心喜歡他們些，說眞話，他們本來行啊！」〔註 87〕如果說蔡大嫂對生活的韌性稱之爲火辣的話，那麼她對傳統貞操觀與夫權的蔑視算得上是潑辣。三是爲人大氣耿直。在小說中，隱含作者多次借人物之口，評論蔡大嫂是個怪

〔註 84〕李怡：《現代四川文學的巴蜀文化闡釋》，長沙：湖南教育出版社，1995 年，第 82～83 頁。

〔註 85〕李劼人：《死水微瀾》，北京：人民文學出版社，1995 年，第 70 頁。

〔註 86〕李劼人：《死水微瀾》，北京：人民文學出版社，1995 年，第 119 頁。

〔註 87〕李劼人：《死水微瀾》，北京：人民文學出版社，1995 年，第 137 頁。

婆娘。爲什麼怪呢？因爲她身上有與傳統女性不同的新質。當羅歪嘴提到成都省僅有的二十幾個洋人就讓官府害怕時，蔡大嫂氣憤得站了起來，高聲說道，「那，你們就太不行了！你們常常誇口：全省碼頭有好多好多，你們哥弟夥有好多好多。天不怕，地不怕！爲啥子連十幾個洋人就無計奈何！就說他們炮火凶，到底才十幾二十個人，我們就拼一百人，也可以殺盡他呀！」〔註 88〕當她看到幾個地痞調戲良家婦女時，她提調羅歪嘴一干人路見不平，拔刀相助。蔡大嫂還親自訓斥了那幾個行爲不端的地痞流氓。當然，其中不乏有顯擺的成分，但其江湖俠氣也可見一斑。最能顯示蔡大嫂大氣特質的是，她明知顧天成就是讓丈夫入獄，情人成了在逃案犯的罪魁禍首，但是她審時度勢，果斷答應了顧天成的提親，在成全自己未來生計的同時，也周全了與此事相關的受害者。她一讓顧天成救出蔡興順，並承諾出錢幫他恢復生意，並且「金娃子不改姓，大了要送他讀書，如其以後不再生男育女，金娃子要兼祧蔡、顧兩姓，要承繼他的產業」；二讓顧天成同意自己能與蔡興順、羅歪嘴正常來往；三讓顧天成答應「她不奉洋教！這些條款全要黑字寫在白紙上，除了他顧天成加蓋腳模手印外，還要曾師母和其他幾個人擔硬保！」〔註 89〕

確實，在巴蜀文化這個系統內部，李劼人確實把四川女性的堅韌、潑辣和大氣的這股靈動勁寫活了。這也是蔡大嫂一直被當做新女性被讀者接受的原因。然而，值得注意的是蔡大嫂的辣勁是渾然天成的，在《死水微瀾》中，這種辣力的人和事情不在少數。「本來，他們兩個的勾扯，已是公開的了，全鎮的人只有正在吃奶的小娃兒不知道。不過他們既不是什麼專顧面子的上等人，而這件事又是平常已極，用不著詫異的，不說別處，就在本鎮上，要找例子，也就很多了。」〔註 90〕換句話說，李劼人寫就的蔡大嫂這個人物主要是四川地域化情境的一部分，或者說是它的延伸而已。這與魯迅筆下的祥林嫂一比較就明白了。在《祝福》中，祥林嫂所處的那個「祝福」的世界被隱含作者敘述成一個和諧的禮法世界，但是恰恰是這個禮法世界自身產生了祥林嫂這樣一個讓自身世界不和諧的東西。因此，正因爲有祥林嫂這個人物存在，整個「祝福」世界都呈現出自己的虛僞性，它的禮法根基都因此被撼動與被顛覆。祥林嫂既是這個環境產生的，又是這個環境的異類。她是這個環

〔註 88〕李劼人：《死水微瀾》，北京：人民文學出版社，1995 年，第 39 頁。
〔註 89〕李劼人：《死水微瀾》，北京：人民文學出版社，1995 年，第 227 頁。
〔註 90〕李劼人：《死水微瀾》，北京：人民文學出版社，1995 年，第 133 頁。

境內部機制運行到自身限度時才產生出來的，標誌著這個環境自身在根本上出現問題。寫出這樣的人物形象的作家，肯定對自身文化及其人物的悲劇處境有一種非常冷靜地觀察和思考。我們也能從祥林嫂這個人物形象身上清晰地看到舊女性悲劇命運的成因和未來改變的方向。而在《死水微瀾》中，蔡大嫂並沒有超軼自己所處文化環境，更無從談起跟自身的文化系統有衝突，而是與她周圍的環境，即四川地域文化非常契合地融在了一起。儘管蔡大嫂這個人物形象給人留下了深刻的印象，但是在那樣一個文學情境裏，她的一切行爲都是合情合理，順其自然的，對這個文化系統以外的讀者來說，就多了一番異域情調而已，也就難以產生更爲巨大的美學衝擊力。因此，在某種程度上說，蔡大嫂就是這個文化系統的一個符號，儘管這個符號十分精確而生動，但是她無法成爲對本土文化構成一種反思、從而產生一種文化新生力量的契機。可見，李劼人對蔡大嫂這個人物形象的處理是屬於地方志式的。這也在更深的層面上說明了蔡大嫂不可能成爲子君、孫舞陽、章秋柳等等那樣的新女性的內在原因。同是川籍作家的巴金倒是獲得了一種世界性，但是他又走向了相反的極端。巴金的世界性是把地方性給抽空之後建立起來的，所以他筆下的女性形象又顯得抽象而虛浮。筆者認爲，到目前爲止，還沒有一個川籍作家找到一個把握四川文化的獨特的現代視角，要本土性與世界性兼得本身就難上加難。因此，客觀的講，獨具風采的蔡大嫂不失爲一個巴蜀地區婦女精神風貌的樣本。

綜上所述，關於革命與女性的話題，在丁玲的文本中我們看到的是女性視點掙扎之後的逐漸撤退；在謝冰瑩的文本中，更多地展示了一個懵懂少女對革命的簡單認識；在馮鏗的文本中，我們看到了革命女性在革命浪潮中一味的勇往直前的身影。浮出歷史地表不久的女作家由於急於得到主流意識形態的認可而忽略對革命洪流中革命女性複雜的生存狀況的書寫，錯失了深挖大眾崇拜這種新型意識形態弱點的機會，最終讓革命理性生硬地將可能從女性視角生發出來的洞見壓制下去。而男作家由於沒有要證明自己革命身份合法性的焦灼，反而能客觀地反映當時女性在革命中的眞實處境。他們忠實於現實的態度，不僅寫出了憑藉個人肉身在革命亂流中奮力搏擊的革命女性的典型姿態；又道出了無論女性革命還是不革命，所處的客體位置都難以根本改變，她們歸屬權的變遷不過是政治權力轉移的象徵；也對革命的效能邊界進行了深思，即不是革命解救了受難的母親，而是母親用偉大的愛和犧牲精神支持了革命、撫慰了在革命血與火的鬥爭中受損的心靈；此外，在革命的時代語境中，還敏銳地捕捉到了深受地域文化浸染的巴蜀女性獨特審美特徵和切時的時代意義。

第四章　「性別與戰爭」交織下的反思與突圍

自五四新文化運動提倡的個性解放漸漸式微之後，革命與性別、國族生存與女性解放的合力一直是婦女解放的新導向。但是，隨著歷史的延伸，知識精英們逐漸發現民族主義也不能涵蓋女性生命邏輯的所有面向。也就是說，國族存亡固然是近、現代中國女性解放的主要動力，但這遠非是中國女性生命經驗的全部。尤其是在全民參戰、共同抵禦外敵時期，女性自主與國族生存之間的關係變得更爲尖銳與複雜。一方面，無論國統區還是解放區既沒有餘力爲女性提供可靠的生存空間，也無法從根本上關注女性權益。但是，無論是國民黨還是共產黨都視女性這一性別群體爲重要的政治力量，他們都爲達到各自的政治目的而在其勢力範圍內制定與頒佈了相應婦女政策來動員與爭取這一重要的政治力量。另一方面，在國家民族危機的時刻，作爲現代公民的女性挺身而出、乃至爲國捐軀都是責無旁貸的。但是，同樣無可否認的是，在各種「主義」的徵用下，女性自我卻面臨瀕臨消亡的危機。面對這一荒誕的窘境，知識男性們彷彿看到了個性解放的險境，於是，女性與個性這一天然的文化盟軍在五四新文化運動之後再次聯繫到一起，女性問題再次成爲一種文化反思和歷史反思的力量，知識分子也因女性解放與個性解放的再度攜手而獲得突圍集體的能量。

第一節　多重空間及其性別規訓

眾所周知，隨著日本侵略者地長驅直入，沿海城市相繼失守，中國政治、經濟與文化結構在上世紀抗日戰爭時期出現了一次重大的分化重組，形成了同一歷史時刻維度上的三個不同的社會空間，即所謂的國統區、解放區和淪陷區。這就暗示著中國積壓已久的歷史社會問題有三種不同的解決途徑，民族群體也面臨著三種不可預知的命運。當然，婦女群體的命運也包含在其中。雖然，歷史的結局已經公之於眾，但是，這裡仍然存有我們進行價值再判斷的空間。

一、性別的地緣政治

「性別的地緣政治」這一術語是劉劍梅在《革命與情愛》一書中提出來的，它的願意是用來作為重新思考地緣想像與性別主體位置之間相互作用的工具。這裡借來是指國統區、解放區和淪陷區三個不同社會空間的政治權力特點及其對婦女生存的影響。

（一）威權專制的國統區

抗日戰爭時期，國民黨根據戰爭的需要，在國統區建立了「戰時體制」。與國民黨以前實施的政治體制相比，「戰時體制」最大的特點主要體現在中央權力結構及其運行機制上。

戰時中央權力結構的變化主要表現在四個方面，一是黨內總裁制的確立。1938 年 3 月 31 日，國民黨召開了臨時全國代表大會第三次會議。此次會議不僅通過了《對於黨務報告之決議案》，還通過了《改進黨務並調整黨政關係案》。這兩個決議案都十分重要。前者決定建立總裁制，後者明確總裁代行總理的職權。此外，根據臨時全國代表大會的決定，國民黨「中央執行委員會互選九人至十五人為常務委員，組織常務委員會，為本黨決議黨政大計之中央幹部。在中央執行委員會全體會議閉會期間，執行職務，對總裁負其責任」，「中央執行委員會各部部長副部長，及各委員會主任委員，由總裁提經中央執行委員會通過之」〔註 1〕。1938 年 4 月 1 日，蔣介石被臨時全國代表大會推選為國民黨總裁。這意味著黨內最高領袖制度的確立。從上面規定中，我們不難看出，不僅總裁處於國民黨中央權力結構的核心位置，總裁制還打破了以往中央常務委員會少數服從多數的集體領導原則。戰時的國民黨黨中央已經蛻變成執行蔣介石個人意志的合法機器。二是國防最高委員會的成立。抗戰初期，國民黨成立了國防最高會議。這一機構的主要職責是對與國

〔註 1〕秦孝儀主編：《革命文獻》第 76 輯，臺北：中央文物供應社，1978 年，第 317～318 頁。

防相關的重大事項有決定權。該會議主席由蔣介石擔任。根據規定，主席有緊急命令權。1939 年 1 月，國民黨中央決定改國防最高會議為國防最高委員會，並於同年 2 月通過了《國防最高委員會組織大綱》。該大綱規定國防最高委員會「統一黨政軍之指揮，並代行中央政治委員會之職權，中央執行委員會所屬之各部、會及國民政府、五院、軍事委員會及其所屬之各部、會、兼受國防最高委員會之指揮」。〔註 2〕可見，國防最高委員會已成為當時全國黨政軍最高統一指揮機關。三是軍事委員會的權力急劇擴張。在抗戰之前，軍事委員會固然十分重要，它的職能是有限的，僅處理與軍事直接相關的事務。但是 1937 至 1938 年期間，軍事委員會開始擴充與調整其職能部門，最終形成軍令部、軍訓部、政治部與軍政部等等四個部門。同時，海軍總司令部、軍法執行總監部，運輸統制局，戰地黨政委員會等等都直接隸屬於軍事委員會。可見，此時的軍事委員會不僅是一個軍事機構還包攬了部分行政職能。此外，軍事委員會的領導機制也由以前集體裁決的委員會制度變為委員長個人意志裁決的機制。四是《國民政府組織法》的修改。1943 年 9 月 10 日，國民黨五屆十一中全會對《國民政府組織法》進行了修改。修改後《國民政府組織法》明顯增加了國民政府主席蔣介石的個人權限。首先取消了原先「不得兼其他官職」和「任期二年，連任一次」的限制，改為「任期三年，連選可連任」；其次，將原來的國民政府五院對中央執行委員會負責的規定，改為國民政府「五院院長對國民政府主席負責」。〔註 3〕這樣，政府主席就成了一個手握國民政府實權，並且可以無限制連任的職務了。

談到「戰時機制」的運行，其核心就是國民黨的總裁有對黨政軍一切事務緊急命令權和中央對地方的控制增強。與《國防最高會議組織條例》中所規定的戰時主席有緊急命令權相比，《國防最高委員會組織大綱》中所規定的緊急命令權範圍更大、集權程度更高。它不僅沒有「作戰期間」的時間限制，而且範圍擴大到了黨務與行政領域。因此，蔣介石個人的口頭命令與手諭都被視為務必執行行政命令。中央對地方權力的控制主要通過人事與財政來實現。在人事方面，省級與縣級的行政主管都由國民黨中央直接或間接掌控。

〔註 2〕《國防最高委員會組織大綱》，載《中國國家和法權歷史參考資料——抗日戰爭時期國民黨反動政府》（中國人民大學國家與法權歷史教研室輯），北京：中國人民大學出版社，1957 年，第 26 頁。

〔註 3〕《國民政府組織法》，載《中國法制史參考資料選編》近現代部分（二）（北京政法學院編），北京政法學院法制史教研室編印，1980 年，第 28 頁。

在財政方面，從 1941 年起，作爲省級收入主要來源的土地稅劃撥歸中央所有，省級的稅收機構也成爲了中央財政部的直屬機構；從 1942 年起，省政府不再單獨預算，而成爲國家預算的一部分。失去人事與財政大權的省政府自然成爲了中央的附屬物。

從以上分析的國統區中央政治體制及其運行機制可以看出，它顯然屬於威權專制。「所謂威權專制，是指由一個權力執持者獨佔政治權力而不容許權力服從人有效地參與國家意志的形成。」〔註 4〕並且，這種威權專制是集體威權與個人威權的相結合的。集體威權是指國民黨作爲現代政黨的「黨治」，它是蔣介石個人威權的前提。這就使國統區的專制制度在一定程度上帶有現代色彩而在特定時期能迷惑人民而增加其專制能力。在這樣一個威權制度下，男性公民的個人權益都無法保障，更何況是女性。

（二）無性之性的解放區與淪陷區中不自由的「自由」

與國統區專制的政治體制相反，共產黨在解放區積極推進民主政治經濟生活的建設。其中最有影響的是以三三制爲核心的民主政治建設和戰爭期間並行實施的兩種土地政策。所謂的三三制，就是允許民族資產階級與開明紳士參與到政權中來。這既是共產黨基於對抗日戰爭期間民族矛盾代替階級矛盾成爲主要矛盾的認識，又是對人民當家做主政治理念的貫徹。這一措施不僅增加了解放區的政治力量，而且由於集思廣益降低了決策失誤的概率。在此思路上，陝甘寧邊區參議會還通過了邊區的施政綱領，其中明文規定，一邊區人民享有選擇權與被選舉權，二保障邊區抗日人民的人權與財權，三邊區人民有言論、集會、出版與結社等等自由權。首席解放區陝甘寧邊區政府還制定了一系列的法律制度來保障人民的政治權力。比如《陝甘寧邊區選舉條例》就明文規定，「凡居住邊區境內之人民，年滿十八歲者，……經選舉委員會登記，均有選舉權與被選舉權」，選舉方式「採取普遍、直接、平等、無記名之投票選舉制」等等保障人民政治權利的措施。〔註 5〕與土地革命時期「打土豪、分田地」激進的土地政策不同的是，在抗日戰爭時期，共產黨在解放區根據不同的情況主要並行實施了兩種土地政策。即在經過了土地革命的地

〔註 4〕王永祥：《論抗戰時期國統區的中央權力結構和運行機制》，載《河北學刊》1995 年第 5 期，第 95 頁。

〔註 5〕陝西省檔案館、陝西省社會科學院編：《陝甘寧邊區政府文件選編》（第 1 輯），檔案出版社，1986 年，第 160 頁。

區，廣大農民分得的土地仍歸農民所以，實施農民土地所有制；在沒有經過土地革命的地區，土地仍然歸地主所有，實施地主土地所有制。在沒有經過土地革命的地區，雖然土地仍然地主所有，但是又將「減租減息」作爲黨在抗戰期間關於農民土地問題的基本土地政策。即一方面地主減租減息，另一方面農民交租交息。抗日戰爭勝利後，國內的政治形勢發生了新的變化，共產黨又適時的將並行實施的兩種土地政策改爲土地革命時期的沒收地主土地無償分給農民的土地政策。很顯然，共產黨在解放區推進的這一系列措施，在有限的資源內不僅部分改變了農村的權力結構，也在一定程度上通過改變了人與社會的關係而激活了人們的政治和生產熱情。這在救贖了農村男性命運的同時，也給農村女性一個解放的機會。解放區的婦女第一次在政治上、經濟上擁有了與男性平等的權力。這種制度性男女平等關係延續至今，也成爲今天女性的生存方式。然而，值得注意的是，如果將「解放區婦女解放作爲一個文化命題，在某些方面又似乎忽略了「五四」以來已然被觸動的女性生活更細微的層面，諸如自我、心靈自由及這自由與婚姻的關係等等。……解放區婦女在生活上比「五四」知識女性幸運，她們不必面臨經濟上無法生存後，或投降或斃命的窘境，但她們在精神和心理上卻沒有達到「五四」女性的主體高度。」〔註6〕令人費解的是，解放區的婦女在獲得政治權利和經濟權力的同時，卻喪失了帶有獨立思考色彩的話語權。丁玲的遭遇就是一個十分典型的例證。也就是說，共產黨在解放區實施的民主政治建設和土地改革措施改變了農村的權力結構，但是，它沒有改變農村性別文化的封建積習。它通過迴避性別差異來解放女性。即「家庭已不再像歷代王朝統治下那樣，是社會政治經濟結構以及權力結構最初始的關鍵網結。相反，每個勞動者都直接隸屬於社會，直接隸屬一個代表全社會成員共同利益的政權，即便是婦女、子嗣也不再通過家族、家長和丈夫的間介而隸屬於社會。由此便形成了一種個體對群體、百姓對政府的沒有差異的、平等的權力隸屬方式」，但是，這種「以消滅各種差別包括貧富之別、知識分子與鄉土大眾之別、個人與集體之別、上層與下層之別甚至男女之別的方式，消滅著任何一種離心力和反叛力及懷疑，以鞏固自己，甚至連最古老最基本的性別離心力也不例外。在這個權力結構面前，女性、個人、個體等那些注定以差異性反抗總體的專制

〔註6〕孟悅、戴錦華：《浮出歷史地表——現代婦女文學研究》，北京：中國人民大學出版社，2010年，第200頁。

的東西不免便會作又一次獻祭。」〔註 7〕

在淪陷區，日本侵略者建立了比較系統的僞政權統治機構以實施其殘酷的殖民統治。以華北淪陷區爲例，從上至下，設立了省公署、道（市）公署、縣公署三級僞地方政權來貫徹其「以華治華」、「以戰養戰」的戰時統治策略，以達到其將淪陷區作爲原料補給地、兵源來源地與製造順民的目的。具體而言，在政治上，不惜以特務統治和「以警代政」的暴力手段來打壓抗日力量以催進日常管理的運行，在河北、山西、山東等地還縮小道區，將道（市）公署的數目翻倍增加以加強控制。在經濟上，竭澤而漁，不惜一切手段掠奪戰略資源來支持其侵華戰爭，給農村經濟帶來了極大的破壞。比如，1943 年 9 月 26 日，河北省僞政權爲了滿足軍需頒佈了《民國三十二年河北省收集雜糧對策要綱》，其中明確規定了各道區最低責任量爲「冀東道，75900 噸；津海道，36300 噸；渤海道，42900 噸；燕京道，42900 噸；保定道，42900 噸：眞定道，52800 噸；順德道，16500 噸；冀南道，19800 噸」。〔註 8〕在文化上，推行強硬的文化管制政策和奴化教育，以期消磨國人的鬥志與混淆國人的民族概念，來證明其政權的合法性。比如，在 1942 年到 1944 年，日本侵略者爲其「大東亞共榮圈」張目，舉辦了三次「大東亞文學者大會」。表面上讓「在大東亞戰爭之中擔負著文化建設共同任務的共榮圈各地的文學家會聚一堂，共擔責任，暢所欲言」，〔註 9〕實際上企圖將日本侵略戰爭美化爲聖戰，並進行思想宣傳，企圖讓滯留在淪陷區文人納入到宣講皇國文化的隊伍中。可見，日本侵略者企圖通過建立集軍、政、民、教等等爲一體的各級僞地方政權，強化其殖民統治。顯然，這種殘酷的統治改變了淪陷區的文學場域。其中最爲顯著變化主要表現在兩個方面。一是戰前的主流話語在淪陷區文學界消失。日本侵略者實施的文化管制政策「將那些在 30 年代一切環繞中國政治前途的、曾居主流的意識形態壓制得噤無一聲，無論是社會革命推翻政府的政治敘事模式，還是覺醒中的大眾形象，以及 30 年代那種著眼於社會生活變遷的、感時憂國的現實主義傳統，都與愛國、抗日、民族意識一道被迫撤離淪

〔註 7〕孟悅、戴錦華：《浮出歷史地表——現代婦女文學研究》，北京：中國人民大學出版社，2010 年，第 202～203 頁。

〔註 8〕田彤《南京國民政府時期（1927～1937）勞資爭議總體概述》，載《近代史學刊》2006 年 9 月，第 100 頁。

〔註 9〕王向遠《『大東亞文學者大會』與日本對中國淪陷區文壇的干預滲透（一）》，載《新文學史料》2000 年第 3 期，第 96 頁。

陷區的主導話語陣地。……隨著大眾、民族、國家前途、社會革命被隔絕於鐵窗和憲兵之外，剩下各種故事可以想怎麼寫就怎麼寫，包括個人、自我、愛情、兩性關係。在與國事有關的話語禁區與漢奸文學之間，處於生存絕境中的淪陷區人充滿偶然抓到一線話語空隙，這一空隙正好承受著他們那種牢獄重壓下的『生命不能承受之輕』，這種帶鐐銬的無所作爲的舞蹈，因爲浸透了他們不可言說的生命的希望和無望而分外富於創造力和魅力。」〔註 10〕二是淪陷區文學界新的因子得到生長。抗日戰爭爆發之後，新文化的主力大多轉移到了國統區或者解放區。在淪陷區文學界嶄露頭角的一代「沒有父兄意識，在牢獄中也沒有想到、沒有可能承擔社會和文化的範型。因而他們的想像力和創作本文都不曾受到遠在鐵窗之外父兄形象的左右。……許多曾風行於文壇的創作模式、文學慣例，從社會剖析派到鄉土文學乃至無產階級革命文學的蛛絲馬迹，都失去了人力和輿論上的支柱。……在這種特定的文化和心理儲備下，對這牢獄中的一代最爲重要的問題，便不像父兄那樣是對所說的內容的社會責任感，而是一種藝術遊戲心。……因爲那時代的那片父兄缺席的文化地域，人們已習慣於一種與新文學的種種慣例相異其趣的語彙及各種未知的表意方式。」〔註 11〕此時大多數作家大都選擇關注永恒的人性、日常生活和性別等等話題。這無意偶得的話語縫隙在不經意間給關於女性的寫作一個發揮的空間。

二、抗戰時期國共兩黨的婦女政策

雖然事實上國統區與解放區的格局都沒有爲女性提供可靠的生存空間，也沒有從根本上關注女性權益，但是，無論是國民黨還是共產黨都視女性這一性別群體爲重要的政治力量。在抗日戰爭時期，他們都爲各自的政治目的而制定與頒佈了相應婦女政策來動員與爭取這一重要的政治力量。

抗戰初期，國民黨婦女政策首要的政治目標，就是盡一切努力動員婦女投入到抗戰建國的事業中。1938 年 4 月，國民黨制定了抗戰時期婦女工作的最高指導方針。即在臨時全國代表大會上通過的《抗戰建國綱領》中的第 32 條規定：「訓練婦女，俾能服務於社會事業，以增加抗戰

〔註 10〕孟悅、戴錦華：《浮出歷史地表——現代婦女文學研究》，北京：中國人民大學出版社，2010 年，第 206～207 頁。

〔註 11〕孟悅、戴錦華：《浮出歷史地表——現代婦女文學研究》，北京：中國人民大學出版社，2010 年，第 208～209 頁。

力量。」〔註 12〕婦女工作最高指導方針出臺不久，1938 年 5 月，國民黨婦女領袖宋美齡在廬山主持召開了廬山婦女談話會。在此次會議上，通過了《告全國女同胞書》和《動員婦女參加抗戰建國工作大綱》。這兩個綱領性的文件明確了抗戰時期全國婦女工作的核心任務和最高原則。幾乎與此同時，1938 年 6 月，國民黨中央婦女運動委員會制定並頒佈了《中國國民黨婦女運動委員會工作綱領》，明確任務「現在本黨正在領導全國從事於抗戰建國之大業，爲貫徹這神聖的使命，黨的婦女運動應先集中全黨女同志的力量，一面以身作則，一面計劃策動，並指導全國婦女，使人人能成爲抗戰建國綱領指導下的戰士」。這個文件還規定了具體的工作內容：「促成各地失業女工組織及現業女工組織，並加以訓練，使成爲抗戰建國中之生力軍。……促成各地家庭婦女會，以進行救護慰勞等戰時工作。促成各地農村勞動婦女組織，俾從事於協助抗戰建國之工作。綜合上述四種性質的組織，成立婦女戰時服務團，以從事慰勞、看護、縫紉、洗衣、養育、製鞋襪被褥、運輸、偵探等等」戰時任務。〔註 13〕

爲了爭取婦女的支持，國民黨在動員婦女參加抗戰建國的同時，也注意維護婦女的權益。在《動員婦女參加抗戰建工作大綱》中，就明確了動員婦女爲國家貢獻心力的幾個先決條件：「甲、提高婦女文化水準：推行識字運動，舉辦民眾學校，設立簡易圖書館及巡迴書庫，出版通俗刊物及各種壁報等。乙、培養婦女的生活技能：舉辦各種技術訓練班及職業補習班，設立工藝傳習所及工作諮詢處，辦理工作競賽及成績展覽會等。……丁、改善勞動婦女的生活狀況。……對於農村婦女，提倡農業技術之改良，並提倡農村副業及合作事業，以改善農村婦女的生活。更舉辦托兒所及各種合作組織以減輕婦女的家務負擔。」〔註 14〕1941 年，國民黨又先後頒佈了《改善婦女生活案》、《保障女工生活案》、《根絕重婚納妾之罪行案》等等文件。在讓廣大婦女明白自己權利的同時，也讓她們認識到女子在國難時刻的義務。宋美齡就認爲

〔註 12〕楊數禎、陳志遠、張廣信編：《中國革命史文獻介紹》，西安：陝西師範大學出版社，1987 年，第 401 頁。

〔註 13〕《中國國民黨婦女運動委員會工作綱領》，載《中國婦女運動歷史資料（1937～1945）》（中華全國婦女聯合會婦女運動歷史研究室編），北京：中國婦女出版社，1991 年，第 117～119 頁。

〔註 14〕《動員婦女參加抗戰建工作大綱》，載《中國婦女運動歷史資料（1937～1945）》（中華全國婦女聯合會婦女運動歷史研究室編），北京：中國婦女出版社，1991 年，第 60 頁。

「國民對於國家的義務，是不分男女都同樣擔負著的，尤其是當國家民族危急存亡的時候，……任何工作都得起來擔當。」〔註15〕只有這樣，女子才能稱得上是眞正的公民，也只有這樣婦女才能獲得眞正的解放。因爲「今天來談女子解放，也要曉得國家沒有解放，我們全國的女子就得不到眞正的解放」。〔註16〕不難看出，國民黨仍然沿襲了北伐時期動員婦女的策略。

進入抗戰相持階段，基於女子與男子在身體與心理方面的差異，跟訓政前期一樣，國民黨在抗戰期間仍然認爲女子扮演好賢妻良母的角色於家於國都有更爲重要的意義。具體而言，國民黨在這一時期婦女政策的重點主要體現在以下三個方面：一是強調女子對於家庭的責任和完成後方援助工作的適宜性。國民黨組織部部長朱家驊認爲「中國的社會組織是以家庭做單位，國家的構成，是以家庭做基石，……由此可知家庭的重要，同時在家庭中婦女所佔的地位又特別重要。」〔註17〕由此可知，女子作一個賢妻良母於家於國的重要性。宋美齡在此基礎上又將賢妻良母與「好的公民」的概念聯繫起來：「倘使婦女對於國家的進步願作確切的個人貢獻，那麼她必須是一個賢妻良母，一個好的公民。倘使她不能作一個好的公民，她就不能作一個良母或賢妻，倘使她不能作一個良母或賢妻，那麼她也不能作好的公民。她的子女對於她或者他們的國家，也就不能產生信心。」〔註18〕因此，朱家驊認爲女性對於家庭的責任與對國家的貢獻是不衝突的，在某種程度上說，這既是一體兩面的事情。「料理家事是社會活動的初步，家庭不良，即不能使社會有進步。家庭婦女仍可從事社會活動，從事社會活動的婦女不能拋棄家庭，問題只在改善家庭生活，使婦女能夠有時間去社會上服務，對家庭不負責責任的婦女，對社會也不會有多大的貢獻；對社會有貢獻的婦女，對家庭也決不會放棄責任。」〔註19〕何況，如果要談工作效率與適宜度的話，「有許多事女子工作的效率大，應該由女子去做，

〔註15〕宋美齡：《兒童保育會開幕詞》，載《戰時婦女動員問題》，北平：獨立出版社，1939年，第27頁。

〔註16〕宋美齡：《1939年婦女節紀念會講話》，載《宋美齡自述》（袁偉、王麗平選編），北京：團結出版社，2007年，第126頁。

〔註17〕朱家驊：《婦運之回顧與今後之希望》，載《如何做婦女運動》（國民黨中央組織部編印），1941年，第1頁。

〔註18〕宋美齡：《我將再起——婦女與家庭》，袁偉、王麗平選編：《宋美齡自述》，北京：團結出版社，2007年，第155～156頁。

〔註19〕朱家驊：《婦女同志應有之認識》，載《如何做婦女運動》（國民黨中央組織部編印），1941年，第14頁。

有許多事男子工作的效率大，應該由男子去做，例如小學教育、會計、統計、看護等，不特女子可以做，能夠做，而且讓女子去做，我相信比男子還要做得好。」〔註20〕二是獎勵生育。1941 年 4 月，國民黨在五屆八中全會上通過了《對於政治報告之決議案》，其中指出，「人口之增加與國民之健康爲國防重要因素，必有廣大之人口，始有豐富之兵源」，明令禁止墮胎溺女棄嬰和鼓勵婦女生育。〔註21〕1941 年 4 月，在婦運幹部工作討論會中通過「獎勵生育案」和促成「發動全國婦女擁護八中全會獎勵生育之決議案，並積極促其實現；制定保護母性辦法；普設助產機關，以最低費用，供一般產婦利用，其赤貧者，並予免費」等等會議決定。〔註22〕三是重視母教。組織部部長朱家驊認爲，「中國向來注重母教，而且母教精神，極爲普遍，……在前線的將士，以數百萬計，無不視死如歸，百折不回，未始不由於中國婦女，母教精神之所感召，此種母教精神，實爲我國文化之重要因素，我們不特要把他維持下去，而且要加以發揚光大，方能永久保持國家民族的生存。」〔註23〕基於這種認識，1938 年 3 月，國民黨頒佈了《確定文化政策案》，其中第十七條明確指出「發展女子教育，以培養仁慈博愛、體力知識兩具健全之母性。」〔註24〕同年 7 月又公佈了《戰時各級教育教育實施方案》，明文要求各級學校「對於女子除施以一般正常教育外，應有特殊之設施與訓練，以爲將來改進家庭教育之預備。」〔註25〕1941 年 12 月，在五屆九中全會上，又通過了《獎勵母教發揚母德以宏家庭教育培養優秀國民奠定建國基礎案》，不僅每年規定一日爲母親節，政府還對那些對家庭教育與母教母德有突出貢獻者進行獎勵。總之，抗戰期間國民黨婦女

〔註20〕朱家驊：《婦運之回顧與今後之希望》，載《如何做婦女運動》（國民黨中央組織部編印），1941 年，第 1 頁。

〔註21〕《對於政治報告之決議案》，載《中國國民黨歷屆歷次中全會重要決議案彙編（二）》（秦孝儀主編），第 139 頁。

〔註22〕朱家驊：《婦女同志應有之認識》，載《如何做婦女運動》（國民黨中央組織部編印），1941 年，第 14 頁。

〔註23〕朱家驊：《婦運之回顧與今後之希望》，載《如何做婦女運動》（國民黨中央組織部編印），1941 年，第 1 頁。

〔註24〕《確定文化政策案》，載《中華民國重要史料初編：對日抗戰時期》第四編戰時建設（四）（中華民國重要史料初編編輯委員會編），中國國民黨中央委員會黨史委員會出版，1988 年版，第 102 頁。

〔註25〕《戰時各級教育教育實施方案》，載《中華民國重要史料初編：對日抗戰時期》第四編戰時建設（四）（中華民國重要史料初編編輯委員會編），中國國民黨中央委員會黨史委員會出版，1988 年版，第 39 頁。

政策前後的側重點不同，在抗戰初期，以動員婦女參加抗戰建國爲主；主要由於政治上的原因，在抗戰進入相持階段之後，反而希望婦女能回歸家庭、扮演好賢妻良母的角色。

在抗日戰爭時期，以 1943 年爲界，中國共產黨婦女政策的側重點前後略有不同。在 1943 年之前，中共基本沿襲了蘇區時期的婦女政策。一是注重從各個方面維護婦女的權益。1939 年 4 月 4 日，在頒佈的《陝甘寧邊區第一屆參議會通過提高婦女政治經濟文化地位案》中，就明確規定，「（一）鼓勵婦女參政；……（二）設立婦女訓練班；……（三）建立婦孺保健設備，教育婦女衛生知識」。〔註 26〕二是制定了新的婚姻條例，利用行政權力干預傳統農村家庭內部的權力結構，緩解年輕女性的家庭壓力。1939 年 4 月 4 日，在公佈的《陝甘寧邊區婚姻條例》中就明確規定「男女婚姻照本人之自由意志爲原則。第三條，實行一夫一妻制，禁止納妾。……第十一條，男女之一方有下列情形之一者，他方得向政府請求離婚。……（三）與他人通姦者；（四）虐待他方者；（五）以惡意遺棄他方者；（六）圖謀陷害他方者；（七）不能人道者。」〔註 27〕對於離婚帶來的經濟問題，新的婚姻條例也給予了婦女更多的保護。然而，新的婦女政策觸引發了解放婦女與農村男性、媳婦與公婆、抗戰官兵與家屬、延安新女性理想與實現等等方面的矛盾，在現實生活中實行起來捉襟見肘。有鑒於此，1943 年之後，中共婦女政策就避開這些矛盾，直接強調婦女參加生產的重要性。在《中國共產黨中央委員會關於各抗日根據地目前婦女工作方針的決定》中，一方面對過去婦女工作忽略動員廣大婦女參加經濟建設的做法進行了反思，另一方面對婦女工作的重心及時進行了調整，即強調「廣大的農村婦女能夠和應該特別努力參加的就是生產，廣大婦女的努力生產，與壯丁上前線同樣是戰鬥的光榮的任務。」〔註 28〕1943 年 3 月 8 日，新上任的中央婦委書記蔡暢發表了《迎接婦女工作的新方向》一文，

〔註 26〕《陝甘寧邊區第一屆參議會通過提高婦女政治經濟文化地位案》，載《中國婦女運動歷史資料（1937～1945）》（中華全國婦女聯合會婦女運動歷史研究室編），北京：中國婦女出版社，1991 年，第 176 頁。

〔註 27〕《陝甘寧邊區婚姻條例》，載《中國婦女運動歷史資料（1937～1945）》（中華全國婦女聯合會婦女運動歷史研究室編），北京：中國婦女出版社，1991 年，第 177～178 頁。

〔註 28〕《中國共產黨中央委員會關於各抗日根據地目前婦女工作方針的決定》，載《中國婦女運動歷史資料（1937～1945）》（中華全國婦女聯合會婦女運動歷史研究室編），北京：中國婦女出版社，1991 年，第 648 頁。

在批判過去婦女工作「以片面的『婦女主義』的觀點，以婦女工作的系統而向黨鬧獨立性」的同時〔註 29〕，也將婦女工作引導在增加婦女對經濟生存貢獻的方向上來。1943 年 3 月，在《陝甘寧邊區婦女合作社章程》中，就進一步明確了具體的措施，即通過成立婦女合作社「組織婦女積極參加生產，增加財富，完成邊區黨政的生產任務。」〔註 30〕中共認爲搞經濟生產不僅符合女性的利益，也能得到男性的同意，最爲關鍵的是如果能開發婦女群體一直閒而未用的生產潛能，就能解決邊區人少地荒、糧產微薄的大問題，從而部分激發這種傳統而落後的生存方式的活力。爲了配合婦女新政策的轉向，邊區政府還通過樹典型的方式開展「和睦家庭」、「新賢妻良母」的活動。此外，爲了平衡農村各方面的勢力，1944 年 3 月，中共重新公佈了《修正陝甘寧邊區婚姻暫行條例》。先前保護婦女權益的條例在這個新文件中有所刪減。總之，這一時期共產黨婦女政策主要就是圍繞著解放婦女與平衡農村社會的傳統勢力而制定、調整，其目的都是爲了安全激活婦女群體的生產力，讓她們積極參加經濟生產，搞好後方建設與支持工作。

三、關於「婦女回家」的論爭

女性的「回家」與「出走」在現代社會中是一個被反覆討論的熱門話題。可以這樣說，自從新女性走出家門，參與社會活動開始，就伴隨著讓婦女回家與賢妻良母的聲音。尤其是在社會大變革大動蕩的時期，這種呼聲就更加強烈。在抗日戰爭進入相持階段的 1941～1942 年間，關於是否要「婦女回家」的爭論再次活躍起來。

在這次爭論中，首番發難的福建省主席陳儀與重慶端木露西的言論格外引人注目。1939 年 12 月，陳儀在《我們的理想國：一個民有民治民享的三民主國家》中談到，婦女生活的基礎「在最近二三十年中，我們可以相信，仍然是建立在家庭中。……高等教育，女子是不必要的，……假如家事管理得很好，兒童教養得不錯，這不僅盡了他們應盡的責任，也可以促進男子工作

〔註 29〕 蔡暢：《迎接婦女工作的新方向》，載《中國婦女運動歷史資料（1937～1945）》（中華全國婦女聯合會婦女運動歷史研究室編），北京：中國婦女出版社，1991 年，第 651 頁。

〔註 30〕 《陝甘寧邊區婦女合作社章程》，載《中國婦女運動歷史資料（1937～1945）》（中華全國婦女聯合會婦女運動歷史研究室編），北京：中國婦女出版社，1991 年，第 668 頁。

效率不少。」〔註 31〕基於這種認識，陳儀下命令讓福建的各機關禁用或者限用女職員。其後不久，1940 年 7 月，端木露西在《蔚藍中一點黯澹》一文中對五四以來的婦女解放運動進行了犀利地批評並附議了陳儀的觀點，她也主張婦女應該「在小我的家庭中，安於治理一個家庭」。〔註 32〕這兩篇文章刊出之後，《江西婦女》、《浙江婦女》、《大公報》、和《婦女之路》等等各大婦女刊物和主要報刊紛紛加入論爭。其中，《戰國策》與桂林《力報》副刊「新墾地」之間的辯駁將「婦女是否回家」的爭論推向了高潮。1940 年，《戰國策》集中刊發了沈從文的《談家庭》、《男女平等》，尹及的《談婦女》，陳銓的《尼采心目中的女性》等等系列文章。婦女爲什麼要回家呢？尹及認爲，從生物的角度上看，「女人的眞正位置是在『家』裏，因爲只有在『家』裏才能得到眞正的、生物的、長久的平等，……許多女人希求家外的平等，出去當參政員、女青年會幹事、律師、醫生等等，是因爲她們沒有儘量利用家內的資源，未看清眞正平等之所在」；並且「她是自然界，nartue，派定作這個工作的人」，即生產人力，所以婦女須回到家庭，女人「眞正的個人職業是在婚姻裏」〔註 33〕，因爲在某種程度上，國與國的較量在於人力的多少與優劣。事實上，關於「婦女是否回家」的討論並不僅僅是婦女的職業問題，在深層次上還涉及到男女平等與婦女解放的問題。對此，沈從文作了解讀。他認爲男女「在『男女平等』的名詞上各執一端，糾纏不清，只增加問題本身的複雜性，毫無有助於任何一方。」〔註 34〕而婦女一直追求解放要求男女平等是因爲「她們之中大多數就並不明白自己本性上的眞正需要是什麼」，〔註 35〕沈從文進而認爲「女性若明白一個家對於母性本能發展的重要性，如何大，如何重要」，回到家庭，安排一個幸福適宜於母性發展而又不悖於主婦尊嚴的家，那麼，婦女問題就簡單很多。〔註 36〕很顯然，在讓「婦女回家」的闡釋上，與陳儀的直接和端木露西的尖銳相比，沈從文、尹及的文章在理論上讓這一觀點更加自圓其說。針對以「戰國策」派爲主的「婦女回家」言論，1941 年，桂林《力

〔註 31〕陳儀：《我們的理想國：一個民有民治民享的三民主義國家》，載《改進》1939 年第 2 卷第 5 期，第 173 頁。

〔註 32〕端木露西：《蔚藍中一點黯澹》，載重慶《大公報》，1940 年 7 月 6 日。

〔註 33〕尹及：《談婦女》，載《戰國策》1940 年第 11 期，第 27 頁。

〔註 34〕沈從文《男女平等》，載《婦女生活》1940 年第 9 卷第 5 期，第 33 頁。

〔註 35〕沈從文《談家庭》，載《戰國策》1940 年第 13 期，第 9 頁。

〔註 36〕沈從文《男女平等》，載《婦女生活》，1940 年第 9 卷第 5 期，第 33 頁。

報》副刊「新墾地」，在聶紺弩、邵荃麟和葛琴等等知名作家的主持下刊發了40 多篇文章主要從三個方面進行了反駁。一是反對生物學上的男女平等觀。人「是社會的動物，而不是與一般的生物一樣只具有本能的動物」。〔註 37〕二是堅決反對「婦女回家」的論調，因爲男女不平等不是男女能力上的差異造成的，而是由於經濟不平等造成的。女人回家只能加劇這種不平等。三是強調在當時內憂外患的情形下，只有將婦女解放與民族解放相結合才是實現男女平等的正確途徑。婦女解放的路不是回家而是「發動全國婦女力量，一方面是和男子共同參加抗戰建國，一方面是爭取婦女政治經濟的平等地位，……即在這樣的途徑上，實現男女的眞正平等。」〔註 38〕

縱觀這次論爭以及現代社會的婦女解放運動，無論女性出走還是回到家庭都不只是女性個人的事情，也不只是現代家庭如何人性設計和國共兩黨婦女運動路線不同的問題，同時更是涉及到國共兩黨現代民族國家構建傾向不同的問題。也就是說，不同時期不同黨派構思的民族國家建設的需要決定著女性是否需要回家。對於國民黨而言，當抗戰進入相持階段，在政治上，一方面需要維護一黨專制的獨裁統治，另一方面需要打擊正在崛起的共產黨。因此，讓婦女回家做一個賢妻良母不僅有助於其獨裁統治而且還能限制共產黨領導的婦女運動。於是，國民黨在宣佈共產黨領導的婦運爲非法活動的同時，頒佈了女子對於家庭的責任、獎勵生育和重視母教等等相關政策促使婦女回家。從文化上講，國民黨爲鞏固其專制統治，一方面大力宣揚儒家文化中的忠孝主義，另一方面極力推崇具有法西斯色彩的權力意志學說。1939 年 9 月，蔣介石在題爲《三民主義之體系及其實行程序》講話中宣稱，「五倫中君臣關係，表面上看，現在似已過去不適用，但實際在解釋上不可泥於一義，……在這種關係中應當貫以忠的精神」。〔註 39〕公開要求民眾忠於黨與政府的領袖即蔣介石他本人。而以《戰國策》雜誌出版聞名的「戰國策派」就是一個具有法西斯思想的政治文學派別。它以戰時文化重建爲己任，其主要論點是「英雄崇拜」和「權力意志論」，並將「民族至上、國家至上」作爲其爲理論構建的制高點。比如，陳銓在《論英雄崇拜》一文中就談到，「英雄和歷史是分不開的，……世界上凡是不能夠崇拜英雄的人，就是狹小無能的人，

〔註 37〕聶紺弩《女權論辯》，桂林：白虹書店出版，1942 年，第 66 頁。
〔註 38〕聶紺弩《女權論辯》，桂林：白虹書店出版，1942 年，第 193 頁。
〔註 39〕蔣介石《三民主義之體系及其實行程序》，載《青年中國》1939 年第 1 期，第 5 頁。

凡是不能夠無條件崇拜英雄的人，就是卑鄙下流的人」。〔註40〕林同濟則公開宣揚法西斯戰爭觀，「現時代的意義是什麼呢？乾脆又乾脆，曰在戰一個字」，因此，目前中國要做的就是「戰爲中心」、「戰在全體」、「一切爲戰，一切皆戰」和「戰在殲滅」的純武力統治。〔註41〕顯然，「婦女回家」及其衍生的賢妻良母主義就是這種文化思路的具體表現之一。從經濟上講，戰爭導致國民經濟面臨崩潰的處境，這就是讓「婦女回家」得以提出的客觀現實。總之，「婦女回家」這一聲浪的實質就是國民黨維護一黨專制的需要，在這個意義上這一口號就被賦予了實現民族統一的政治意義。

而對于堅決反對讓「婦女回家」的共產黨來說，這一舉動就暗示了與國民黨不同的民族國家構想理念。「婦女回家」言論一出，1940 年 8 月 12 日，鄧穎超就及時地在《婦女之路》發表《關於〈蔚藍中一點黯澹〉的批判》一文，強調不僅婦女解放運動是民族解放中不可分割的一部分，而且婦女這個群體也是民族解放不可缺少的力量。她借婦女問題再次闡明了共產黨的政治主張。在 1941 年 2 月 4 日至 3 月 8 日這一月之內，聶紺弩在其主編的桂林《力報》副刊「新墾地」上火速刊發了 40 多篇關於「婦女回家」不同觀點的文章。但是，其中有三分之二的文章是反駁尹及、沈從文以及附和「戰國策派」讓婦女回家的觀點的。1942 年，聶紺弩又把《力報》與《戰國策》的這場論爭整理出版，取名爲《女權辯護》，並親自撰寫了題記。這一系列的行爲讓臺灣學者呂芳上認爲聶紺弩不僅僅是提供了園地批評「戰國策」派的婦女思想，其中還有政治方面的考量。的確，中國共產黨一直將婦女視爲實現民族解放的重要力量，因此，反對「婦女回家」，將婦女從族權與夫權中解放出來加入到戰爭與經濟生產中，就成爲了共產黨建構現代民族國家的應有之義。由此可見，在上世紀 40 年代初關於「婦女回家」的討論中，無論是婦女回家還是出走，都受制於政黨構建現代民族國家的需要。

第二節　女間諜：歷史、政治與性別的交織

女間諜作爲戰爭文學中最恒久的象徵符號之一，本節將集中論述女間諜這個特殊的群體所展示的女性與戰爭之間的充滿悖論的眞實關係和豐富的歷史含義。毋庸置疑，在關於女間諜的歷史敘事中有很多無法填充的空白，但

〔註40〕陳銓《論英雄崇拜》，載《戰國策》1940 年第 4 期，第 127 頁。
〔註41〕林同濟《戰國時代的重演》，載《戰國策》1940 年第 1 期，第 1 頁。

這並不影響它豐富的歷史含義。相反，它爲文學家提供了從歷史眞實到文學想像再創作的絕佳場域。與女作家從身體的政治辯詰出發，結合自己敏銳的性別體驗，直指女間諜悲劇命運的言說思路不同，男作家在想像女間諜的時候，由於主觀與客觀的原因，容易保持一個有效的距離。這個距離既防止了將文本作爲一己極端體驗的宣泄與傳達，又能對言說對象進行一種反思性的文化思考。這一時期的男作家通過對「女間諜」這一形象的塑造，顯現出他們對政治和性別之間的關係有了更深入細緻的思考。

一、疊影重重：女間諜的歷史敘事

在抗日戰爭期間，情報工作者由於工作性質的特殊性，比如收集情報、監視、暗殺、鋤奸等等，一直奮戰在隱蔽的戰線上，加之當時大多數人採用單線聯繫的秘密工作方式，事過境遷之後由於人員的死傷、離散很難再還原她們眞實的生平事迹。筆者只能在有限的碎片化的歷史文獻資料中勉強拼湊她們讓人感到撲朔迷離的多重身份疊影。

一是交際花。蔡德金在《中統『美人計』的失敗》一文中描述道，鄭蘋如「長得相當豐滿，楚楚有致，加以愛好打扮，倒是一個十足的摩登女郎」，「妹妹模樣兒生得和她差不多，也愛好修飾，舉止浪漫」，姐妹兩人一起活躍在上海的社交圈。〔註42〕這是一種對女性情報者歷史描述的典型話語。的確，交際花常常是中外女性情報人員選擇的一種身份掩飾。不難理解，爲了獲取大量、準確和及時的情報，擁有寬廣而特殊的人脈是重要條件。因此，無論是國民黨的軍統、中統還是共產黨的中央特科，都將具有潛在特殊人脈和社交能力的人作爲情報工作者候選人的條件之一。鄭蘋如，性情活潑、多才多藝、且日語流利。因其在校的出色表現，19歲成爲《良友》畫報的封面女郎，父親鄭鉞不僅是國民黨元老之一，而且在國民黨政府裏位居高位，母親係日籍名門閨秀。掌控國民黨中統局陳果夫、陳立夫的堂弟陳寶驊在一次朋友宴會上一見光彩照人、熱情正直的鄭蘋如，就向她發出了加入團體的邀請。不負陳寶驊的期望，鄭蘋如利用自己得天獨厚的優勢和半個日本人的身份成功周旋於侵華日軍駐滬各機關的中上層社交圈中，結交了一批有價值的日軍軍官和文員，比如日本前首相近衛文麿之子近衛文隆，陸軍特務部門三木亮孝、

〔註42〕蔡德金、尚嶽：《魔窟：七十六號特工總部》，北京：中國文史出版社，1986年，第58頁。

華野吉平和岡崎嘉平太，談判代表早水親重，海軍諜報的負責人小野寺信，日共黨員中西功等等。通過與他們的交往，鄭蘋如獲取了大量高端的情報，比如汪精衛的異動與叛國，並積極促使日本高層反戰人士與重慶高層的謀和。關露本是上世紀三十年代蜚聲上海灘、與丁玲、張愛玲齊名的才女，也是中共秘密共產黨員。由於她的妹妹胡繡楓曾在李士群被國民黨抓進監獄的時候，幫助過他的老婆葉吉卿。因爲這層特殊的關係，關露被組織派去打入敵僞「七十六號」特工組織，摸清當時已是該組織頭目的李士群的眞實思想動態。爲此，關露不得不出入李士群的社交圈，常常打扮時髦陪同葉吉卿及汪僞政權高層的闊太太們逛街、聽戲、打牌等等出入各種公共場合。她的周旋爲潘漢年與李士群的直接會面鋪平了道路。但是，交際花這一社會角色對女性來說是一把雙刃劍，一方面固然能夠幫助鄭蘋如們比較順利地收集、傳遞情報；另一方面卻阻止了這些讓人感到可敬的女性們獲得情感上的幸福。鄭蘋如不得不隱瞞戀人，與工作對象「七十六號」特工組織殺人色魔丁默邨單獨約會達四、五十次之多，當她的戀人請求與她結婚時，她卻因工作關係無法脫身。鄭蘋如行動小組刺丁失敗被捕之後，鄭蘋如堅不吐實，一口咬定是因爲丁默邨花心才雇殺手情殺。丁默邨的政治對手李士群也大肆渲染這齣桃色新聞而將丁默邨擠出了「七十六」號特工總部。日本人犬養健在其回憶錄中，鄭蘋如被描述成一個狂野而任性的社交達人。眞相難以還原，事後各方的加料讓這場刺殺事件和當事人的心路歷程顯得更加撲朔迷離。關露曾因組織的安排在日本人辦的刊物《女聲》裏工作而在社會上聲譽極差，她的愛人王炳南做的是外交工作，組織上擔心他們的結合會讓人非議而讓王炳南與她斷絕了關係，導致她從此孤老終身。這不禁讓人唏噓感歎，歷史往往在這些縫隙拼接處顯示出它那令人感到弔詭的一面。

二是情報工作者。這層身份往往在她們最危險的行動失敗或者檔案解密之後才被披露出來。1939 年 12 月 20 日，一項謀劃多日的暗殺行動在上海靜安寺路展開，目標是七十六號特工總部負責人丁默邨。在這之前，情報人員鄭蘋如已成功與丁默邨發生曖昧關係幾個月，完全取得了他的信任。這天，在丁默邨和鄭蘋如乘車外出的路上，途經靜安寺路西伯利亞皮貨店時，鄭蘋如突然向丁默邨索要一件皮大衣。丁默邨覺得事發突然，沒有危險的可能，便坦然下車與她進入商店。汽車就停在西伯利亞馬路對面的路邊。當這兩人進店門口時，丁默邨發現兩個形迹可疑的彪形大漢腋下各挾有大包，頓起疑心。在這緊要關頭，丁默邨冷靜應對，昂首直入店內後，一轉身毫不停留丟下鄭蘋如從另一扇門狂奔而出，穿過馬路，躍上自己的汽車內。兩個大漢的反應慢了半拍，待拔槍射擊時，丁默邨已毫髮無損的成功逃離現場。三天之後，鄭蘋如以爲事非預約，對方絕無懷疑之理，便親自打電話慰問丁默邨。丁默邨假意敷衍，毫無怪罪之意，還約好了下次約會的時間地點。鄭蘋如爲表示清白，遵約而至，一到便被預先埋伏的警衛扣留。1940 年 1 月 3 日，也就是刺丁事件發生十天後，鄭蘋如被帶到中山路旁的曠地上執行槍決，年僅 26 歲。〔註 43〕1945 年 7 月 14 日，以張露萍爲支部書記的插入國民黨軍統首腦機關內部的電臺特支七人小組全部被秘密殺害於貴州息烽快活林軍統一座被服倉庫內。1962 年，即事隔 17 之後，這一事件才被曾在國民黨軍統局任職的沉醉在他的回憶錄《我所知道的戴笠》一書中披露出來。1939 年 11 月，新婚不久的張露萍受命於中共南方局擔任了重慶「軍統電臺特支」書記。這個特支主要任務有兩項，一是收集、傳遞情報，二是在軍統內部繼續發展秘密黨員。在張露萍等人的努力下，這個特支從軍統局獲取了大量的情報，比如軍統局的內部組織、打入我黨內部的計劃、電報密碼、電臺呼號、破獲的地下黨聯絡點等等，被喻爲插在國民黨心臟上的一把利劍。同時，這個特支隊伍不斷壯大，先後發展了趙力耕、楊洸、陳國柱、王席珍等等 4 人爲秘密黨員，掌控範圍擴大至無線電通訊、機房、報務、譯碼等部門。但是接二連三的重大泄密事件，讓戴笠不寒而慄，決定從內部開始一一排查。結果，軍統人員在與張露萍兄妹相稱的張蔚林的住處發現了軍統分佈在各地的無線電臺情況和名冊。「軍統電臺特支」的全部成員被一網打盡。戴笠聽到這一消息後大怒大驚，立刻親自審訊，一無所獲之後將這 7 人轉移到貴州省北部的息烽集中營監禁。蔣介石得知此事後大罵戴笠無能，這也被稱爲戴笠特工生涯中最大的敗筆。被秘密殺害時，張露萍年僅 24 歲。〔註 44〕筆者綜合各家說法大致連綴了鄭蘋如和張露萍的主要情報活動。實際上，她們爲什麼從事特工工作？鄭蘋如到底主要從事那方面的情報活動？張露萍如何成功周旋於國民黨軍統局首腦機關的社交圈裏的？這些問題眾說紛紜，當事人的心裏也是各執

〔註 43〕這裡有關本案始末的敘述，採取的是親歷者朱子家（金雄白）的說法。詳情參看朱子家（金雄白）《汪政權的開場與收場》，濟南：春秋雜誌社，1960 年，第 58～60 頁。

〔註 44〕這裡有關本案始末，詳情請參看沉醉《我所知道的戴笠》和張澤石《張露萍烈士傳略——七月裏的石榴花》。

一把尺子。事實上，鄭蘋如被抓之後關押的地方、遇難的具體時間和地點、遺體在哪裏、有何遺言等等，當時她的家人都不清楚。時至今日，依然撲朔迷離。張露萍由於曾使用過多個化名，眞實的經歷也不爲外界和組織知曉，以致犧牲很多年後還被人誤認爲是軍統的特工。這些斷點與空白處都爲後人留下了進入歷史的切口，也留下了個人與國家、性別與國族等等話題再討論的空間。

三是雙面間諜或漢奸。鄭蘋如刺丁事件轟動了整個上海灘，當時各大媒體也相繼對此進行了報導。相關組織對鄭蘋如的犧牲也瞭如指掌。但是，中統局殉難烈士的追認和官方的褒獎卻久久延宕，遲遲不至。究其原因，鄭蘋如的死因值得注意。七十六號特工總部的日本顧問晴氣慶胤和丁默邨都認爲是被日人所害。丁默邨在審訊的時候交待「鄭於民國二十四、五年即爲敵寇作情報工作，常奔走於上海虹口日人區域，敵方也視鄭女士爲半個日本人。二十八年冬，其日友有數人以共黨嫌疑被敵寇逮捕，涉及鄭女士，旋又發覺鄭女士有暗通中央之嫌，敵寇以鄭女士爲日方情報員，竟與我中央及共產黨同時有關，疼很異常，故壓迫鄭母將鄭女士交出，架往虹口禁閉。」〔註 45〕晴氣慶胤的《滬西「七十六號」特工內幕》一書的相關內容對這種說法進行了佐證。他談到「上海憲兵隊深知她的危險性，終於將她逮捕起來，並把她作爲狙擊丁默邨的罪犯引渡給『七十六』號」。〔註 46〕此外，晴氣還在文中長篇累牘地披露了丁默邨與李士群圍繞著刺丁案進行的政治鬥爭。另一種說法就是鄭蘋如死於「七十六號」特工總部內部的權力之爭。這種說法主要根據是「七十六號」特工馬嘯天和汪曼雲兩人在服刑期間的供詞。據他兩人說，丁默邨安全逃脫之後礙於面子本無意追究，一心想悄悄遮掩過去，但無意中被李士群發現了，李乘勢逮捕了鄭蘋如並將之置於死地，目的就是爲了打擊丁默邨。〔註 47〕第三種說法是丁默邨殺死了鄭蘋如。持這種看法有鄭蘋如的母親與弟弟、日人犬養健和蔡德金。1946 年 11 月，鄭蘋如的母親向首都高等法院控告丁默邨殺害其女是眾所周知的事情。犬養健在事發當晚的宴席上見

〔註 45〕羅久蓉：《歷史敘事與文學再現：從一個女間諜之死看近代中國的性別與國族論述》，載《近代中國婦女史研究》2004 年第 11 期，第 54 頁。

〔註 46〕晴氣慶胤：《滬西「七十六號」特工內幕》，上海：上海譯文出版社，1985 年版，第 146～147 頁。

〔註 47〕黄美真、姜義華、石源華：《汪僞七十六號特工總部》，上海：上海人民出版社，1984 年，第 110～115 頁。

到了丁默邨，丁默邨表現出令人難以置信的沉著冷靜。犬養健判斷爲了維護特工領導的威信，丁默邨不得不殺死鄭蘋如，何況李士群也獲悉了此事。而蔡德金認爲是丁默邨老婆及一干貴婦人地推潑助瀾造成了鄭蘋如的死。這些眾說紛紜地追述不僅讓鄭蘋如有多面間諜的嫌疑，而且在悄然中解構了她當時壯烈犧牲的行爲。雖然在鄭蘋如的母親一再追究的情況下，法院也做出了鄭蘋如爲國犧牲事實的判定。數十年以後，鄭蘋如也終於被列入中統局殉難烈士的名單。但是，幾十年後的臺灣民國政府內外政治形勢早已發生變化，這讓褒揚的意義起了微妙的變化。不獨有偶，在抗日戰爭勝利後，紅色間諜關露被國民黨視爲漢奸，這或許不會給當事人帶來致命地打擊。但是，新中國成立之後，關露仍兩度因漢奸的罪名入獄，時間長達 10 年之久，出獄的時候仍然頂著漢奸的帽子。事實上，自從關露奉命打入「七十六」號開始，一直背負著漢奸的罵名直至她逝世前幾個月。在這長達四十多年的日子裏，關露的健康逐漸被損毀，全身疼痛如刀割一般，無法堅持寫作，在早年結拜姐妹陳慧芝的幫助下，才開始著手寫回憶錄。終於，在接近生命的盡頭，關露盼來了平反的決定。但是，讓人意料不到的是，當完成了回憶錄、寫好了紀念老上級潘漢年的文章之後，她平靜地選擇了自殺。因爲是自殺，在她的骨灰安放儀式上也沒有致悼詞。只是夏衍在一次座談會上對此說了這樣一句話：「解放後 30 年，關露的內心一直非常淒苦。她的死必有原因。」那麼，她自殺的原因是什麼呢？至今是謎。

二、關於身體悖論地質問：女作家對女間諜的文學想像

顯然，在女間諜的歷史事件中有很多無法填充的空白，但這並不影響它豐富的歷史含義。反而，它爲文學家提供了從歷史眞實到文學想像再創作的絕佳場域。在抗戰時期，雖然國家振興仍舊是婦女解放背後的主要推力，但是這一直都不是女性生命經驗的全部。與初涉革命的新女性們抓住機會熱情高漲全神貫注非要殺出一條血路來不同，這一時期的女作家通過對「女間諜」這一形象的塑造，顯現了她們對道德、政治和性之間的關係有了更細緻與更獨立的判斷與思考。

本文要討論的《我在霞村的時候》就是這方面的力作。「自當年《莎菲女士的日記》（1927），到文革後發表的《杜晚香》（1979），丁玲半世紀的寫作經驗每隨感情、政治際會屢起屢僕。她的作品與生命兩相糾結，輾轉曲折，

自有其扣人心弦之處。而她對女性身體、社會地位及意識的體驗，尤其是有心人探討(女)性與政治時的絕佳素材」。〔註48〕這個短篇小說通過敘述者「我」講述了村女貞貞的故事。貞貞因逃避父母的逼婚跑到教堂去當修女，不巧碰到了鬼子搜村。被鬼子掠走之後成了一名慰安婦。好不容易逃回村子，因戰爭需要，又被組織派回到日軍軍營做情報工作。後來，貞貞染上了性病，被組織安排回來治療，卻不料遭到了不明眞相的村裏人的鄙夷和父母的再次逼婚。小說結尾是個光明的尾巴，貞貞接受了黨的安排，到延安先治療再找學校學習。這篇小說發表後就不斷遭到熱議。1957 年批評這篇小說的主要觀點是，丁玲美化了一個被日軍搶去當軍妓的女子，而事實上「貞貞是一個喪失了民族氣節，背叛了祖國和人民的寡廉鮮恥的女人」〔註 49〕而文革以後主流評價卻認爲貞貞是一個出淤泥而不染、犧牲小我成全大我的女英雄。然而，無論是失節者還是女英雄，這些評價都是在狹隘的道德層面上打轉，迴避了丁玲在文本中暴露的癥結問題。那麼，這個癥結問題是什麼呢？筆者認爲就是丁玲通過揭示戰爭時期種種權力對女間諜身體的支配與反支配，來反思女性解放、傳統倫理道德與政治三者之間錯綜複雜的關係。

從倫理身體方面而言。事實上，無論是對貞貞的批評還是對她的讚揚，都源於她對傳統倫理的近乎徹底挑戰。廣大民眾深受傳統禮教的影響是毫無疑問的，首先表現在父輩對子輩身體的支配上。貞貞與夏大寶本是眞誠相愛，但貞貞的父母覺得西柳村的一家米鋪的小老闆，家道厚實，雖然是去塡房，也比貧窮的夏家更爲實在。逼得貞貞跑到教堂去找神父要做姑姑，不料碰到鬼子，被毀了清白，做了慰安婦。這就是傳統家庭倫理對女性身體的絕對支配權而釀成的悲劇。貞貞回來之後，其父母又再次逼迫她嫁給夏大寶。並不是因爲貞貞的父母理解了他們的愛情，而是此時的貞貞身價大跌，「要不是這孩子，誰肯來要呢？」除了嫁不出去的擔憂之外，劉大媽還怕因此連累了家庭。家庭倫理的虛僞性也就在此顯示了出來。貞貞的身體是沒有主體性的，它只是一個隨時準備爲父輩意志、家庭利益獻出自己的物品。面對傳統倫理對自己身體的無理支配，貞貞進行了絕地反擊。她先是憤然離家出走去當姑姑；繼而她像一個復仇的女神，用兩顆猙獰的眼睛怒視著眾人，斷然拒絕夏大

〔註48〕王德威：《做了女人眞倒楣——丁玲的『霞村』經驗》，載《想像中國的方法：歷史・小說・敘事》(王德威)，北京：三聯書店，1998 年，第 172 頁。

〔註49〕華夫：《丁玲的『復仇女神』——評〈我在霞村的時候〉》，載《文藝報》1958 年 3 期，第 22 頁。

寶地提親；最後面對「我」試探性地勸解，犀利地反駁明志「聽她們的話，我爲什麼要聽她們的話，她們聽過我的話麼？」雖然悲劇還是不期然地發生了，但是貞貞因捍衛自己身體主權的堅定意志而顯得光彩熠熠。從性別身體層面而言。「在強調男女防閒的社會裏，女性的身體一方面被視爲孕育生命的神聖處所，一方面被視爲藏污納垢的不潔表徵；一方面被默認爲娛樂享受的源頭，一方面也公推爲倫常禮教的勁敵」。〔註 50〕正因爲女性身體處於這些矛盾交匯處，貞貞才有可能既是慰安婦又是女間諜，自如地往返於日軍軍營與解放區之間。正因爲女性身體如此美好而又如此危險，才讓男權社會既要利用又要防範。在文本中，這防範集中表現在民間話語對貞貞道德上的攻擊。「虧她有臉回家來。……那娃兒向來就風風雪雪的，你沒有看見她早前就在這街上浪來浪去。」然而，最讓貞貞感到難堪的卻是來自同性的惡意貶損，她們一邊貶低貞貞「現在呢，弄得比破鞋還不如……說走起路來一跛一跛的，唉，怎麼好意思見人……這種破銅爛鐵還搭臭架子。」一邊又潛在的藉此擡高自己，彷彿自己沒有被日本人強姦而顯得崇敬而聖潔。同時，讓人感到弔詭的地方是，對貞貞賦予眞深切的同情的也是女性，「我不能說，我眞難受，我明天告訴你吧，呵！我們女人眞作孽呀！……她吃的苦眞是想也想不到，……做了女人眞倒楣。」就連女性敘述人也情不自禁地同情貞貞，「每個人一定有著某些最不願告訴人的東西深埋在心中，這是與旁人毫無關係，也不會有關係於她個人的道德的。」1957 年，有人據此認爲，這篇小說是丁玲在替自己 1933～1936 年被國民黨軟禁，與馮達同居的那段政治曖昧的經歷開脫。筆者無意作此比附，但是，無論是丁玲本人還是貞貞，因爲「性」才被質疑，才被指認「病」情卻是不爭事實。從政治身體層面而言。在敘述人「我」看來，政治權力具有對身體的最後調度權與裁決權。最初，它以民族利益的名義派遣貞貞返回日本軍營從事情報工作；當貞貞病情嚴重後，「他們不再派我去了，聽說要替我治病」，「治病」這一說法就含有強烈的政治味道，它意味著組織對貞貞行爲的肯定。這也是爲什麼貞貞身患惡疾，卻臉色紅潤、歡天喜地的原因；最後，也是「他們既然答應送我到延安去治病」，讓貞貞得以擺脫了父母地再次逼婚和村人的冷眼。政治權力不僅是子一輩獲得自由的依靠力量，而且能夠侵蝕、瓦解傳統倫理對子一輩身體的支配能力。可見，在敘述人看來，政治權力是貞貞脫胎換骨的良藥，

〔註 50〕王德威：《做了女人眞倒楣——丁玲的『霞村』經驗》，載《想像中國的方法：歷史·小說·敘事》（王德威），北京：三聯書店，1998 年，第 175 頁。

丁玲堅持政治立場正確的姿態十分明顯。

但是，必須追問的是，貞貞的病眞的能治好嗎？這裡看似一個醫學命題，實際隱含著政治和文化問題。文本開篇，敘述人「我」談到，「因爲政治部太嘈雜，莫俞同志決定要把我送到鄰村去暫住」，調養身體。文本結尾，迫於霞村複雜的環境，貞貞又將被送到延安去治療學習。也就是說，延安由開始的致病之地變成後來的治病之所，而霞村由開始的養病之所變成了後來致病之地。這其中固然涉及到「我」與貞貞的身份不同，然而，我們不得不因此而質疑即使貞貞身體上的病能治癒，精神上的病能治好嗎？貞貞天眞地認爲「活在不認識的人面前，忙忙碌碌的，比活在家裏，比活在有親人的地方好些」。但是，當不認識的變成了熟識的，陌生人變成了家人之後，貞貞又該如何面對自處呢？貞貞最後不得不面臨自己道德上的兩難處境。即利用色獲取情報的女間諜的身體「除了在禮教上顯現模棱意義，在政治上也往往兼具正邪兩極的潛能」。〔註 51〕一方面，性的確是獲得情報的利器，它因此而呈現出自身的價値；另一方面，性也可能成爲革命正義的腐蝕劑，它也因此而讓人感到道德上的污點。這就導致了貞貞一方面開朗樂觀，另一方面卻自怨自艾道，「我總覺得我已經是一個有病的人了，……是一個不乾淨的人」。其中的「不乾淨」，就是貞貞對自我的價値判斷，這就不難理解她爲什麼會放棄夏大寶的提親。極度混亂、恐懼而又相互衝突的內在的深度情緒不僅讓貞貞不再奢望個人情感的幸福，同時也證明了性工具化的失敗。因此，這篇小說表面上宣揚的是丁玲的官方立場，裏面卻深具女性主義訊息。丁玲在《風雨中憶蕭紅》一文中吐露道，「世界上什麼是最可怕的呢，決不是艱難險阻，決不是洪水猛獸，也決不是荒涼寂寞。而難以忍耐的卻是陰沉和絮聒。」〔註 52〕或許，關露就是不能再堪忍受這無休止的絮聒，而不屑不能不想再進行自我辯誣，平靜而暢快地選擇了自殺。

張愛玲從 1953 年開始構思寫作《色，戒》，二十多年後才公開發表，文本講述的是發生在抗日戰爭時期上海淪陷區裏的一個女間諜的故事。雖然小說的寫作時間有點超出筆者討論的範圍，但因與《我在霞村的時候》掛在同一問題鏈條上有必要在這裡作一個簡單的比對。同是講述女間諜的故事，在

〔註 51〕王德威：《做了女人眞倒楣——丁玲的『霞村』經驗》，載《想像中國的方法：歷史・小說・敘事》（王德威），北京：三聯書店，1998 年，第 172 頁。

〔註 52〕丁玲：《風雨中憶蕭紅》，載《丁玲全集》（第 5 冊），石家莊：河北人民出版社，2001 年，第 134 頁。

張愛玲的《色，戒》中就看不到丁玲因其黨員身份與女作家身份之間的微妙關係而產生的拉鋸與糾結。從作品的效果上看，無異於是對女間諜形象的改寫。這種改寫可以說是站在女性主義的立場，對左翼主流文學範式的一次成熟的反叛。這突出的表現在以下兩個方面。一是超越了狹隘的民族主義，極具個性地闡述了民族與性別的關係。正如美國學者本尼迪克特‧安德森所言，所謂的「民族」就是一個「想像的共同體」，「民族總是被設想為一種深刻的、平等的同胞愛。最終，這種友愛關係在過去幾個世紀中，驅使數以百萬計的人們甘願為民族——這個有限的想像——去屠殺或從容赴死。」〔註 53〕很多學者已經指出，「想像的同體體」遮蔽了內部的差異和不平等，尤其是性別上的不平等。張愛玲也看到了以民族主義涵蓋女性主義的虛妄性，因此，她拒絕組織以民族正義的名義對女性身體的徵用。當易先生不願意給老婆買鑽戒卻願意用十一根大金條給王佳芝買一個六克拉鑽戒時，王佳芝突然領悟道，「這個人是真愛我的，……心下轟然一聲，若有所失。」在千鈞一髮的時刻，她遵從了自我主體的感受和判斷，放走了大特務易先生。整個故事在這個拐點上，直鋒急下。更令人拍案驚奇的，不是易先生「一網打盡」和「統統槍斃」這一行為果斷與辛辣，而是張愛玲在此深刻地揭示出了女人愛情悲劇的實質。即「對女人的人身佔有欲的男性集體無意識，以及女人在這樣的『集體無意識』的汪洋大海中對真正的愛情的渴望和追求的破滅。」〔註 54〕二是由於沒有展現政治立場正確的壓力，隱含作者準確地把握住了這一個故事中這一個男人與這一女人的獨特心裏。同樣在這個故事的拐點，王佳芝放走易先生是基於愛情的生發，因為易先生不僅是王佳芝性的啓蒙者，而且也給予了她情感上的慰藉，如隱含作者所言「到女人心裏的路通過陰道」。而這些與因為她愛國反特失身而議論她、躲著她的同夥的態度確實反差太大。儘管在這個情愛裏面也有權勢充當春藥的成分，易先生對王佳芝也是有情感的，「他覺得她的影子會永遠依傍他，安慰他。……她這才生是他的人，死是他的鬼。」只不過這種情感不是現代社會的產物——愛情，而是千載而下的男人對女人的霸佔心理。隱含作者十分精準細緻地描寫出來了大漢奸易先生和懵懂少女王佳芝情感分歧。

〔註 53〕張兵娟：《電視劇敘事：傳播與性別》，開封：河南大學出版社，2009 年，第 160 頁。

〔註 54〕劉思謙：《以性別視角細讀〈色，戒〉》，載《揚州大學學報》（人文社會科學版），2010 年第 1 期，第 57 頁。

三、距離把持中的反思：男作家對女間諜的文學想像

與女作家從身體的政治辯詰出發，結合自己敏銳的性別體驗，直指女間諜悲劇命運的言說思路不同，男作家在想像女間諜的時候，由於主觀與客觀的原因，容易保持一個有效的距離。這個距離既防止了將文本作爲一己極端體驗的宣泄與傳達，又能對言說對象進行一種反思性的文化思考，從而讓文本擁有足夠的張力。

1941 年，茅盾的《腐蝕》在香港《大眾生活》週刊上連載，同年 10 月，發行單行本。小說以日記體的形式主要講述了女間諜趙惠明 1940 年 9 月 15 日至 1941 年 2 月 10 日間不爲人知的經歷與掙扎的心路歷程。趙惠明本是一個追求進步的青年，由於歷世不深，被僞裝成政工人員的國民黨特務希強騙色騙財、始亂終棄。她在身無分文、無依無靠處境下被迫拋棄剛出生的孩子。同時，她還誤入了國民黨特工組織，在一面憎恨自己的環境而又一面與魑魅魍魎的周旋中艱難度日。她堅決地抵制住了已成漢奸的老同學舜英拉她加入汪僞特工組織的誘勸，但也身深陷魔窟似的國民黨特工系統難以自拔。昔日愛人小昭的出現成爲她命運的拐點。進步青年小昭被捕，趙惠明奉命使用美人計前去軟化勸降，小昭卻伺機勉勵她趁早自拔，由於他堅不吐實最終被無情地殺害。小昭的死讓趙惠明感到萬分痛心。加之國民黨特務組織的內鬥，讓她無辜受到槍擊，又讓她十分寒心。這一系列的遭遇讓疲憊的趙惠明再次滋生出了自新的想法。之後，趙惠明被調到學生區，看到女大學生 N 被迫著走上自己的老路，她果敢地出手相救。然而，故事結尾，無論是女大學生 N 能否搭上商車成功外逃還是趙惠明能否脫離魔窟回到故鄉都充滿了不確定性。如果說這斷斷續續的日記是敘述人要講的故事，那麼在前言中作家就明確了講這個故事的主觀意圖。「我現在斗膽披露這一束不知誰氏的日記，無非想要藉此告訴關心青年幸福的社會人士，今天的青年們在生活壓迫與知識饑荒之外，還有如此這般的難言之痛，請大家再多加注意罷了。」〔註 55〕也就是說，茅盾意在關心青年的成長，準確的說就是有過特殊經歷的知識女青年的成長經歷。筆者將《腐蝕》這個成長故事的敘述結構與革命成長敘事結構相比對，發現它們的敘事模式大體一致。就行動元及其內部關係而言，前者文本中的青年主人公、壓迫者與拯救者可以和後者文本中的青年主人公、壓迫者與啓蒙者相對應。一般而言，青年主人公與壓迫者形成對立關係，並製

〔註 55〕茅盾：《腐蝕》，北京：人民文學出版社，2008 年，第 1 頁。

造出推動情節發展的眞正衝突；青年主人公對拯救者或者啓蒙者產生愛慕或者敬仰之情，從後者的教育或者言行中產生戰勝困境的力量；而壓迫者與拯救者或者啓蒙者一般不發生正面衝突，僅僅具有結構上的相反意義。就情節功能而言，青年主人公身處困境或者遭遇重大的人生挫折，深受壓迫者的迫害並自發地產生反抗，形成戲劇衝突。在人生的拐點，主人公結識拯救者或者啓蒙者，在對方的教育、幫助與啓發下找到方向。仔細考察趙惠明的故事在結局上又與革命成長敘事存在細微的不同，然而，這細微的不同卻決定了青年主人公命運的本質差異。就革命成長敘事而言，主人公在啓蒙者的教育幫助下或加入其組織或參與其工作，即使遇到客觀上的重大挫折，比如革命遭遇失敗，青年主人公依然能逆境中帶著被內化的堅定信念繼續革命。而在趙惠明的故事中來自拯救者方面的幫助卻躲躲閃閃、並不給力，她不得不一再依靠自己的手段來化解危機。也可以說，拯救者的閃躲、猜疑與疏離不斷使趙惠明處於孤獨無援的境地中。《腐蝕》的詩性就在於它將女間諜趙惠明靈魂無處可告的狀態表現得淋漓盡致。「近來使我十二萬分痛苦的，便是我還有記憶，不能把過去的事，完全忘記。這些『回憶』的毒蛇，吮吸我的血液，把我弄成了神經衰弱。……我萬分不解，爲什麼我還敢有這樣非分之想，還敢有這樣不怕羞的想望。難道我還能打破重重魔障，挽救自己麼？」〔註 56〕實際上，文本中處處彌漫著這種頻臨絕望絮語。小說最讓人動容的地方也就是這種不斷掙扎帶來的疲憊感，即一個良心未泯的女間諜無力應付世界，但又無法自我容身的疲憊感。「我預感著一種新的痛苦在我面前等待我陷落下去。……我畏縮麼？不，決不！像我這樣心靈破碎了的人，還有什麼畏縮。……在這樣的環境中，除非是極端卑鄙無恥陰險的人，誰也難於立足；我還不夠卑鄙，不夠無恥，不夠陰險！我只不過尙留有一二毒牙，勉強能以自衛而已。……我眞倦極了。……當眞得了神經衰弱病麼？我爲什麼不像從前的我呢？……瘧疾是在一天一天好起來，但是我的精神上的瘧疾毫無治癒的希望。……我的眼光跟著他的手的動作，我彷彿看見這一雙手染有無窮血污，我的心跳了，我忍不住也看一下自己的手，突然意識到我自己的手也不是乾淨的，……我伏在桌上，讓無聲的暗泣來掩沒我的悲痛與怨恨。……一切都喪失了，連同我的自信，甚至連同我的憎恨。」〔註 57〕這表明在步步危機、

〔註 56〕茅盾：《腐蝕》，北京：人民文學出版社，2008 年，第 3 頁。

〔註 57〕茅盾：《腐蝕》，北京：人民文學出版社，2008 年，第 11～122 頁。

處處陷阱的惡劣環境中，在特務頭子地迫害與高壓下，趙惠明雖心生反抗，但又不得不爲了生存而委屈求全、任人擺佈，以致於身心分裂。即使是在遇到拯救者之後，這種狀況也沒有得到多大改善。「又會見他時，難道我的態度不夠誠懇麼？難道我還有什麼惹他們懷疑的地方麼？沒有，絕對沒有！除了沒法挖出心來給他們看，我哪裏有半點隱藏！……但是他們一次，兩次，三次躲閃；他們簡直毫無誠意。……一種說不明白的辛酸的味兒，卻嗆住了我的喉嚨了；何嘗不像她那樣想，有一種美妙的憧憬在我眼前發閃，可是在這下面深藏著的，還有一個破碎的心，——被蹂躪、被地獄的火所煎熬，破碎得不成樣的一顆心呢！我的身世哪有N這樣簡單。一個人窺見了前途有些光明的時候，每每更覺得過去的那種不堪的生活是靈魂上一種沉重的負擔。」〔註58〕最終，趙慧明恍然領悟道，「一切都像約好了似的，不許我走光明的路！」〔註59〕

爲什麼一個被騙失足願意自拔的女間諜就沒有自新之路呢？有學者認爲「《腐蝕》在價值構建方面似乎陷入了一個悖論：作者試圖用光明指引於痛苦中掙扎的人以方向，卻在最後宣佈了拯救的虛無；至於光明，就真的如向窗玻片盲撞的蒼蠅所見，可望而永遠不可觸及，即使在靈魂上得到救贖，但在現實中，除卻葬身於獅虎鷹隼之腹的壯烈的死路，依舊無生途可走。」〔註60〕還是作者通過這種貌似悖論的曲筆的方式旨在質疑革命、戰爭的效能邊界。也就是說，難道正義之戰、革命之光只能拯救那些歷史清白、善良單純的左傾青年？而那些被黑暗污染、經歷複雜、卻良心未泯、努力自拔、改過自新的小資產階級群體，尤其是道德虧損的女間諜，始終不能被原諒、被接納，注定只能在幻滅的希望中沉淪、直至消亡？茅盾曾在《戰鬥的一九四一年——回憶錄（二十八）》一文中談到，「抗戰初期有不少熱血青年，被國民黨特務機關用戰地服務團等假招牌招募了去，加以訓練後強迫他們當特務，如果不幹，就被投入監獄甚至殺害。還聽說，陷進去的青年有的偷偷與進步人士聯繫，希望得到幫助，使他們跳出火坑。」〔註61〕曾任國民黨軍統少將的沉醉也在名爲《魔窟生涯——一個軍統少將的自述》的自傳中印證道，「軍統一

〔註58〕茅盾：《腐蝕》，北京：人民文學出版社，2008年，第205頁。

〔註59〕茅盾：《腐蝕》，北京：人民文學出版社，2008年，第141頁。

〔註60〕劉芳、王燁：《小說〈腐蝕〉的敘事結構與表現小資產階級痛苦的主題》，載《武漢工程大學學報》2010年第10期，第75頁。

〔註61〕茅盾：《戰鬥的一九四一年——回憶錄（二十八）》，載《新文學史料》1985年第3期，第52頁。

共辦過 20 多個特務訓練班，……有很多青年學生是滿懷抗日激情來參加訓練班的，當他們明白這些特訓班的實質後，就後悔莫及，有的設法逃走，有的藉口請長假。」〔註 62〕然而無論是逃走還是請長假的學生都沒有好下場。因此，《腐蝕》的隱含作者似乎有意要替機械的革命倫理擴容，也就是說不能因爲要刻意維護革命政父在意識形態上的威權和抽象的純粹度而對像有趙慧明這樣經歷與掙扎的人的個體正當的訴求漠然不視，甚至阻塞她們的自新之路。然而，當時這樣的意圖是極其隱晦的，後來，甚至連作者自己都對此矢口否認。1954 年，人民文學出版社重排《腐蝕》，茅盾藉此機會寫了一篇《後記》。在這篇文章中，作者對趙慧明的自新之路，準確的說是不確定的自新之路，這一情節安排進行了辯解，「我不能不接受這兩方面提出的對於我的要求。結果是在原定結構上再生枝節，而且給了趙慧明一條自新之路」。〔註 63〕其中所說「兩方面的要求」是指刊物希望作者多寫幾期連載和讀者希望給趙慧明一條自新之路，「再生枝節」是指「小昭之被害作爲趙慧明生活的轉折點，其實不是原訂計劃，而是迫於要求，將就『拖』出來的」。〔註 64〕結合在 1937～1945 年間，茅盾的足迹遍及上海、香港、新疆、延安和重慶等等政治格局完全不同及其生存感受也隨之不一樣的事實，那麼，《腐蝕》這部小說《前言》與《後記》前言不搭後語、語義自相矛盾的情況不得不再次引發了我們對政治認同與文學創作、社會空間與主體表述之間錯綜複雜的關係的再警惕與再思考。

如果說陳銓在《野玫瑰》中塑造的女間諜夏豔華這一人物形象代表了戰時主流意識形態對女性的期待的話，即按照政府意志無保留的奉獻自己的身體、情感與意志，那麼，徐訏的《風蕭蕭》則表現出在處理重大政治題材時的自由性。這種個性化的處理主要不是通過塑造女間諜白蘋、梅瀛子這兩個人物形象來實現，更多是通過敘述人「我」與她們之間的心裏距離與評價來實現，從而達到思考女性，或者說個人面對壓倒性的歷史洪流應該如何應對的問題。在文本中，梅瀛子與白蘋都是標簽式的人物。梅瀛子簡單直接、果斷強悍、冷峻殘酷，她是政治學中粗暴的集體主義的化身。「我」與梅瀛子本屬於同一陣營，卻在思想上存在著最大的分歧。尤其是在對待海倫這件事情

〔註 62〕沉醉：《魔窟生涯——一個軍統少將的自述》，北京：人民文學出版社，1981 年，第 158 頁。

〔註 63〕茅盾：《腐蝕》，北京：人民文學出版社，2008 年，第 228 頁。

〔註 64〕茅盾：《腐蝕》，北京：人民文學出版社，2008 年，第 228 頁。

上表現得尤爲明顯，「我」極力反對利用海倫的美色去進行情報工作，而梅瀛子卻認爲在戰爭中必須犧牲個體的利益去獲得集體的勝利。「我」堅持認爲每個個體的生命與情感不容複製，而梅瀛子卻批評「我」，「始終是個人主義者，……你的話只代表中世紀的倫理秩序，而現在是20世紀的政治生命。」〔註65〕與梅瀛子強調集體之上，將個人異化成工作機構上的一個個無情的零件不同的是，白蘋同樣將身心都交付給了抗戰事業，獨自在諜海沉沉浮浮，最終卻舍生取義、殺身成仁。她深陷火海，卻看重「我」與海倫的才華，三番五次暗示他們遠離上海這個複雜的政治環境避免遭人利用，去過寧靜的日子。「貫徹白蘋的心胸的，有一種偉大的人情。而梅瀛子則只有如鋼的意志」〔註66〕，正是基於此，「我」與白蘋發展成了有情趣、有思致的朋友關係。即使如此，「我」似乎並不完全贊成她的選擇，因爲蘋的生活完全處於無我的分裂狀態，她的「交遊完全是在兩極端之中，一方面是崇高的神聖的生意（她的抗戰工作，作者注），一方面是浪漫的糊塗的可笑又可氣的買賣；前者太把我當作英雄，後者太把我當作玩物。於是我自己就沒有生活，好像每個人同我接觸，都是有事，不是派我生意，就是買我玩弄。」〔註67〕也可以這樣講，白蘋的遭遇代表著個人試圖磨合進國家民族的宏大邏輯時，所遭遇到的誤解、迷惘與創傷。頗有意味的是，當史蒂芬太太勸「我」加入間諜組織時，有這樣一段對話：「你有冷靜的頭腦與敏捷的思想，……當全國動員赴救民族的時候，這類人材是徵作間諜之用的，……我現在只問你這句話，假如有人派定你，你願意接受麼？」「如眞是爲愛與光明，我接受。」〔註68〕也就是說，當史蒂芬太太用主流的國家民族話語來規勸「我」時，「我」的回答卻似是而非，下意識的自動選擇了另一套話語，即「爲愛與光明」。顯然，「愛與光明」不僅比國家民族那套話語更具普世價值，而且更具有穿越二元對立壁壘的有效性。令人感到弔詭的是，「我」的理想化身海倫最終皈依藝術與美，而「我」自己卻在有風和「白雲與灰雲在東方飛揚」的背景下走向抗戰大後方。可見，「敘述者是一個矛盾的化身，一直徘徊於民族與個人生活、人道主義與殘暴的衝突之中。上海的社會政治空間並不能限制和約束敘述者，相反，他的哲學思考將上海拓展進一個愛欲、政治與人道主義思想相融合的場域」，並將女

〔註65〕徐訏：《風蕭蕭》，北京：人民文學出版社，2008年，第231頁。
〔註66〕徐訏：《風蕭蕭》，北京：人民文學出版社，2008年，第289頁。
〔註67〕徐訏：《風蕭蕭》，北京：人民文學出版社，2008年，第292頁。
〔註68〕徐訏：《風蕭蕭》，北京：人民文學出版社，2008年，第148頁。

間諜的沉浮掙扎置於此間，讓我們對性別與戰爭的思考有一個更客觀而恢宏的背景。〔註 69〕

第三節　「女性」與「個體」的再謀：知識分子破解專制的努力

在國家民族危機的時刻，作爲現代公民的女性挺身而出、乃至爲國捐軀都是責無旁貸的。但是，同樣無可否認的是，在各種「主義」的徵用下，女性自我卻面臨瀕臨消亡的危機。面對這一荒誕的窘境，女性與個性這一天然的文化盟軍在五四新文化運動之後再次聯繫到一起，不完全解放的女性被發展成爲一種文化反思和歷史反思的力量，知識分子也因女性解放與個性解放的再度攜手而獲得破解總體的能量。

一、躊躇的曾樹生與「抗爭」的存在與虛無

小說《寒夜》是巴金最爲成熟的作品，這一點學界基本達成共識。在筆者看來，這部小說兼有女性與個人的主題。《寒夜》最初是在《文藝復興》雜誌上連載，始於 1946 年 8 月終於 1947 年 1 月。小說以 1944 年冬季到 1945 年年底抗日戰爭即將勝利前夕的國統區陪都重慶爲背景，主要講述了一個小職員家庭的生活。準確的說也是一個知識分子家庭，夫妻兩人都是大學生，因逃難輾轉至重慶，丈夫汪文宣就職於圖書公司，當圖書校對員，妻子曾樹生是銀行的小職員。在戰亂以及國民黨的威權統治下，他們不僅經濟拮据，而且心裏苦悶。同時，家庭生活也極爲不和諧，在父親缺席的情況下，母親獨攬家庭大權。她極爲不滿兒媳的現代作派，常常藉故打壓、粗口相向，以此來發泄心中的怨氣。曾樹生不再是逆來順受的小媳婦，面對婆婆的家庭淫威，從來都是針鋒相對，藉此來維護自己的獨立與尊嚴。本來在社會的重壓之下已變得十分孱弱的汪文宣已經無力招架家庭的紛爭，最後在社會與婆媳之戰的雙重擠壓下走向死亡，負氣出走的曾樹生最終也在茫茫的寒夜中蹉跎彷徨、前途未卜。很多學者都認爲，主人公汪文宣最能代表巴金當時的心境。連作者自己也在《關於〈寒夜〉》一文中談到，「我在自己身上也發現我大哥的毛病，我寫覺新……也在鞭撻自己。那麼在小職員汪文宣的身上，也有我

〔註 69〕劉劍梅：《革命與情愛》，上海：三聯書店，2009 年，第 318 頁。

自己的思想。」〔註 70〕作者的創作自述固然爲我們留下了第一手材料和寶貴的研究線索，但是這絕不是研究的終點，甚至連研究的起點也談不上，如果僅僅滿足於這些材料的表層意思的話。比如，巴金在《關於〈寒夜〉》一文中還談到，「我開始寫《寒夜》。……我沒有具體的計劃，也不曾花費時間去想怎樣往下寫。」〔註 71〕可見，巴金並不是那種清晰型的創作者，他更多的時候是一邊感受一邊創作。在這樣的創作情態下創作出來的文本，估計連作者自己都很難把握住它的內涵，這就更需要批評者仔細研讀，緊緊圍繞文本來說話。故依據筆者的研讀體會來說，汪文宣和曾樹生是作者的一體兩面，在某種程度上，曾樹生可能更能代表巴金當時心境，文人具有的危機感在曾樹生這個人物身上似乎有更深的投射。

首先是曾樹生的生存困境。曾樹生遭遇的生存困境主要體現在兩個方面。一是個人權力與社會正義間的衝突。讓曾樹生爲難的是自救與救他之間的艱難選擇。在文本中，曾樹生常常處於這樣一種自我思想鬥爭的焦慮狀態。「爲什麼我總是感到不滿足？我爲什麼就不能夠犧牲自己？……難道我就這樣地枯死麼？……我走我的路！你管不著！爲什麼還要遲疑？我不應該太軟弱。我不能再猶豫不決。我應該硬起心腸，爲了自己，爲了幸福。……他（指曾樹生的兒子小宣，作者注）沒有我，也可以活得很好。他對我好像並沒有多大的感情，我以後仍舊可以幫助他。他不能夠阻止我走我自己的路。連宣也不能夠。……我眞的必須離開他嗎？——那麼我應該犧牲自己的幸福來陪伴他嗎？……沒有用，我必須救出自己。」〔註 72〕也就是說，要麼她先救出自己，去追尋可能美好的前景，這就要拋下同樣處於困厄中丈夫和家庭；要麼她放棄個人自救的機會留下來，和家庭成員一起在黑暗中煎熬。可見，「五四新文化運動從西方引進的個人主義的倫理觀依然沒有在中國發展出一套協調個人權利和社會正義的有效方法，子君和涓生式的痛苦和悲劇依然在汪文渲和曾樹生身上重演。」〔註 73〕不同的是，涓生與子君之間的衝突是發生個

〔註 70〕巴金：《關於〈寒夜〉》，載《寒夜》，北京：人民文學出版社，2008 年，第 233～238 頁。

〔註 71〕巴金：《關於〈寒夜〉》，載《寒夜》，北京：人民文學出版社，2008 年，第 234 頁。

〔註 72〕巴金：《寒夜》，北京：人民文學出版社，2008 年，第 79～120 頁。

〔註 73〕陳國恩《倫理革命的困境和傳統文化的綿延——從魯迅的〈傷逝〉到巴金的〈寒夜〉》，載《貴州社會科學》2010 年第 3 期，第 85 頁。

體與個體之間，而曾樹生與汪文宣之間的衝突在更多時候還涉及到個人和家庭（集體）這一範疇。當曾樹生在實踐中要求獲得屬於她正當的生存發展權益時，她的離開會傷害到家庭（集體）的權益，而這個家庭（集體）又處於一個弱勢的情形之下。這勢必會傷害到社會正義，而作爲弱者的一方，比如汪文宣也有權力要求曾樹生給予他幫助。很多學者指責曾樹生，就是基於她傷害了這種社會正義。在西方社會，法律對個人的權力及其自身的限制都有明確的規定，已經形成好了一套既能維護個人權力又能協調好群己關係的社會文化。然而，當這一套既能維護個人權力又能協調好群己關係的以個人爲本位的倫理原則旅行到中國的時候，遭到了以家國利益（集體）至上的倫理原則的頑強抵制。其方法就是將其中的個人權力與社會正義之間的衝突無限放大，讓當事人深陷道德的困境中失去必需的迴旋的餘地和機會。當然，中國知識分子從來不缺乏惻隱之心與奉獻精神，中國的知識分子絕對不是不願意在民族危亡時刻爲國家拋頭顱、灑熱血，自鴉片戰爭以來，中國知識分子爲振新中華不知疲倦的上下求索即是明證。但是這種奉獻與犧牲應該以個體意志爲前提。也就是說，不能以含糊不清的社會正義隨便將個體作爲這一意志的犧牲品。二是個人與強權之間的衝突。在一個家庭裏最微妙最不穩定的莫過於婆媳關係。因爲婆媳關係既非血緣又非姻親，主要靠另一家庭成員作爲中介而聯繫在一起。在中國社會裏，這一關係得以和諧的維持，至少在表面上，主要依靠等級森嚴家族倫理制度極其「孝」文化。也就是說，婆婆在婆媳關係中占絕對主導的位置，擁有幾乎不可置疑的權威和不加限制的權力。對於整個家庭而言，在汪文宣的父親缺席的情況下，他的母親自然就是家長權威的繼承者。顯然曾樹生的婆婆是深諳此道並對此深信不疑。在文本中，她有一句十分醒目的臺詞。「我十八歲嫁到汪家，三十幾年了，我當初做媳婦，哪裏是這個樣子？」〔註74〕其言下之意十分清晰，「我」好不容易媳婦熬成了婆獲得了這來之不易的「權力」與行使的自由，那麼，曾樹生就應該像「我」當初做媳婦那樣，對「我」言聽計從。誰知卻遭到了曾樹生地抗議與頂撞，「你管不著，那是我們自己的事」〔註75〕。當然，曾樹生昂然的個性，即便是合理舒展，也只能招來婆婆更無情和致命地攻擊。她先是得意地說，「哼，你配跟我比！你不過是我兒子的姘頭。我是拿花轎接來的」，企圖用「姘

〔註74〕巴金：《寒夜》，北京：人民文學出版社，2008年，第26頁。
〔註75〕巴金：《寒夜》，北京：人民文學出版社，2008年，第118頁。

頭」這兩個可怕的字傷了對方的心；繼而厲聲、并咬牙切齒地說，「你是我的媳婦，我就有權管你！我偏要管你！……無論如何我總是宣的母親，我總是你的長輩。我看不慣你這種女人，你給我滾！」〔註 76〕顯然，汪文宣的母親「拼死去維護已經到手了的家長權威，充分去彰顯『權力』意志的膨脹欲望，汪母本人的所作所爲在『家國』文化的傳統體制裏，實際上與社會『權力』機制的形成過程並沒有什麼本質差別。」〔註 77〕而對霸權、對強權地控訴與反抗一直是巴金這個堅定無政府主義者所倡導的。什麼是無政府主義呢？巴金是這樣界定：「『安那其』是譯音，在外國文中這個字是從希臘文來的，意思是沒有武力，沒有強權，沒有統治。」〔註 78〕在《滅亡》中，隱含作者抗議的是專制的社會政治制度；在「激流三部曲」中，隱含作者抗議的是中國專制的家族文化；《寒夜》則映射家庭倫理和強權政治如出一轍的霸權邏輯。因此，巴金一直致力於與任何形式的強權組織作鬥爭。

其次是曾樹生「反抗」這一行爲的存在與虛無。曾樹生面對婆婆的強權，從言語與行爲上進行了雙重反抗。面對婆婆「姘頭」嘲諷，曾樹生反唇相譏道，「我這種女人也並不比你下賤，……現在是民國三十三年，……我可以自己找丈夫，用不著媒人。」〔註 79〕面對婆婆趕出家門的威脅，曾樹生心裏思量道，「這種生活究竟給了我什麼呢？我得到什麼滿足麼？……沒有！不論是精神上，物質上，我沒有得到一點滿足。……那麼我犧牲了我的理想，換到什麼代價呢？……爲什麼還要跟那個女人搶奪他？……『滾』！你說得好！我走我的路！你管不著！」〔註 80〕可以這樣說，曾樹生這個人物形象是整個文本的光源，她就是寒夜裏的那一道給人溫暖的曙光。在她身上還留存著五四新文化延續下來的人格獨立的精神，還保持著對強權有清晰地反思與不肯就範的鬥爭精神。「出走」既是個體對整體道德的背叛與選擇，又是對新的個人空間與社會空間的拓展。並且，這份堅持在上世紀 40 年代舊道德、舊文化回潮時期是十分難能可貴的。汪文宣之所以一直放不下曾樹生，除了不捨過

〔註 76〕巴金：《寒夜》，北京：人民文學出版社，2008 年，第 117～118 頁。

〔註 77〕宋建華《〈寒夜〉：巴金精神世界的苦悶象徵》，載《名作欣賞》2009 年第 10 期，第 7 頁。

〔註 78〕巴金：《從資本主義到安那其主義》，上海：上海自由書店出版，1930 年，第 190 頁。

〔註 79〕巴金：《寒夜》，北京：人民文學出版社，2008 年，第 118 頁。

〔註 80〕巴金：《寒夜》，北京：人民文學出版社，2008 年，第 119～120 頁。

去在一起生活的過程中相互理解、相互支持和共同分享理想等等所堆積起來的情感外，更重要的是，在他看來，曾樹生代表著一種他所向往的方向。這個方向就是獨立、自由、民主和個人價值的實現。只要曾樹生還在他身旁，他心裏就多一份張力去消解來自母親溫柔的強權對子女的精神虐殺，也能吸取到些許力量去抵抗外在的社會政治體制對人壓迫。因此，曾樹生不僅僅是比子君堅強一些，她顛倒了男性與女性之間長期以來的給予與被給予的關係。她的存在就無意宣告了女人不在落後了，女性超過甚至「拋下」了男性。我們也第一次窺視到了男性在面對女性強大之後的沮喪之情，以及對自己能力限度的反思。曾樹生也因其藝術魅力而成爲獨特「這一個」。當然，《寒夜》絕不是要呈現性別的對抗與翻盤，也不是簡單地敘述專制與自由之間的對抗，而是要由性別敘事通達文化敘事。到了 1940 年代，婦女、個人主義倫理實踐和反對一切形式的強權等等問題都與更廣泛的社會問題裏挾在一起，很難獨立解決。曾樹生的婆婆也不再像五四時期的家長一味的專斷，她偶而也會讓著媳婦，她在家裏像一個二等老媽子那樣任勞任怨地操持家務。汪文宣一生都渴望著公平，最後卻在抗戰勝利的那一刻悄然死去。

曾樹生也不是如許多五四「娜拉」一般決然地出走，「她並不離開他，反而伸出兩隻手將他抱住，又把她的紅唇緊緊地壓在他的乾枯的嘴上，熱烈地吻了一下。她又聽到那討厭的喇叭聲，才離開他的身子，眼淚滿臉地說：『我眞願意傳染到你那個病，那麼我就不會離開你了。』」〔註 81〕兩個月沒有收到家裏的音訊，曾樹生回來卻發現人去樓空，「死的死了，走的走了」。〔註 82〕其實，我們很難去揣測曾樹生回來的心態和目的，或許這個並不那麼重要，重要的是當她發現自己一直抗爭的對象消失之後，自己的前程依舊飄渺。有學者指出，「《寒夜》是巴金思想極度苦悶的精神象徵，是巴金人生理想難以後續展開的巨大心結，原因恰恰正在於此。因爲用無政府主義去解構『家國』文化的傳統本原，無疑會使巴金面臨著一種難以擺脫的精神困擾：『皮之不存，毛將焉附？』故智者巴金對此只能是緘口不言沉默無語。」〔註 83〕但是，一切反抗者也會因其精神世界的「寒冷」與「黑暗」而讓其批判更加精準。

〔註 81〕巴金：《寒夜》，北京：人民文學出版社，2008 年，第 161 頁。

〔註 82〕巴金：《寒夜》，北京：人民文學出版社，2008 年，第 219 頁。

〔註 83〕宋建華：《〈寒夜〉：巴金精神世界的苦悶象徵》，載《名作欣賞》2009 年第 10 期，第 7 頁。

二、飢餓的郭素娥與動蕩時期的原始強力

中篇小說《飢餓的郭素娥》是路翎的成名作，寫成於 1942 年，1943 年被胡風編入「七月新叢」，在桂林由希望社出版。聯繫到中國共產黨從 1942 年年初開始的整風運動及其隨後毛澤東在延安發表的著名的文藝講話，即《在延安座談會上的講話》，路翎《飢餓的郭素娥》這篇左翼小說的異質性就顯得格外突出。

小說講述的是一個發生在川東礦場上的故事。主人公郭素娥本是一個強悍而又美麗的農家姑娘，由於飢饉和土匪的接連襲擊，她與家人失散獨自漂流到了四川東部的群山之中。比她大二十四歲的鴉片鬼劉福春收留了她，並成爲他撿來的女人。然而，墮在深淵裏的郭素娥漸漸明白了生活的險惡與自己的欲望，她在物質、身體與精神三重飢餓的驅使下與山下礦區的機械工人張振山好上了，並漸漸由肉體上的滿足生發出自我拯救的願望。她希望張振山能帶她走上大山、改變命運過上像個人樣的生活。由於暗戀者魏海清的告密，郭魏之戀早已曝光。就在張振山決定帶她走的那個夜晚，郭素娥卻遭到了丈夫劉富春及其族人、鄉村基層政權代表保長陸福生和當地流氓黃毛聯手密謀地打擊與報復。這些惡勢力綁了她並企圖將她賣給一個生理變態的紳糧，但遭到了郭素娥殊死抵抗。最後，不肯屈服的郭素娥在一個破廟中遭受到了這三方勢力聯合實施的炮烙之刑，並在昏迷之際被黃毛姦污。三天之後，郭素娥因沒有得到及時的醫治和不堪承受的凌辱而身亡。出人意料的是，在小說後半部裏，張振山因羞愧難當而遠走他鄉，暗戀者魏海清似乎受到郭素娥反抗精神的感召在破廟中找到殺人兇手黃毛，掀翻眾怒並在眾人的幫助下將他繩之以法，自己也在惡鬥中犧牲了生命。路翎曾有這樣的創作自述，「郭素娥，不是內在地壓碎在舊社會裏的女人，我企圖『浪費』地尋求的，是人民的原始的強力，個性的積極解放。」胡風也認爲，郭素娥「飢餓於徹底的解放，飢餓于堅強的人性。她用原始的強悍碰擊了這社會的鐵壁。」〔註 84〕顯然，對於人性在歷史中所受到的損傷，如果說毛澤東及其領導的中國共產黨更強調的是在實現個體解放之前，歷史群體的解放既是手段又是最終的目的的話，那麼胡風與路翎則更主張的是召喚與重建個人原始的反抗力量來將受損的人性從歷史與現實的暴力中拯救出來。因此，在《飢餓的郭素娥》這

〔註 84〕路翎：《飢餓的郭素娥》，載《路翎文集》（第 3 卷），合肥：安徽文藝出版社，1995 年，第 3 頁。

篇小說中，最撼動人心的莫過於郭素娥被悲慘的人生際遇所激發出來的哪種頑強執拗的原始生命力。

有學者考證，郭素娥所在的這個鄉場和礦區「在巴縣、合川、江北交界處，是一個三不管地帶，再加上峽谷地勢的險要，曾經是袍哥（又稱哥老會）出沒的地方，民風十分彪悍」，有學者把這片土地命稱爲四川「荒地」。〔註 85〕其土地的貧瘠、社會的落後和人情的冰冷可想而知，加之一個從肉體到精神都猥瑣不堪的老鬼丈夫，這一切都讓郭素娥感到難以繼續忍受。工廠的建立和戰事的影響打破了死水般平靜的鄉村，「工廠在原來的土窯區裏，在山下面建立了起來，周圍鄉村的生活逐漸發生了緩慢的波動，而使這波動聚成一個大浪的，是戰爭的騷擾。厭倦於飢饉和觀音泥的農村少年們，過別一樣的生活的機會多起來了。厭倦於鴉片鬼的郭素娥，也帶著最熱切的最痛苦的注意，凝視著山下的囂張的礦區。」〔註 86〕它不但讓鄉村基層的行政秩序發生鬆動，也讓社會倫理放鬆了的警惕，使農村婦女有走出家門參加社會活動的機會。飢餓的郭素娥順勢在廠區裏擺起香煙攤子來，正如敘述人所暗示的那樣，她尋求不僅僅是滿足肉體欲望的機會，更是從悲慘生活生發出來的改變目前從肉體到精神備受壓抑的生存狀況的契機。因此，當她抓住了機械工人張振山這根救命稻草時，她便發了瘋的去愛，以至於失去了自我的控制能力，「整整一年來，她整個地在渴求著從情慾所達到的新生活，而且這渴求在大部分被鼓躍於一種要求叛逆、脫離錯誤的既往的夢想，……有一種盲目的力量幾乎迫使她要急劇地衝出去。」〔註 87〕我們可以嘲笑和責備郭素娥的渴求與反抗是多麼的衝動和盲目，但是卻不能對這種因悲慘命運所引發的生命悸動與抽搐而熟視無睹。當殘存的而又強大的家族勢力、鄉村政權和地痞流氓等等惡勢力以堂皇的名義爲了自己的私利聯手要將她賣掉時，當一切希翼徹底落空時，郭素娥發出了歇底斯裏地吼叫。「我是女人，不准動我！……你們是畜牲，你們要遭雷殛火燒。」〔註 88〕不僅如此，「當保長命令黃毛拖她走的時候，她

〔註 85〕倪海燕：《四川『荒地』與〈飢餓的郭素娥〉》，載《現代中國文化與文學》（集刊）2005 年第 2 期，第 79 頁。

〔註 86〕路翎：《飢餓的郭素娥》，載《路翎文集》（第 3 卷），合肥：安徽文藝出版社，1995 年，第 9 頁。

〔註 87〕路翎：《飢餓的郭素娥》，載《路翎文集》（第 3 卷），合肥：安徽文藝出版社，1995 年，第 24～30 頁。

〔註 88〕路翎：《飢餓的郭素娥》，載《路翎文集》（第 3 卷），合肥：安徽文藝出版社，1995 年，第 80 頁。

迅速地退了一步，倚在桌子上，使勁地在繩索裏扭動豐滿的肩膀，像在替決心和殺戮找尋力量似的。」〔註 89〕即使在生死之抉擇之際，她也沒有給自己委屈求全的機會，而是給敵人最致命的反擊。「郭素娥的胸脯震顫著，像有一個疼痛的歎息在裏面迴旋；當她突然睜開眼睛來的時候，她就以一種絕望的憤怒的目光射向像玩偶一般在指劃著空氣的老女人。……她的嘴唇微弱地顫動，發出無聲地詛咒。……突然，一個惡魔出現了。這惡魔甩著頭髮，噴著口沫，張牙舞爪地撲在老婦人的頸子上，扼住她的脆弱的喉管。」〔註 90〕這裡如岩漿、如火山般噴發出來的巨大能量，是郭素娥作爲一個女人，一個人對長期非人的待遇與蔑視的反抗，也是路翎要尋找的將受損失的人從歷史與現實的暴力中拯救出來的原始強力，更是劃破黑暗而沉悶的長空的可以燎原的火種。

值得注意的是，就郭素娥這一女性形象的塑造而言，這種探索的極致完成主要得益於路翎對故事發生地四川東部邊遠山區這片「荒地」土地直觀而又準確的感悟。四川素有「天府之國」的美譽，但這僅僅指成都平原一帶。而巴縣、合川、江北交界處屬於丘陵地帶，土地貧瘠，人們生活艱苦。平常歲月尙且艱苦，戰爭年代更是度日如年。據 1984 年的《北碚志資料》記載，1938 年間「觀音峽白廟子山洪爆發」，「嘉陵江洪水」；1939 年間，「北碚霍亂流行」。然而，越是自然環境險惡的地方，越能激發起人們的鬥志，人們也越就被無情的生存條件錘鍊得強悍。在這種近乎原始的生存狀態下，人只剩下生存本身的時候，生命會顯示出它另外的一面，那就是爲了活下來，像一個人那樣活下來往往會爆發出打破一切的驚人力量。路翎 15 歲來到四川川東，一住就是八年。在這八年裏，他大多時間住在礦區，常常徘徊在礦區和鄉場，觀察那裡的人們。這裡眞實的人與事不僅爲他提供了絕佳的寫作素材，也是他寶貴的敏銳的青春生活的體驗。路翎也確實從中獲得了突破當時流行的反映「主要矛盾與主要鬥爭」寫作模式的靈感。有學者曾經質疑《飢餓的郭素娥》中人物是不是精力過剩？或者是否具有普遍性？連作者自己曾有過懷疑，「我也許迷惑於強悍，蒙住了古國的根本的一面，像在魯迅先生的作品裏所顯現的。……事實許並不如此——『郭素娥』會沉下去，暫時地又轉成賣

〔註 89〕路翎：《飢餓的郭素娥》，載《路翎文集》（第 3 卷），合肥：安徽文藝出版社，1995 年，第 83 頁。

〔註 90〕路翎：《飢餓的郭素娥》，載《路翎文集》（第 3 卷），合肥：安徽文藝出版社，1995 年，第 95 頁。

淫的麻木，自私的昏倦。」〔註 91〕或許，作爲外來者的路翎太過自謙了，事實上，他非常地道地把握住了川東民俗氛圍以及川東婦人的神髓。即便是郭素娥爲了生存而去賣淫，她也會坦蕩存在著而蔑視那虛僞的封建禮法。何況，自古以來，四川因爲崇山峻嶺的阻擾較少受到中原文化的影響而被視爲化外之地。可以說，這一片地域，尤其是地域上的人們，與路翎要表達的「原始強力」無縫地銜接在一起。

與祥林嫂、春寶娘、春梅姐等等農村婦女相比，郭素娥這個人物形象「這一個」的獨特性就顯示了出來。同樣面對悲慘的命運，前者選擇了逆來順受、有的甚至默默地自殺，後者寧願奮起反抗即使遇害也要死得轟轟烈烈；前者的忍受、死亡帶來的只是鄰里鄉親的照舊的輕蔑和推卸責任，後者的死卻撼動了鄉里、引發了小屋子的燃燒和魏海清的復仇。郭素娥被綁架走之前曾對懦弱的魏海清投去了極爲怨恨的一瞥。這一瞥在貧窮而又刻板的魏海清的內心產生了難解的化學效應。他用「你走你的路，我過我的橋」鼓勵兒子要學會自立，想好兒子前途之後，覺得自己必須到郭素娥的死地五里場走一趟。他在一個皮匠那裡探得郭素娥的死因之後，由內心的牽引來到了復仇地張飛廟。當看見殺人兇手黃毛時，平凡而懦弱的魏海清一瞬間冷卻退縮，但很快明白了自己現在所處的可怕的絕望。然後迅速地，復仇的烈火在他裏面燃燒了起來，毀去了他的恐懼。他伸出戰慄的手，質問劊子手黃毛，「在那裡……死了一個人！……你們害死一個女人……賣她！我看著你的下場！」在魏海清與黃毛飛蛾撲火的血拼中，在魏海清視死如歸的勇氣中，擠壓已久的眾怒被激發出來了，「他強姦了十幾個女人！」「他作惡爲歹，占鎮公所的勢」。突然，「在殿門這裡，一個小竹凳從鄭毛手裏猛力地摔了過去，擊中了黃毛的臉。踉蹌欲倒的黃毛被一個闊肩的青年從背後抱住。」〔註 92〕雖然，魏海清在惡鬥中犧牲了，但在鄉親的幫助下，黃毛被捆綁著送到了縣裏，最後判了十年徒刑。爲什麼是魏海清而不是張振山替郭素娥復仇了呢？這裡可能涉及到路翎對人民中蘊含的原始強力的辯證認識。即人民中潛藏的原始強力固然有巨大的力量，但是「人民群眾絕對不能神聖化，療治精神的創傷，也不是反對

〔註 91〕路翎：《飢餓的郭素娥》，載《路翎文集》（第 3 卷），合肥：安徽文藝出版社，1995 年，第 3 頁。

〔註 92〕路翎：《飢餓的郭素娥》，載《路翎文集》（第 3 卷），合肥：安徽文藝出版社，1995 年，第 120～122 頁。

人民，而是發掘人民中的向上的力量」。〔註 93〕而正是魏海清及其鄉民心中還有向上的力量才被郭素娥式的怒吼點燃。在《飢餓的郭素娥》中，這種交替傳遞的正能量正是作者所要尋找的「原始強力」。爲什麼路翎特別強調這種原始強力呢？上世紀 40 年代，也就是在戰爭歲月中，與民國其他任何一個時期相比，「自我」遭到了最大程度的打壓。在大革命以後，國民黨爲鞏固自己的統治，重新啓用了儒家的價值體系，不斷進行忠誠和權威崇拜教育。而共產黨在整風運動之後，也漸有儒家化的趨勢。或許，路翎在這「內外夾擊」的生存狀態中，在郭素娥身上看到的正是女性，也是個體，徹底擺脫傳統束縛、現代政治威權以及以集體的名義擠壓個人的力量所在。

三、《圍城》裏的現代女性與女性解放的「圍城」

《圍城》是現代文學中最用心經營的小說之一，由於它是上世紀 40 年代諷刺文學的集大成者，歷來被視爲新《儒林外史》並在這個層面上得到了充分的解讀。實際上，《圍城》裏的現代女性在中國現代小說人物史上也是十分獨特而深具內蘊的，然而一直還沒有得到應有的重視和評價。在五四時期的文學革命中，現代女性的新質主要體現在對自我的發現，正如子君的那一聲吶喊「我是我自己的，誰也沒有干涉我的權利」。她們既是反封建反傳統的勇者又是個性解放的鬥士。二十年代末至三十年代，革命文學和左翼文學中的新女性在革命信念的召喚下更是浮躁凌厲，她們將自我解放融入民族解放之中，表現出了比男性更銳利的革命熱情和革命姿態。到了四十年代，特別是抗戰進入相持階段之後，戰爭時期文學中新女性先鋒的質數減少了很多。與女作家從日常生活中去挖掘、表現女性深層心理不同的是，男性作家們開始比較冷靜地回顧與反思新女性的解放之路，其實這種反思在三十年代部分左翼文學中已有閃現，因此，大多數作品呈現出歷史沉重感。錢鍾書的《圍城》就是其中極具代表性的一部。它不止於探索新女性的解放之路，還深入的從新女性身上去深刻反省傳統文化的滯重，從而在文化層次上把捉民族的現代精神危機。

一九四四年，錢鍾書在上海淪陷區動筆寫作《圍城》，於一九四六年完成，最初是在上海《文藝復興》上連載，並於一九四七年在上海出版。小說主要借男主人公方鴻漸從海外留學歸來，歷經戀愛失敗，職業失敗和婚姻失敗的

〔註 93〕鄧俊慶：《七月派小說論》，濟南：山東師範大學博士學位論文，2007 年，第 69 頁。

故事，揭露了抗戰時期中上層知識界的眾生相，撩開了現代愛情與家庭的帷幕，洞穿了中國知識分子在封建傳統文明與現代西方文明的夾擊下無所歸屬、彷徨無主、難以定位的精神狀態。小說中與方鴻漸發生瓜葛的四位女性鮑小姐、蘇文紈、唐曉芙與孫柔嘉組成了一個現代知識女性的人物系列。就像作者在序裏談到一樣，「這本書整整寫了兩年。兩年裏憂世傷生，屢想中止。」其旨歸「想寫現代中國某一部分社會、某一類人物。寫這類人，我沒忘記他們是人類，只是人類，具有無毛兩足動物的基本根性。」〔註 94〕其中「某一類人」除了一直被討論的男性知識分子以外，當然還包括長期被忽視的知識女性。事實上，《圍城》同樣是部兼具女性與個人的小說，作者從不同的角度對傳統民族文化進行了反省與透析，男性知識分子與知識女性分別承擔了不同的文化批判功能。

眾所周知，現代女性最主要的特點是受過現代高等教育、人格獨立與敢於追求自我解放。然而，在小說中的這群現代知識女性卻只是將「現代」作爲時髦的門面裝點，個體現代的內在質數已經爲強大的傳統文化腐蝕殆盡。最先出場的留英學醫的鮑小姐就極具象徵意義，她一半中國血統一半西方血統的血緣構造似乎暗示了她們這群現代知識女性在「現代」與「傳統」之間難以定位的尷尬處境。她出場的氛圍是十分具有現代氣息的，在歸國的法國郵船上，「她只穿緋霞色抹胸，海藍色貼肉短褲，漏空白皮鞋露出塗紅的指甲」，可是，這身現代的自由裝束卻讓同時海外留學歸來的蘇小組「覺得鮑小組赤身露體，傷害及中國國體」，而同船的現代知識男性更是公開調侃她爲「熟食鋪子。」〔註 95〕可見，無論是蘇小姐還是現代知識男性在他們現代的話語背後仍然是陳腐的傳統思想。令人遺憾的是，鮑小姐的現代也是徒具其表。她利用這身火辣的妝扮和開放的舉止只是爲了吸引方鴻漸的青睞。先是利用煙捲在大庭廣眾下接吻，方鴻漸「在打火匣上作勢要爲她點煙，她忽然嘴迎上去，把銜的煙頭湊在他抽的煙頭上一吸，那支煙點著了，鮑小姐得意地吐口出來」；然後是巧妙的搭訕和調情，「方先生，你教我想起我的 fiance，你相貌和他像極了」；最後是抓準了時機，主動送入方鴻漸的送抱，大膽的發展爲一夜情。〔註 96〕在鮑小姐看來，現代愛情只是身體的一時衝動，而不是兩個

〔註 94〕錢鍾書：《圍城》，北京：人民文學出版社，2012 年，第 1 頁。
〔註 95〕錢鍾書：《圍城》，北京：人民文學出版社，2012 年，第 4、5 頁。
〔註 96〕錢鍾書：《圍城》，北京：人民文學出版社，2012 年，第 6、13 頁。

孤獨靈魂的相互吸引與安慰。所以，事發的第二天之後，鮑小姐果斷的冷卻了拋棄了還沒有回過神來的方鴻漸，整理好心緒，準備下船後撲向那個有錢的、半禿頂的、戴大眼鏡黑胖子未婚夫的懷裏。相對於鮑小姐的「直率」而言，留法的文學博士蘇文紈則顯得「端莊」而「優雅」。在回國郵輪上，她向異性示好的方式是替他洗手帕、補襪子和縫鈕扣，讓方鴻漸享受到太太對丈夫盡的小義務，從而承擔起求婚的責任。在回到上海之後，她敞開中西合璧的蘇公館的大門，以文會友的高雅方式廣泛結交青年才俊，爲自己挑選如意郎君。女博士蘇文紈主動謀求個人幸福的姿態是值得讚賞的。只是她擇偶的標準也不是兩情相悅、志同道合的現代愛情，仍然守著門當戶對的傳統教條，並在整個過程透露出傳統女性俗氣的精明與虛榮。在歸國的郵輪上，她之所以給不起眼的方鴻漸一個親近的機會，是因爲年輕的時候蘇小姐眼光太高而蹉跎了青春歲月，現在不得不處處爲自己打算留意。在蘇公館的會客大廳裏，她當作追求者趙辛楣的面，「忽然改口不叫『方先生』而叫『鴻漸』」，意在「看兩個男人爲她爭鬥」，從而滿足自己的虛榮心。〔註 97〕她擔心方鴻漸會喜歡上清純的表妹唐曉芙，及時的給予他失實的提醒「這孩子人雖小，本領大得很，她抓一把男朋友在手裏玩弄著呢！……你別以爲她天眞，不會有什麼前途。你想，跟男孩子們混在一起，攪得昏天黑地，哪有工夫念書。」〔註 98〕當她得知方鴻漸愛上表妹唐曉芙而不是自己之後，醋意大發、一反優雅的常態，以挑撥離間的手段火速地拆散了二人。這些行爲與其說是出自一個受過現代高等教育的知識女性，不如說更像一個狹隘的傳統妒婦所爲。孫柔嘉是作者精心雕刻的一個人物形象，前後跨度很大。她名義上是一個現代大學的畢業生，而實際上是一個中國傳統文化的典型產品。在去三閭大學的路上，她帶上稚嫩的面具處處表現出小家碧玉式的清新可人，「打扮甚爲素淨，怕生得一句話也不敢講，臉滾滾不斷的紅暈，」並且不時做出膽小、驚恐狀來。〔註 99〕在三閭大學安定下來之後，她工於心計的一面又暴露了出來，不僅讓自己在派別林立的複雜環境中生存了下來，而且使用連環計讓方鴻漸逐步落入她編製的婚姻網絡之中。首先，她故意走漏消息讓方鴻漸知道陸子瀟一直在給她寫信而激發出前者的情愫。「鴻漸情感像個漩渦。自己沒

〔註 97〕錢鍾書：《圍城》，北京：人民文學出版社，2012 年，第 51 頁。
〔註 98〕錢鍾書：《圍城》，北京：人民文學出版社，2012 年，第 53 頁。
〔註 99〕錢鍾書：《圍城》，北京：人民文學出版社，2012 年，第 122 頁。

牽到，可以放心。但聽說孫小姐和旁人好，又刺心難受。自己並未愛上孫小姐，何以不願她跟陸子瀟要好？」〔註 100〕然後，在瞭解到方鴻漸情愫鋪陳到位的情況下，主動傾訴陸子瀟騷擾自己的煩惱並請教處理方法。「我太不知道怎樣做人，做人麻煩死了！方先生，你肯教教我麼？」〔註 101〕最後，在得知方鴻漸的精神寄託趙辛楣離開之後，及時地送上情感安慰，並略施小計促進了兩人的訂婚。「孫小姐走了一段路，柔懦地說：『趙叔叔走了！只剩下我們兩個人了。』……轉身看是李梅亭陸子瀟趕來。孫小姐嚶然像醫院救護汽車的汽笛聲縮小了幾千倍，伸手拉鴻漸的右臂，彷彿求他保護。」〔註 102〕孫柔嘉最後的一挽，等於變相地公佈了兩人戀愛的事實。訂婚之後，孫柔嘉與此前柔弱的形象判若兩人，傳統女性詭秘的心理開始彌漫開來。「鴻漸彷彿有了個女主人，雖然自己沒給她訓練得訓服，而對她訓練的技巧甚爲佩服。」〔註 103〕結婚之後，更將因馭夫而引發出來的多疑、善妒、敏感、專横等等傳統文化薰陶出來的女性性格中的特質暴露無遺。她不僅諷刺方鴻漸從前吹牛蘇文紈如何愛他，「人家多少好！又美，父親又闊，又有錢，又是留學生，假如我是你，她不看中我，我還要跪著求呢，何況她居然垂青。」〔註 104〕而且一邊抱著有勢力的姑媽大腿不放，一邊與夫家的公婆、妯娌斤斤計較、暗中比拼。

鮑小姐、蘇文紈和孫柔嘉等等這些現代女性無論是情感方式還是情感心理都是傳統的，而且她們都毫無例外的將婚姻歸屬作爲人生價值的終極追求。有論者認爲，作者塑造這些女性人物形象的目的就是爲了醜化現代女性的，從而引申出男權文化的專制與霸道。事實上，整個文本除了唐曉芙沒有被隱含作者諷刺之外，其餘人物都遭到了隱含作者的冷嘲熱諷。顯然，作者用意並不在此。那麼，作者立意是什麼呢？作者在中西文化衝撞之中塑造出這樣一群現代女性，並讓傳統文化徹底吞噬掉這群現代女性的現代性，旨在引發讀者對傳統文化和婦女解放之路的深刻反思。正如隱含作者評論汪太太的那樣，「她知道這是男人的世界，女權那樣發達的國家像英美，還只請男人會當上帝，只說 He，不說 She。女人出來做事，無論地位怎麼高，還是給男

〔註 100〕錢鍾書：《圍城》，北京：人民文學出版社，2012 年，第 232～242 頁。
〔註 101〕錢鍾書：《圍城》，北京：人民文學出版社，2012 年，第 245 頁。
〔註 102〕錢鍾書：《圍城》，北京：人民文學出版社，2012 年，第 257 頁。
〔註 103〕錢鍾書：《圍城》，北京：人民文學出版社，2012 年，第 262～264 頁。
〔註 104〕錢鍾書：《圍城》，北京：人民文學出版社，2012 年，第 286 頁。

人利用。」〔註 105〕這樣腐朽而頑固的文化環境迫使現代女性回歸傳統，迫使現代女性在現代與傳統之間練就一身生存的本領。在某種意義上講，方鴻漸與這些現代女性是同類異構的，只是他們指向了同一問題的不同側面。上世紀 40 年代近似一個文化結構的時代。幾代知識分子懷抱的科學、民主、正義與自由等等文化夢想並沒有轉變爲現實，種種的社會危機反而改變了啓蒙思想家們預先謀劃的社會變革軌道。尤其是抗戰勝利之後，雖然實現了民族的獨立，卻沒有像先前所承諾的那樣給每一個個體帶來自由與幸福。回望過去，五四啓蒙思想家們所構築的民主與科學夢想很快被肢解。一是由於西方文化進入中國之後，無論是被以舊式的權力文化爲中心的傳統文化場域稀釋、化解和扭曲，還是被剛剛崛起的革命話語所徵用，都失去了原來的結構和要義。二是由於中國社會現實的嚴重危機，對外來文化或者一味崇洋媚外、生吞活剝，或者斷章取義，捨棄精髓，截取其邊緣的意義。總之，中國落後的政治、經濟與惰性的文化似乎從根本上拒絕西方文化中最有價値的東西，這就造成了很難與西方文化進行良性對接的局面。從表面上，中國社會處處都是西方文化的符號，但是處處都顯示著與其本來面貌相左的變異。在某種程度上，西方最邊緣、最腐朽的東西還在起著加固封建文化傳統的作用。所以，幾十年來，我們仍然感到無論是女性解放問題還是個體問題依然故我，毫無改變。錢鍾書的《圍城》立意深遠，它「既體現了中國現代文化的一個悲劇性進程，又體現了現代中國知識分子文化策略上的深刻檢討和反省。……錢鍾書在中國現代神話解構的時候，完成了中國現代文學中理性文化批判的一個輪迴，一個圓圈，並且爲它劃上了句號。」〔註 106〕

綜上所述，抗戰時期，女性問題繼五四之後再次被發展成爲一種文化反思和歷史反思的力量。但是，男作家對「女性」與「個性」的認識不是對五四式理解的簡單回歸。他們既批判以含糊不清的社會正義的名義隨意犧牲掉個體自由意志的做法，又認識到「女性」、「個性」與「反對一切形式的強權」等等問題都是和更廣泛的社會問題裹挾在一起，很難獨立解決；他們既主張喚醒人民中蘊含的原始反抗力量來將受損的人性從歷史與現實的暴力中拯救出來，又辯證的認識到不能將人民群眾絕對神聖化；他們不僅開始比較冷靜

〔註 105〕錢鍾書：《圍城》，北京：人民文學出版社，2012 年，第 219 頁。

〔註 106〕張清華：《啓蒙神話的坍塌和殖民文化的反諷——〈圍城〉主題與文化策略新論》，載《中國現代文學研究叢刊》，1995 年第 11 期，第 183 頁。

地回顧與反思新女性的解放之路，還深入的從新女性身上去深刻反省傳統文化的滯重，從而對現代中國的文化策略進行了理性的檢討和反省。

參考文獻

一、專著類

1. 艾曉明，世紀文學與中國婦女〔M〕，天津：天津人民出版社，2008。
2. 鮑家麟，中國婦女史論集〔C〕，臺北：稻鄉出版社，1979。
3. 倍倍爾，婦女與社會主義〔M〕，上海：生活，讀書，新知三聯書店，1955。
4. 陳東原，中國婦女生活史〔M〕，上海：上海書店，1984。
5. 常彬，中國女性文學話語流變1898～1949〔M〕，北京：人民出版社，2007。
6. 陳思廣，審美之維：中國現代經典小說接受史論〔M〕，成都：四川大學出版社，2012。
7. 陳方競，多重對話：中國新文學的發生〔M〕，北京：人民文學出版社，2003。
8. 陳三井，女青年大隊訪問紀錄〔M〕，臺北：中央研究院近代史研究所，1995。
9. 陳顧遠，中國婚姻史〔M〕，上海：上海書店，1992。
10. 蔡雅祺，製造戰爭陰影：論滿州國的婦女動員（1932～1945）〔M〕，臺北：國史館，2010。
11. 杜芳琴，王政，中國歷史中的婦女與性別〔M〕，天津：天津人民出版社，2004。
12. 費孝通，中國城鎮化道路〔M〕，呼和浩特：內蒙古人民出版社，2010。

13. 費孝通，鄉土中國〔M〕，上海：上海人民出版社，2007。

14. （美）費正清，劍橋中華民國史（1912～1949 年）〔M〕，楊品泉等譯，北京：中國社會科學出版社，1994。

15. 方銘，蔣光慈研究資料〔M〕，北京：知識產權出版社，2010。

16. （美）高彥頤，閨塾師——明末清初江南的才女文化〔M〕，李志生譯，南京：江蘇人民出版社，2005。

17. （美）胡纓，《翻譯的傳說：中國新女性的形成（1898～1918）》〔M〕，龍瑜成、彭姍姍譯，南京：江蘇人民出版社，2009 年。

18. 洪宜嫃，中國國民黨婦女工作之研究（1924～1949）〔M〕，臺北：國史館，2010。

19. 賀桂梅，女性文學與性別政治的變遷〔M〕，北京：北京大學出版社，2014。

20. 荒林，王光明，兩性對話：20 世紀中國女性與文學〔M〕，北京：中國文聯出版社，2001。

21. 康正果，女權主義與文學〔M〕，北京：中國社會科學出版社，1994。

22. 李銀河，福柯與性〔M〕，呼和浩特：內蒙古大學出版社，2009。

23. 李銀河，婦女：最漫長的革命〔M〕，北京：生活·讀書·新知三聯書店，1997。

24. 李銀河，女性主義〔M〕，濟南：山東人民出版社，2005。

25. 李澤厚，中國思想史〔M〕，合肥：安徽文藝出版社，1999。

26. 李怡，現代四川文學的巴蜀文化闡釋〔M〕，長沙：湖南教育出版社，1995。

27. 李怡，現代性：批判的批判〔M〕，北京：人民文學出版社，2006。

28. 李又寧，張玉法，中國婦女史論文集（第二集）》〔C〕，臺北：臺灣商務印書館，1988。

29. 李小江，夏娃的探索〔M〕，鄭州：河南人民出版社，1988。

30. 李小江，朱虹，董秀玉，性別與中國〔M〕，北京：生活·讀書·新知三聯書店，1994。

31. 李玲，中國現代文學的性別意識〔M〕，北京：人民文學出版社，2002。

32. 李小江，文學、藝術與性別〔M〕，南京：江蘇人民出版社，2002。

33. 李小江，讓女人自己説話——獨立的歷程〔M〕，北京：生活·讀書·新知三聯書店，2003。

34. 李小江，讓女人自己説話——親歷戰爭〔M〕，北京：生活·讀書·新知三聯書店，2003。

35. 林幸謙，女性主體的祭奠——張愛玲女性主義批評〔M〕，桂林：廣西師範大學出版社，2003。

36. （美）劉劍梅，革命與情愛——二十世紀中國小説史中的女性身體與主題重述〔M〕，郭冰茹譯，上海：上海三聯書店，2009。

37. 劉慧英，走出男權傳統的藩籬——文學中男權意識的批判〔M〕，北京：三聯書店，1995。

38. 劉思謙，屈雅君，性別研究：理論背景與文學文化闡釋〔M〕，天津：南開大學出版社，2010。

39. 劉瑜，民主的細節〔M〕，上海：三聯書店，2011。

40. 劉慧英，女權、啓蒙與民族國家話語〔M〕，北京：人民文學出版社，2013。

41. 林吉玲，二十世紀中國女性發展史論〔M〕，濟南：山東人民出版社，2001。

42. 羅榮渠，《現代化新論——世界與中國的現代化進程》〔M〕，北京：商務印書館，2009 年。

43. 梅生，中國婦女問題討論集——續集〔C〕，上海：新文化出版社，1927。

44. （英）瑪麗·伊格爾頓，女權主義文學理論〔M〕，胡敏，陳彩霞，林樹明譯，長沙：湖南文藝出版社，1989。

45. 馬元曦，康宏錦，杜芳琴，社會性別與發展譯文集〔C〕，北京：生活·讀書·新知三聯書店，2000。

46. 彭雪徵，紅色風景線——戰爭中的女兵〔M〕，海口：海南出版社，1995。

47. 喬以鋼，中國現代文學文化現象與性別〔M〕，天津：南開大學出版社，2012。

48. 邱秀香，清末新式教育的理想與現實——以新式小學堂興辦爲中心的探討〔M〕，臺北：國立政治大學歷史系，1996。

49. （美）齊錫生，中國的軍閥政治（1916～1928）〔M〕，楊雲若，蕭延中譯，北京：中國人民大學出版社，2010。

50. 申丹，韓加明，王麗亞，英美小說敘事理論研究〔M〕，北京：北京大學出版社，2005。

51. 盛英，二十世紀中國女性文學史〔M〕，天津：天津人民出版社，1995。

52. 宋建華，生命閱讀與神話解構——20 世紀中國文學經典文本的重新釋義〔M〕，廣州：廣東人民出版社，2010。

53. 陶毅，明欣，中國婚姻制度家庭制度史〔M〕，北京：東方出版社，1994。

54. 譚正壁，中國女性文學史〔M〕，天津：百花文藝出版社，1991。

55. 王雲五，傅緯平，中國婚姻史〔M〕，臺北：臺灣商務印書館，1936。

56. 王忍之，辛亥革命前十年間時論選集〔C〕，北京：三聯書店，1960。

57. 王富仁，王富仁自選集〔C〕，桂林：廣西師範大學出版社，1999。

58. 王富仁，說說我自己——王富仁學術隨筆自選集〔M〕，福州：福建教育出版社，2000。

59. 王富仁，中國反封建思想革命的一面鏡子——〈吶喊〉、〈彷徨〉綜論〔M〕，北京：中國人民大學出版社，2010。

60. 王新宇，民國時期婚姻法近代化研究〔M〕，北京：中國法制出版社，2006。

61. 王躍生，社會變革與婚姻家庭變動——20 世紀 30～90 年代的冀南農村〔M〕，北京：生活·讀書·新知三聯書店，2006。

62. 謝玉娥，女性文學研究與批評論著目錄總匯 1978～2004〔G〕，鄭州：河南大學出版社，2007。

63. 徐輝琪，劉巨才，徐玉珍，中國近代婦女運動歷史資料 1840～1918）〔M〕，北京：中國婦女出版社，1991。

64. 謝玉娥，女性文學研究教學參考資料〔M〕，鄭州：河南大學出版社，1990。

65. 謝无量，中國婦女文學史〔M〕，北京：中華書局，1916。

66. 夏蓉，婦女指導委員會與抗日戰爭〔M〕，北京：人民出版社，2010。

67. （美）伊沛霞，內闈——宋代婦女的婚姻和生活〔M〕，胡志宏譯，南京：江蘇人民出版社，2006。

68. 余英時，中國知識分子論〔M〕，鄭州：河南人民出版社，1997。

69. 葉舒憲，性別詩學〔M〕，北京：社會科學文獻出版社，1999。
70. 顏海平，中國現代女性作家與中國革命（1905～1948）〔M〕，北京：北京大學出版社，2011。
71. 遊鑒明，胡纓，季家珍，重讀中國女性生命故事〔M〕，臺北：五南圖書出版股份有限公司，2011。
72. 楊奎松，中間地帶的革命——國際大背景下看中共成功之道〔M〕，太原：山西人民出版社，2010。
73. （加）朱愛嵐，中國北方村落的社會性別與權力〔M〕，胡玉坤譯，南京：江蘇人民出版社，2004。
74. （美）朱迪斯・巴特勒《性別麻煩——女性主義與身份的顛覆》〔M〕，宋素鳳譯，上海：三聯書店，2009年。
75. 趙曉耕，中國法制史（第二版）〔M〕，北京：中國人民大學出版社，2004。
76. 朱曉進，政治文化與中國二十世紀三十年代文學〔M〕，北京：人民出版社，2006。
77. 張岩冰，女權主義文論〔M〕，濟南：山東教育出版社，1998。
78. 張灝，幽暗意識與民主傳統〔M〕，臺北：聯經出版股份有限公司，1989。
79. 張京媛，當代女性主義文學批評〔M〕，北京：北京大學出版社，1992。
80. 中國社會科學院文學研究所，左聯回憶錄〔M〕，北京：知識產權出版社，2010。
81. 中華全國婦女聯合會黃埔軍校同學會，大革命洪流中的女兵〔M〕，北京：中國婦女出版社，1991。
82. 中華全國婦女聯合會婦女運動歷史研究室，中國婦女運動歷史資料（1840～1918）〔G〕，北京：中國婦女出版社，1991。
83. 中華全國婦女聯合會婦女運動歷史研究室，中國婦女運動歷史資料（1927～1937）〔G〕，北京：中國婦女出版社，1991。
84. 中華全國婦女聯合會婦女運動歷史研究室，中國婦女運動歷史資料（1937～1945）〔G〕，北京：中國婦女出版社，1991。
85. 中華人民共和國全國婦女聯合會，馬克思恩格斯列寧斯大林論婦女〔G〕，北京：人民出版社，1978。

86. 中華全國婦女聯合會婦女運動歷史研究室，中國婦女運動歷史資料（1921～1927）〔G〕，北京：人民出版社，1986。

87. 中華全國婦女聯合會婦女運動歷史研究室，五四時期婦女問題文選〔G〕，北京：生活，讀書，新知三聯書店，1981。

二、論文類

1. 從小平，左潤訴王銀鎖：20 世紀 40 年代陝甘寧邊區的婦女、婚姻與國家建構〔J〕，開放時代，2009（102）：62～79。

2. 段從學，20 世紀中國文學中的性與國家〔G〕∥葉舒憲，性別詩學，北京：社會科學出版社，1999：237。

3. 賀桂梅，「延安道路」中的性別問題——階級與性別議題的歷史思考〔J〕，南開學報（哲學社會科學版），2006（62）：16～22。

4. 賀桂梅，「革命+戀愛」模式解析——早期普羅小說釋讀〔J〕，文藝爭鳴，2006（42）：82～89。

5. 賀桂梅，當代女性文學批評的一個歷史輪廓〔J〕，解放軍藝術學院學報，2009（22）：17～28。

6. 賀桂梅，知識分子、女性與革命——從丁玲個案看延安另類實踐中的身份政治〔J〕，當代作家評論，2004（3）：112～127。

7. 金燕玉，論女作家群——新時期作家群考察之三〔J〕，當代作家評論，1986（3）：25～31。

8. 李怡，歷史的意義與學術的魅力〔J〕，中國現代文學研究叢刊，2000（2）：271～276。

9. 李怡，文學的闡釋：從文化關聯的發現到文學感受的發掘〔J〕，首都師範大學學報，2005（3）：84～86。

10. 李怡，1907：周作人的「協和」體驗及與魯迅的異同〔J〕，貴州社會科學，2005（4）：94～98。

11. 李怡，魯迅：現代中國文化之「結」〔J〕，西南民族大學學報，2006（82）：96～101。

12. 李怡，民國機制：中國現代文學的一種闡釋框架〔J〕，廣東社會科學，2010（11）：132～135。

13. 李怡，從歷史命名的辨正到文化機制的發掘——我們怎樣討論中國現代文學的「民國」意義〔J〕，文藝爭鳴，2011（7）：60～64。

14. 劉劍梅，革命加戀愛：政治與性別身份的互動〔J〕，郭冰茹譯，當代作家評論，2007（52）：131～145。

15. 劉思謙，性別理論與女性文學研究的學科化〔J〕，文藝理論研究，2003（1）：9～19。

16. 林樹明，女性文學研究、性別詩學與社會學理論〔J〕，貴州社會科學，2007（122）：39～42。

17. 馬釗，司法理念和社會觀念：民國北平地區婦女「背夫潛逃」現象研究〔J〕，法律史學研究，2004（1）：212～229。

18. 彭子良，理想人格：女性文學的美學內涵〔J〕，當代文壇，1988（52）：31～34。

19. 喬以鋼，性別批評的構建及其基本特徵〔J〕，天津社會科學，2007（42）：106～111。

20. 喬以鋼，文學領域的性別研究實踐：2006～2010〔J〕，中國現代文學研究叢刊，2014（5）：96～108。

21. 任一鳴，女性文學的現代性衍進〔J〕，小説評論，1988（32）：17～22。

22. 王富仁，談女性文學——錢虹編廬隱外集序〔J〕，名作欣賞，1987（12）：119～123。

23. 王富仁，由雅返俗、以俗代雅、由男觀女、以女定男——柳永詞定風波賞析〔J〕，名作欣賞，1996（12）：23～31。

24. 王富仁，平民文化與中國文化特質——作爲城市貧民作家的老舍之精神歷程〔J〕，文藝爭鳴》，2005（1）：52～58。

25. 王富仁，物質世界・精神世界・話語世界——人與世界關係的精神自白〔J〕，涪陵師範學院學報，2006（12）：1～7。

26. 王富仁，一個男性眼中的中國當代女性文學研究〔J〕，文藝爭鳴，2007

（92）：6～14。

27. 王富仁，從本質主義的走向發生學的——女性文學研究之我見〔J〕，南開學報（哲學社會科學版），2010（2）：1～8。
28. 王富仁，女性文學研究：廣闊的道路〔J〕，博覽群書，2010（6）：73～77。
29. 王富仁，男人與女人　中國與美國〔J〕，東嶽論叢，2011（4）：73～79。
30. 王晉林，楊曉敏，論抗戰時期陝甘寧邊區的土地政策與實踐〔J〕，甘肅理論學刊，2007（32）：35～38。
31. 楊聯芬，20 世紀初中國的女權話語與文學中的女性想像〔J〕，海南師範學院學報，2004（2）：6～10。
32. 楊聯芬，女性與革命——以 1927 年國民革命及其文學爲背景〔J〕，貴州社會科學，2007（102）：92～100。
33. 楊聯芬，個人主義與性別權力——胡適、魯迅與五四女性解放敘述的兩個維度〔J〕，中山大學學報，2009（42）：40～46。
34. 顏莉莉，聊齋誌異女性形象研究綜述〔J〕，泉州師範學院學報，2002（12）：59～61。
35. 鄭國瑞，新民主主義社會民主政治建設成就——以抗日戰爭時期陝甘寧邊區的實踐爲例〔J〕，新鄉學院學報，2012（2）：1～4。
36. 朱映占，改造家國邊緣的嘗試：民國時期西南邊疆地區的婦女訓練〔J〕，西南邊疆民族研究，2013（6）：53～59。

三、學位論文

1. 包學菊，何以爲家——東北淪陷區文學中的家族家庭視界與敘事〔D〕，東北師範大學，2008。
2. 陳紅旗，中國左翼文學的發生〔D〕，長春：吉林大學，2005。
3. 鄧利，論新時期女性主義文學批評發展衍變的歷史軌迹〔D〕，成都：四川大學，2006。
4. 丁培衛，現代性視野中的新感覺派研究〔D〕，濟南：山東大學，2007。
5. 郭傳梅，革命意識形態下的上海書寫——重讀上海的早晨〔D〕，杭州：

浙江大學，2007。

6. 傅建安，20 世紀中國文學都市「巫女」形象論——中國現當代都市另類女性形象的現代性解讀〔D〕，長沙：湖南師範大學，2010。
7. 郭曉霞，性別、族群、宗教與文學——婦女主義聖經批評視野下的五四女性文學研究〔D〕，
8. 開封：河南大學，2009。
9. 何楠，玲瓏雜誌中的 30 年代都市女性生活〔D〕，長春：吉林大學，2010。
10. 蔣小平，晚明傳奇中女性形象研究〔D〕，蘇州：蘇州大學，2006。
11. 華霄穎，市民文化與都市想像——王安憶上海書寫研究〔D〕，上海：華東師範大學，2007。
12. 盧升淑，中國現當代女性文學與母性〔D〕，北京：中國社會科學院，2000。
13. 李奇志，論清末民初思想和文學中的「英雌」話語〔D〕，武漢：華中師範大學，2006。
14. 劉鐵群，現代都市未成型時期的市民文學——禮拜六雜誌研究〔D〕，開封：河南大學，2002。
15. 劉賀娟，都市意象的女性主義書寫〔D〕，遼寧大學，2008。
16. 劉濤，晚清至五四破除家庭的三個面相——在身、家、國、天下體系內展開〔D〕，上海：復旦大學，2010。
17. 劉堃，晚清文學中的女性形象及其傳統再構〔D〕，天津：南開大學，2010。
18. 冷嘉，家庭、革命與倫理重建——以解放區文學爲考察對象〔D〕，上海：華東師範大學，2009。
19. 萬蓮姣，全球化視域裏的中國性別詩學研究（1985～2005 大陸）〔D〕，廣州：暨南大學，2007。
20. 謝海平，拓展與變異——啓蒙思潮中的女性文學論〔D〕，濟南：山東大學，2007。
21. 夏一雪，「文」「學」會通——現代學者型女作家研究〔D〕，濟南：山東大學，2010。
22. 楊利娟，時代訴求與革命規限下的鄉村言說——1940 年代（1937～1949）

解放區農村題材小說研究〔D〕，杭州：浙江大學，2008。

23. 葉永勝，現代中國家族敘事文學研究〔D〕，上海：華東師範大學，2005。
24. 王宏圖，都市敘事中的欲望與意識形態〔D〕，上海：復旦大學，2003。
25. 王林，中國當代文學宏大敘事中的女性形象書寫〔D〕，成都：四川大學，2007。
26. 王羽，「東吳系女作家」研究（1938～1949）〔D〕，上海：華東師範大學，2007。
27. 趙歌東，啓蒙與革命——魯迅創作的現代性問題〔D〕，長春：吉林大學，2006。
28. 趙欣，上海都市文化與上海女作家寫作〔D〕，上海：上海師範大學，2010。
29. 張厚剛，新感覺派的空間詩學〔D〕，蘇州：蘇州大學，2009。

後　記

從性別的角度，研究界對女作家進行的系統研究已經很多，而對男作家的研究很少。雖然圍繞胡適、魯迅、茅盾、老舍、沈從文、曹禺、巴金、路翎、李劼人等等男作家的經典文本，已有較多的個案研究，但是這些研究大多是點評式的散點研究，並沒有放在性別理論的視野下有意識的系統展開。從 2011 年開始，我在博士生導師王富仁先生的啓發下，開始從性別的視角對男性文學進行理性的審視，以期理清男作家在女性文學發生發展的歷程中所起的作用和意義，旨在還原男作家與現代女性文學之間複雜的歷史關係。研究視角的轉換讓我看到了新的風景，同時，也給我帶來了新的疑惑。而這本小書，僅僅是思考的開始。

時光荏苒，從博士畢業至今已快五年。富仁先生已經千古，回顧來時，無限悵惘。感謝我的授業恩師李怡先生耐心地引導和時時地鼓勵。感謝我的師友毛迅、陳思廣、周維東、謝君蘭、孫偉、王永祥、李哲、李金鳳、陶永莉、高博涵等對我的關心和幫助。他們的關懷讓我感到了難以言表的溫暖。記得 2016 年的 10 月，在李怡老師的推薦下，我參加了楊聯芬老師舉辦的「女性／性別與中國文化現代轉型問題」學術會議。在這次會議上，我不僅有幸認識了女性文學研究界的前輩，瞭解到了女性文學研究的最新動態，更爲重要的是，我彷彿明白了女性文學研究對於自身的價值和意義。

在這本書的寫作過程中，受到了學界很多前輩論著的啓發，有的在文中已經說明，有的可能疏漏掉了，由於時間倉促來不及一一補綴，在這一併致以最眞誠的感謝。由於能力和視野的限制，本書還存在很多不足之處，歡迎同行的批評與指正。

作者 2019 年 1 月寫於成都